A Cena Con Fluffy

Belmont, 1 gennaio 2020

A Rosa Marie,
Con tutto l'amore che
porto dentro per te,
donna meravigliosa,
amante generosa.

A Cena con Fluffy

Giovanni Tempesta

Con le stime
di

[firma]

A Cena con Fluffy

Dedica

Questo libro è dedicato con amore e immensa gratitudine a mia figlia Daniela Alduina, per l'ispirazione continua che mi dà sin dal primo ottobre 1980; alla memoria di Bonnie Lynn Tempesta, la sua adorata mamma e alla memoria dei miei cari genitori Vincenzo ed Antonietta.

Una dedica particolare a Vincenzo, il mio adorato nipotino che il 3 novembre 2017 ha iniziato un nuovo e importantissimo capitolo della mia vita rendendomi il nonno più felice del mondo.

Grazie Vincenzo!

Dedico questo libro anche a tutti i miei studenti d'Italiano del presente e del passato. Senza la loro continua ispirazione non avrei potuto continuare a insegnare con PACE: Passione, Amore, Coraggio, Entusiasmo. Spero che possiate leggere queste mie storie prima nella versione originale italiana e, quando in difficoltà, possiate leggere anche la traduzione inglese.

Dedication

This book is dedicated with love and immense gratitude to my daughter Daniela Alduina, for the constant inspiration she has given me since the first of October 1980, in memory of Bonnie Lynn Tempesta, her beloved mamma and in memory of my dear parents Vincenzo and Antonietta.

A special dedication to Vincenzo, my beloved grandson who on November 3, 2017, has begun a new and very important chapter in my life, making me the happiest grandpa in the world.

Thank you Vincenzino!

I dedicate this book also to all my Italian students of the present and the past. Without their constant inspiration, I could not continue to teach with PACE: Passion, Amore, Courage, Enthusiasm.

I hope you can read these stories first in their original Italian version and, when in difficulty, you can also read the English translation.

Riconoscimenti

Vorrei ringraziare la mia amica Elena, una delle persone più gentili che io abbia mai conosciuto. Elena ha sempre creduto in me fermamente, e mi ha convinto a portare a termine questa raccolta di racconti.

Ringrazio anche di cuore la ex-mia studentessa Lea Coligado che non si è mai tirata indietro quando le ho chiesto di aiutarmi con la traduzione di alcuni dei miei racconti. Lo ha sempre fatto con dedizione ed amore.

La mia graditudine si estende anche a mio nipote Claudio Antonini, il quale benchè così lontano da me, mi è sempre stato vicino con i suoi consigli, il suo costante affetto, e la sua attenta collaborazione.

Vorrei anche ringraziare i miei carissimi amici Claudio, Francesca e Matteo di Lucca. Francesca, come una amorevole sorellina mi è stata sempre vicina nei momenti più difficili.

Grazie di cuore anche ad Alfonso, il mio geniale fratello, per tutti i suoi suggerimenti a tutte le ore del giorno.

Un grazie immenso a mio genero Jeff per la sua generosa disponibilità come guida creativa e supporto morale senza cui non avrei mai portato a termine questo progetto.

I miei più sentiti ringraziamenti a Ellen, mia carissima amica e il mio Angelo Custode.

Un grazie speciale alla mia cara Trina che è stata sempre pronta a aiutarmi anche dopo una lunga giornata di lavoro.

Acknowledgements

I would like to thank my friend Elena, one of the kindest people I have ever met. Elena has constantly believed in me and convinced me to complete this collection of short stories.

My most heartfelt thanks go to my former student Lea Coligado who was always there for me when I asked her to help me with the translation of some of my short stories. She always did it with love and devotion.

My gratitude also goes to my nephew Claudio Antonini, who, although so distant from me, was always there for me with his advice, constant affection and attentive collaboration.

I would also like to thank my dearest friends Claudio, Francesca e Matteo from Lucca. Francesca, like a loving little sister, was always there for me in my most difficult moments.

A heartfelt thank-you also to Alfonso, my brilliant brother, for all his advice given at all hours of the day.

A huge thanks to my son in law, Jeff, for his invaluable guidance, support, and creatively helping bring this project to life.

My most heartfelt thanks go to Ellen, my special friend and Guardia Angel.

Special thanks to my dear Trina who was always ready to help me even after a long day of work.

Tu, come cometa di fuoco, ti ho vissuto e ti ci sei trovato!?

Mi è venuto in mente come sei apparso, quasi un essere da un altro mondo, così diverso, carnale, concreto, senza la rarefazione astratta a cui ero abituata, e come sei sparito…

Scintilli cometa. M'abbagli e mi mandi in subbuglio, ma svelta m'appiglio al del ramo il rigoglio. E presto al riparo sto. Riluci di luci astrali ed i tuoi strali colpiscono i mortali. Ma la Basilissa no. Colpita lei non può. Rileva, rivela, rifugge ma d'abbaglio non perisce, gioisce di Amore leggero, segreto, silente.

Basilissa

Non ti perdonerò mai di avermi lasciato! Ma ti amerò sempre per essere stato colui da cui ho imparato molto della vita. Senza te non avrei mai potuto volare! Così in alto! Così lontano! Così forte! Con immenso coraggio.

M.

Nota dell'autore

Benché nella mia vita io mi sia imbattuto in molte persone che mi hanno decisamente ispirato, solo poche sono nella mia raccolta. Il mio lavoro è un'opera di finzione. Persone, nomi, luoghi ed eventi sono perlopiù frutto della mia immaginazione. Ogni riferimento alla realtà è puramente casuale.

Authors's Note

Though in my life I have run into many different characters who have inspired me, few of them are in my collection. Mine is mostly a work of fiction. Persons, names, places and events are mostly products of my own imagination. Any resemblance to reality is totally coincidental.

IL DIAVOLO SOGGHIGNA

Il diavolo sogghigna, non ne ho dubbio in mente,
Mentr'io d'inchiostro spargo dei mari.
Poiché degli altri non me ne importa niente,
Voi Dei, perdonatemi i peccati "letterari".

Robert Service

THE DEVIL GRINS

I have no doubt at all the Devil grins,
as seas of ink I spatter.
Ye Gods, forgive my "literary" sins,
The other kind don't matter.

Robert Service

Sommario

1. La Barba

Io e papà eravamo ai ferri corti.

Di dialogo ce n'era stato poco anche prima. Lui gridava ed io lo ascoltavo terrorizzato, ma continuavo a fare quello che volevo. Poi, improvvisamente, c'era stata una grave crisi.

Voleva assolutamente che mi tagliassi la barba. Mi chiamava il comunista della famiglia, il rivoluzionario.

"Io a tavola con quel comunista non mi siedo. Antonietta, chiamami al citofono quando lui ha finito di mangiare. Io salgo soltanto allora!"

"Cenzino, ti prego, non esagerare!" rispondeva rammaricata mia madre.

"Tu sta' zitta!" replicava lui alzando la voce.

La situazione era diventata insopportabile. C'eran stati giorni in cui mi ero augurato la morte e anche la sua. Io, comunque, sapevo che presto me ne sarei andato in America, dove la tirannia sarebbe finalmente finita.

Nonostante tutto, volle accompagnarmi all'aeroporto di Roma insieme al maggiore dei miei fratelli, Francesco, l'autista della famiglia.

Avremmo viaggiato sulla nostra 1100 Fiat Bianca, la nostra prima macchina, la nostra unica macchina. Carovana di tanti viaggi dal Nord al Sud Italia, aveva sopportato per anni uno spropositato carico di persone e bagagli. Sarebbe durata ancora a lungo, se Giulio non l'avesse distrutta andando a finire contro un albero. Per fortuna, lui rimase illeso, ma la nostra amata 1100 trascorse le sue ultime ore in compagnia dello sfascia carrozze.

Mentre Francesco aspettava in automobile, mio padre, con la sua bella divisa da maresciallo dei carabinieri, riuscì a salire sull'aereo. Si allontanò solamente quando il personale di bordo lo invitò a scendere per autorizzare il decollo.

Incredibile come fosse tutto più semplice una volta! Maledetto Bin Laden, i suoi seguaci e tutti i responsabili dell'11 settembre 2001! Ci hanno pensato loro a sconvolgere il mondo per sempre.

Papà scelse anche il posto e insistette che mi sedessi vicino a una monaca. Probabilmente, l'aura di religiosità lo tranquillizzava.

Mi abbracciò, stringendomi forte. Gli vidi scendere alcune lacrime ed io non riuscii a trattenere le mie.

"Ricordati: anche l'uomo che piange ha il suo onore" disse, con la voce strozzata dalla commozione.

Poi mise da parte le emozioni, si soffiò il naso e tornò pragmatico.

"Mi raccomando, cerca subito un lavoro. Non sarà facile, ma so che ce la puoi fare… e, appena riesci a mettere da parte qualcosa, ricordati della famiglia."

Io mi impegnai nella promessa.

"E per favore," aggiunse serioso mentre si allontanava, "una volta per tutte, TAGLIATI QUELLA BARBA!"

Era il 4 gennaio del 1971 e cominciava così la mia avventura americana.

Mentre il Jumbo jet 747 della compagnia italiana Alitalia si alzava in cielo, mi chiedevo confuso e spaventato a cosa sarei andato incontro. Cosa mi aspettava in quel luogo sconosciuto? Come avrei vissuto lontano dalla mia famiglia, dai miei amici, dalle mie abitudini? Avevo un'unica certezza che poteva rendermi sereno: dall'altra parte dell'oceano e di un intero continente, in California, c'era qualcuno che mi amava come nessuno mai prima d'allora.

All'inizio non fu facile adattarsi.

Il fatto che io non potessi parlare neanche una parola di inglese risultò uno scoglio insormontabile. Tutti quegli anni trascorsi a imparare il francese per niente! Che spreco di tempo ed energia! Mi venne in mente il modo in cui prendevamo in giro e maltrattavamo uno dei miei compagni di classe delle scuole medie che era stato costretto dal padre a studiare l'inglese. Quell'uomo, invece, aveva capito tutto!

Io conoscevo solamente tre parole inglesi: *baby come back!* Non mi aiutarono molto. La gente mi guardava e rideva.

Scoprire che nei bagni non avessero introdotto la grande invenzione di Monsieur Bidet costituiva il mio unico motivo di "revanche" sul mondo anglosassone. All'inizio pensai che gli Americani fossero una banda di barbari, ma poi cominciai a farmi una doccia la mattina e una la sera prima di coricarmi e dimenticai anche il mio caro Bidet.

Giorno dopo giorno, l'impossibilità di comunicare e la mancanza di un lavoro mi demoralizzavano sempre di più. Inoltre, vivendo a casa dei miei futuri suoceri, venivo servito e riverito come un ospite. Passavo le giornate senza sapere cosa fare. Mi sentivo un inetto.

Mi resi conto che se davvero volevo farcela, dovevo smettere di comportarmi da tipico *mammone* e diventare il più indipendente possibile.

Per prima cosa, iniziai a rendermi utile nelle piccole faccende domestiche, rifacendo il letto la mattina e aiutando a pulire la tavola dopo ogni pasto.

Secondo: dovevo imparare bene la nuova lingua. Quel monito si trasformò presto in un'ossessione. La mattina seguivo un corso di lingua inglese in un college frequentato perlopiù da immigrati, a casa non facevo altro che leggere e quando uscivo mi portavo sempre il dizionario, strumento necessario ma non sufficiente alla conversazione. Capii, infatti, che dovevo imparare a parlare l'americano e non l'inglese. Era inutile imparare a dire 'I want to go' quando tutti invece dicevano 'I wanna go'! Non riuscivo ad accettare il fatto che 'kernel' si scrivesse 'colonel' o che 'Bologna' si pronunciasse 'Baloney'. Che lingua pazza e confusionaria!

Infine c'era la promessa fatta a mio padre: dovevo trovarmi un lavoro.

Luigi, il padre di Bonnie, trovò un posto dove cercavano un carpentiere, mestiere che non avevo mai fatto in Italia.

Quando un martedì pomeriggio mi presentai in cantiere, il capomastro mi mise in mano un martello pneumatico molto pesante, che avrei dovuto utilizzare per rompere una larga fascia di cemento. Sarebbe stata la mia mansione per i successivi tre o quattro giorni.

"Benvenuto in America, Giovanni!" mi dissi.

Quella sera ritornai a casa barcollando. Crollai addormentato sul divano e quando riaprii gli occhi mi accorsi che non riuscivo più a muovermi. Avevo dolori per tutto il corpo come se avessi avuto l'influenza.

La stessa cosa avvenne il giorno seguente e gli altri due giorni ancora.

Venerdì, alla fine della giornata lavorativa, il capo si presentò in cantiere, si complimentò con me per l'efficienza e la velocità con cui avevo svolto il lavoro e mi consegnò la busta paga.

Giunto a casa, non ebbi neanche la forza per aprirla. Lo fece Bonnie al mio posto e, con un sorriso raggiante, mi mostrò l'assegno.

Ero talmente esausto, che alla vista di quell'ingente somma di denaro per poco non svenni. Un assegno di 200 dollari era lo stipendio che mio padre guadagnava in un mese e con cui riusciva a mantenere sette figli. Io ero riuscito a guadargnarlo al primo tentativo e dopo soli quattro giorni di lavoro. Feci una copia di quell'assegno e lo conservai (Ce l'ho ancora!).

"Penso che quel signore abbia fatto uno sbaglio!" esclamai la sera a cena.

I genitori di Bonnie, pensando che io non fossi felice e volessi ritornare al più presto in Italia – portandomi dietro la loro amata figlia –, si guardarono preoccupati.

All'indomani, salimmo tutti sulla loro grossa Chevrolet e partimmo verso il sud della California, dove, secondo loro, c'era il paradiso: Carmel e Monterey, la *strada delle 17 miglia* e Pacific Grove. In effetti, ne rimasi incantato.

A Monterey visitammo il pontile dei Pescatori affollato di turisti provenienwti da tutto il mondo e con molti buoni ristoranti di pesce. Ne scegliemmo uno dove fermarci per il pranzo. Oltre al servizio cucina, aveva il banco del pesce come una tradizionale pescheria.

Notai subito un cartello che diceva: *10 libbre di calamari per un dollaro*. "Deve essere un errore!" pensai fra me. "Com'è possibile 5 chili di calamari per un solo dollaro!"

Domandai al titolare se il cartello era giusto e lui me ne diede conferma.

"Qui la gente compra i calamari per darli da mangiare alle foche che circondano il pontile", mi disse, indicandomi il punto dove molti turisti si erano affollati per il simpatico siparietto. La gente, infatti, si divertiva a lanciare i molluschi nell'acqua, mentre dozzine di foche facevano un grande schiamazzo e lottavano tra di loro per la conquista della preda.

Gli rammentai che i calamari erano buoni preparati fritti o anche come insalata. Lui mi disse che ero pazzo.

Acquistai 10 libbre di calamari da portare a casa. Avremmo mangiato calamari per una settimana. Conoscevo tanti modi per cucinarli: insalata di calamari, calamari fritti, calamari in umido... e poi il famoso caciucco alla livornese, naturalmente con i calamari.

Aldilà dello spreco dei calamari, rimasi davvero affascinato da Monterey. Mi ricordava molto le località della costa Tirrenica. Inoltre, la possibilità di camminare lungo le strade percorse da John Steinbeck – uno dei più grandi scrittori americani, di cui ero un avido lettore fin dai tempi del liceo – aggiungeva quel fascino letterario che la rendeva ancor più emozionante. Quando poi mi dissero che era stata la prima capitale della California, pensai che avrebbe meritato di esserlo ancora... Che città incantevole!

La sera proseguimmo il viaggio verso una residenza situata sulla *Strada delle 17 Miglia*, dove avremmo trascorso due magnifici giorni. Apparteneva ad un amico di Luigi che gli dava il permesso di andarci parecchie volte all'anno.

"Vedrai Giovanni, questo posto è un paradiso, e noi abbiamo la fortuna di avere l'unica casa in tutta la baia. Ti sembrerà di vivere un sogno", mi disse Aurora, la mamma di Bonnie. Lei e suo marito avevano riposto su questa vacanza tutte le proprie speranze di convincermi a restare.

Il mattino dopo, mentre me ne stavo seduto su un grosso scoglio a pescare, mi resi conto che forse avevano ragione a chiamarlo paradiso e decisi che avrei dato alla California una possibilità, almeno per qualche anno.

L'11 giugno del 1972 convolai a nozze con la mia dolce ed amata Bonnie e pochi giorni dopo cominciammo la nostra luna di miele.

Prima di partire per il nostro viaggio, che aveva come destinazione finale

Foligno, decisi di tagliarmi la barba.

Volevo fare una bella sorpresa a tutti, ma specialmente a papà Vincenzo. Era il mio regalo per ringraziarlo di tutto l'appoggio morale che mi aveva dato negli ultimi due anni con le sue continue lettere di incoraggiamento. Sapeva bene che adattarsi ad un mondo nuovo, con usi e costumi diversi da quelli italiani, sarebbe stata un'esperienza inizialmente ardua e mi aveva sostenuto fortemente, soprattutto nei momenti in cui la nostalgia tendeva a prevalere e a farsi insostenibile.

I miei suoceri, Luigi e Aurora, nella loro immensa generosità, avevano pensato a organizzare tutto il viaggio in maniera impeccabile, fin nei minimi dettagli.

Dopo alcune soste memorabili ad Amsterdam, Londra, Parigi, Saint Tropez e Milano, arrivammo alla stazione ferroviaria di Foligno con un giorno d'anticipo rispetto alla tabella di marcia.

Per fargli una sorpresa, pensammo di non dire nulla ai miei genitori.

Un taxi ci portò fino a casa.

Ci avvicinammo al portone e suonammo il campanello.

Erano le tre del pomeriggio, proprio l'orario in cui papà normalmente si alzava dopo il suo pisolino pomeridiano e si preparava per avviarsi a piedi in ufficio.

Venne ad aprire proprio lui nella sua bella divisa d'ordinanza. Non ci aspettava e rimase come fulminato. Non credeva ai suoi occhi.

Abbracciò l'adorata Bonnie, la strinse forte com'era solito fare con le persone che amava, poi mi si avvinghiò, gridando di gioia.

"Antonietta, sono arrivati gli sposi! Vieni Antonietta!!"

Non riuscimmo a trattenere le lacrime. La gioia era immensa.

Mi baciò più volte, mi strinse forte a sé ripetutamente. Mi lasciò andare solo perché potessi gettarmi nelle braccia di mamma Antonietta, anche lei emozionatissima.

Entrammo finalmente dentro casa, nella cucina appena riordinata dopo il pranzo. Mi sedetti e sorrisi a mia moglie: era un sogno condividere con lei quella forte emozione.

Mi guardai intorno come estasiato e, improvvisamente, mi accorsi che papà mi stava osservando in maniera circospetta.

Qualcosa non quadrava.

Quel suo sguardo torvo mi ridestò dallo stato di beatitudine. Poi finalmente si pronunciò.

"Ti sei tagliato la barba!" commentò severo.

"L'ha fatto per te, papà Vincenzo, per farti contento!" precisò Bonnie.

Lui mi guardò ancora una volta, sospirò deluso e infine sentenziò:

"STAVI MEGLIO CON LA BARBA!"

1. The Beard

My father and I had reached a breaking point.

There had been little real dialogue between us until then. He would yell, and I would listen to him terrified, but, in the end I would still do what I wanted. Suddenly, however, there was something he just couldn't let go of.

He absolutely wanted me to cut my beard. He called me the communist of the family, the revolutionary.

"I will not sit at the table with that communist", he would say to my mother. "Call me on the intercom when he's finished eating, Antonietta. Only then will I come up!"

"Cenzino, please, don't overreact!" my mother would answer sadly.

"You, shut up!" he would reply, raising his voice.

The situation between the two of us had become intolerable and I had grown tired of his 'padre padrone' behavior. There were days when I wished for death, and also for his. I knew, however, that I would soon go to America, where his tyranny would finally be over.

That being said, he insisted on accompanying me to the airport in Rome with Francesco, the oldest of my brothers, and the designated driver in the family. He drove our white 1100 Fiat, our first and only car.

That beloved car had endured so many trips from Northern to Southern Italy, carrying an enormous load of people, luggage and family history. It would have lasted a long time if my younger brother Giulio had not destroyed it a few years later, smashing it against a tree. Luckily, he came out miraculously unscathed, but our beloved Fiat 1100 spent its final hours in the junkyard.

While Francesco waited in the car, my Dad, with his beautiful *carabinieri* Marechal uniform, managed to get on the plane with me. He even chose my seat and insisted that I sit next to a nun. Probably the aura of religiosity made him feel calmer.

He hugged me, squeezing me tightly. I saw tears gush from his eyes. I couldn't hold mine back either.

"Remember: even the man who cries has his honor", he said proudly, and asked me to make sure I would help the family even from the States.

I promised him I would.

The crew asked him to get off the plane so it could take off and as he walked down the aisle towards the airplane door, he turned and shouted: "And, please, once and for all, SHAVE OFF THAT BEARD!"

Unbelievable but true.

How much simpler everything used to be! Cursed Bin Laden, his henchmen and all those responsible of September 11, 2001! They took care of upsetting the world forever.

It was January 4, 1971, and so began my American adventure.

While the Alitalia Jumbo Jet 747 rose in the sky, I felt confused and frightened, wondering what I would encounter in the coming days, months, years. What awaited me in that unknown place? How would I live so far from my family, my friends and the daily life I was used to? One thing was certain that made me feel serene: the person waiting for me on the other side of the ocean and across an entire continent, in California, loved me like no one had ever loved me before.

In the beginning, it was not easy to get adjusted. The very fact that I could not speak one word of English turned out to be a problem of great magnitude.

All those years spent learning French for nothing! What a waste of time and energy! I remembered the way we made fun of and bullied one of our classmates in middle school whose father insisted his son had to study English instead of French. His father had understood everything!

I only knew three English words: *baby come back*! They did not help me much. People looked at me and laughed.

Discovering that in the bathrooms the great invention by Monsieur Bidet had not been introduced was my only reason of "revanche" on the Anglo-Saxon world. I thought Americans were bunch of barbarians, but then I started taking a shower in the morning and one in the evening before going to bed and after a while I even forgot my dear Bidet.

The impossibility of communicating and the lack of a job, day after day, demoralized me even more. Besides that, living in the house of my future parents-in law, I was served and revered as a guest. I spent entire days without knowing what to do. I felt inept.

I realized that if I wanted to make it in USA I had to stop acting like the typical '*mammone*' and become as independent as possible.

First of all, I had to make myself useful in small household chores, making my bed in the morning and helping with cleaning up the table after each meal.

Second of all, I needed to master the new language. That warning soon became an obsession. In the morning, I started taking English classes at a college attended mostly by foreign students, at home I did nothing but read and when I left the house I always carried my dictionary with me, an instrument necessary but not sufficient for conversation. It became in fact clear to me that I needed to speak American not English. It was useless to learn to say, 'I want to go' when everyone said 'I wanna go'! I could not accept the fact that 'kernel' was spelled 'colonel' and 'Bologna' was pronounced 'Baloney'. What a crazy and confusing language!

Finally, there was the promise I made to my father: I had to find a job.

Luigi, Bonnie's father, helped me find a job as a carpenter, which I had never done in Italy.

When, one Tuesday afternoon, I showed up at the construction site, the foreman handed me a very heavy jackhammer that I was supposed to use to brake a large area of cement. That was going to be my job for the next three or four days.

"Welcome to America, Giovanni", I told myself.

When I came home that night, I could not even stand on my feet.

I collapsed on a couch and fell asleep. When I reopened my eyes, I realized I could not move anymore. My whole body ached as though I had the flu.

The same thing happened the following day and the next two days.

On Friday, at the end of the working day, the contractor showed up at the work site, complimented me for the efficient and fast job I had done and handed me an envelope, which contained my pay.

When I got home, I did not even have the strength to open it. Bonnie opened it for me and, with a radiant smile, showed me my paycheck.

I was so exhausted that, seeing that large amount of money, I almost fainted.

It was a $200 check, which was exactly what my father earned in a month and with which he was able to support seven children. I was able to earn it on my first attempt and after only four days of work. I made a copy of that check and saved it (I still have it!).

"I think the guy made a mistake", I exclaimed at the dinner table that evening.

Bonnie's parents, thinking that I was not happy and wanted to return to Italy as soon as possible, taking with me their beloved daughter, looked at each other quite worried.

The following morning, we got into their big Chevrolet and drove South, where, according to them, was paradise: Carmel and Monterey, 17 Miles Drive and Pacific Grove. I was indeed enchanted by what I saw.

In Monterey, we walked on the Fisherman wharf crowded with tourists from all over the world and with many good fish restaurants. We stopped for lunch at one of them, which not only served food, but was also a fish market.

I immediately noticed a sign: *10 pounds of Calamari for one dollar*.

"It must be an error", I thought. "How could it be possible 10 pounds of squids for one single dollar!"

I asked the owner if the sign was right and he confirmed it was.

"People here buy squids to give them to the sea lions that surround the wharf", he told me and pointed to me an area where many tourists had gathered for the charming little show. People were throwing the mollusks in the water, while dozens of sea lions would jump, make a loud sound and fight for them.

I reminded him that calamari were good prepared fried or in a salad. He told me I was crazy.

I bought 10 pounds of calamari to take home. We were going to eat calamari for a week. I knew so many ways to prepare them: calamari salad, fried calamari, calamari in a stew…and then the famous 'cacciucco alla livornese', naturally with calamari.

Except for the waste of calamari, I was fascinated by Monterey. It reminded me a lot the sea resorts on the Tyrrhenian coast.

The very fact I was walking on the same streets as John Steinbeck – one of the greatest American writers, of whom I had been an avid reader since my high school's years – was very exciting to me. When I found out that Monterey was the first capital of California, I thought it deserved to still be the capital…What an enchanting town!

That evening, we continued our trip toward a residence situated on the 17 Miles Drive where we were going to spend two magnificent days. It belonged to Luigi's friend who let him use it several times a year.

"You'll see Giovanni, this place is a paradise, and we have the fortune to stay in the only house in the whole bay facing the water. It will seem to you to be living a dream", Aurora, Bonnie's mother, said to me. She and her husband had placed on this vacation all their hopes to convince me to stay.

The morning after, while I was sitting on a large rock in front of the house fishing, I came to the realization that perhaps they were right to call this place a paradise and decided that I would give California a chance, at least for a few years.

On June 11, 1972, I got married to my sweet and beloved Bonnie, and, a few days later, we began our honeymoon.

Before parting for our trip, which would end in my family town of Foligno, I decided to shave off my beard.

I wanted to give everyone a nice surprise, especially my father Vincenzo. It was my gift to thank him for all the moral support he'd given me through continuous letters of encouragement over the last two years. He knew well that adapting to a new world, a new culture, would be an arduous experience in the beginning, and he supported me steadfastly through those moments when nostalgia and homesickness felt unbearable.

My in-laws, Luigi and Aurora, in their immense kindness and generosity, had organized the entire honeymoon trip in impeccable detail. After some memorable stops in Amsterdam, London, Paris, Saint Tropez, and Milan, we arrived at the railway station at Foligno, one day earlier than we were expected.

We decided to surprise everyone and didn't tell anyone we were arriving. A taxi took us home.

When we reached the door of the house and rang the bell it was three in the afternoon, exactly when my father normally got up after his daily nap and prepared to walk to the office.

He opened the door himself in his beautiful uniform. He wasn't expecting us and stood there thunderstruck. He couldn't believe his eyes.

He embraced Bonnie, hugged her with the same strength he always hugged people he loved, then clung to me shouting, "Antonietta, the newlyweds have arrived! Come Antonietta!"

We couldn't hold back the tears. The joy, the emotion, was immense.

My father kissed and hugged me many times, held me to himself repeatedly. He only let me go so that I could throw myself into the arms of my mother Antonietta, who was also overcome with emotion.

Finally, we entered the house, into the kitchen where my mother had been putting everything away after lunch. I set down and smiled at my wife: it was a dream to share with her such a strong emotion.

I looked around myself ecstatically and, suddenly, I realized Dad was examining me in a cautious way.

Something was off.

That scowl of his woke me up from the state of bliss I had fallen in. Then he finally commented.

"You shave off your beard!" was his severe remark.

"He did it for you, Vincenzo, to make you happy!" Bonnie intervened smugly.

He looked at me once more and scrutinized me, sighed disappointed and finally concluded:

"YOU LOOKED BETTER WITH A BEARD!"

2. Hai Ingioiato la Checca?

Filomena Campi, la vicina di casa dei Marcheschi, era originaria di San Ginese, una frazione in provincia di Lucca poco distante da Colle Di Compito, il paesetto in cui Luigi Marcheschi era nato.

Piccoletta, capelli grigi, occhi castani vivaci, aveva settanta anni, di cui quaranta trascorsi in California, dove si era trasferita con il marito.

Renato Campi era una persona squisita, di poche parole, ma generosa. Di mestiere faceva il factotum, nel vero senso della parola, perché riusciva ad aggiustare qualsiasi cosa rotta. Oltre a un'indiscutibile intelligenza pratica, era dotato di pazienza, solerzia e tenacia, virtù ormai rare al giorno d'oggi. In una società dei consumi usa e getta come la nostra mancano tristemente i Renato Campi di una volta, uomini capaci di accomodare e di conservare, che, quando avevano finito il lavoro con meticolosa dedizione, chiedevano un prezzo onesto e non sparavano le cifre astronomiche che ti sparano oggi quei pochi artigiani, quali meccanici, elettricisti e idraulici, rimasti in circolazione.

Nonostante i figli fossero nati negli Stati Uniti e, come tutti i ragazzi italiani di quella generazione cresciuti in California, per non sentirsi emarginati si rifiutassero di parlare italiano, la signora Campi non aveva mai voluto imparare l'inglese – o meglio "volsuto", come diceva lei nel suo dialetto lucchese.

La Filomena aveva sentito parlare di me e del mio prossimo arrivo a Burlingame dai Marcheschi e non vedeva l'ora di conoscermi personalmente.

Bisogna sapere che l'anziana signora parlava una lingua tutta sua, che agli inizi mi confuse un po'. Con il tempo, una volta capito il meccanismo, divenne più semplice conversare con lei, e credetemi, lei amava chiacchierare.

Mi parlava spesso delle sue origini, della sua bella terra lucchese, per cui sentiva una grande nostalgia, e dalla quale il marito Renato l'aveva portata via quasi con la forza, in cerca di un lavoro che in Italia non riusciva a trovare e di una vita migliore per sé e per i figli che sarebbero venuti.

Il paesetto di San Ginese si era quasi completamente spopolato a causa dell'esodo di massa avvenuto subito dopo la fine della prima Guerra mondiale. Gli emigranti lucchesi non si erano fermati sulla costa dell'est come la maggior parte dei meridionali, ma avevano preferito affrontare un viaggio ancora più lungo e complicato per poi approdare in California, a San Francisco o anche più al nord, nelle zone che gli ricordavano maggiormente la terra che avevano lasciato, ricca di colline rigogliose dove poter coltivare un giorno un vigneto e un uliveto.

A volte mi chiedo se anche l'opera del grande maestro lucchese Giacomo Puccini, *La fanciulla del West*, non abbia in qualche modo ispirato il viaggio dei tanti suoi concittadini verso la regione degli Stati Uniti che ha forse il clima più simile a quello della penisola italiana. Mi piace pensare che l'eldorado raccontata dal compositore toscano abbia indicato la strada verso il nuovo mondo ai tanti lucchesi che poi, non va dimenticato, si sono fatti onore, riuscendo con grande successo in qualsiasi attività intraprendessero, perchè non gli mancava la grande volontà di riuscire accettando qualsiasi sacrificio pur di raggiungere lo scopo che si erano prefisso.

La Filomena non guidava l'automobile. Benché marito e figli avessero insistito, non aveva mai osato dare l'esame per la patente. Comunque, anche se faceva la casalinga – come molte donne italiane a quei tempi – a casa ci stava ben poco e le piaceva andare in giro. Spesso camminava a piedi fino al centro del paese, altre volte chiedeva un passaggio a un amico o a dei vicini come noi.

Era stato il marito che aveva insistito, da buon italiano, che lei non lavorasse, preferendo che rimanesse a casa a occuparsi delle faccende familiari e dei due figli, un maschio e una femmina, Giacomo e Benedetta.

Come alla maggior parte delle ragazze di campagna della sua generazione, dopo la quinta elementare, non le era stato permesso di continuare gli studi, esattamente come era successo anche alla mia amata mamma Antonietta.

La signora Campi non aveva istruzione, ma era una donna molto intelligente, astuta e saggia. Agli inizi, il mio unico problema fu capirla.

Arrivai a Burlingame di giovedì sera e il sabato seguente la mia adorata Bonnie mi annunciò che avevano ricevuto un invito per un rinfresco a casa della famosa Filomena. Io l'avevo appena intravista nel suo giardino dalla finestra della mia camera, mentre dava da mangiare al suo pastore tedesco o quando, da buona italiana, stendeva i panni al filo.

Più tardi venni a sapere che i figli le avevano comprato l'asciugatrice, ma lei si era sempre rifiutata di utilizzare quella dannata macchina. Preferiva stendere i panni fuori all'aperto, al sole, anche quando ce n'era poco come in gennaio, il mio primo gennaio nella terra del mio grande amore, la terra promessa.

Era il suo settantesimo compleanno e lei aveva insistito che andassimo anche noi.

Perché no, pensai. Era sabato sera, ma ero ancora stanco a causa del cambiamento del fuso orario e non c'era niente di meglio da fare.

Quindi ci presentammo tutti e quattro: io, Bonnie, Luigi e Aurora.

Fu una serata interessante, perché tutti volevano conoscere quel "barbone" di 21 anni appena arrivato dall'Italia. In effetti, mi sembrò che il centro dell'attenzione fossi più io che la festeggiata. Mi facevano domande bizzarre come se fossi venuto da chissà dove.

La Filomena mi prese da parte e, nel suo linguaggio bislacco, cominciò a tempestarmi di domande.

La festa era piacevole, ma a un certo punto, sia perché cominciavo ad annoiarmi sia perché la stanchezza del viaggio cominciava a farsi sentire, chiesi a Bonnie di salutare tutti e di rientrare a casa, ma lei insistette di aspettare almeno fino al taglio della torta. Quando la portarono sul tavolo centrale con le sette candeline sopra, rimasi letteralmente a bocca aperta. Non avevo mai visto una torta simile prima d'allora. Era una Santa Honoree di dimensioni spropositate, all'americana insomma. Le candeline furono accese, e ognuno cominciò a cantare a modo suo, chi in inglese chi in italiano.

Mentre mangiavo la mia fetta di torta, pensai tra me che Bonnie aveva fatto bene a convincermi di restare. Era davvero squisita. Un capolavoro. Forse non l'avevo mai mangiata così buona.

Più tardi Bonnie mi spiegò che a San Francisco c'era una pasticceria italiana, di nome Dianda, che era rinomata per i dolci fatti solo da pasticceri nati in Italia.

Mentre tutti gli invitati terminavano la propria porzione di torta o ne chiedevano una seconda, la festeggiata si avvicinò sorridente e mi fece una domanda che mi mandò in totale confusione. Giunse alle mie orecchie qualcosa come: "Hai ingioiato la checca?"

Io la guardai un po' stranito. Mi chiesi come mai una signora dell'età della signora Campi mi facesse una domanda che alludeva al numero di gay che ci sono a San Francisco – visto che "checca" nel dialetto romano significa omosessuale. Le risposi che in effetti mi era stato detto che ce n'erano molti, ma che non mi faceva poi tanta impressione, visto che anche in Italia cominciavano ad essercene, soprattutto in città come Roma e Milano, specialmente nel campo della moda e del cinema.

La vidi reagire in maniera infastidita, come se non avesse gradito la mia risposta. Mi lasciò di botto senza proferire altra parola e se ne andò in cucina.

Lì per lì rimasi contraddetto.

Più tardi Bonnie mi chiese perché non avessi fatto i complimenti alla Filomena per la torta favolosa che i figli avevano ordinato per l'occasione.

«Lei mi ha detto che te lo ha chiesto e tu ti sei messo a parlare degli omosessuali che ci sono a San Francisco. Mi vuoi spiegare che c'entrano i gay con la torta?»

«Ma di quale torta parli!? Filomena non mi ha mai nominato la torta!»

A questo punto cercai di ripetere a memoria quello che mi pareva di aver sentito.

«Lei ha utilizzato proprio queste parole: hai ingoiato la checca? Sono sicuro di averle sentite, te lo giuro… Ma che vuol dire?!» le chiesi imbarazzato.

«Somaro!», disse Bonnie ridendo, avendo capito la confusione che avevo fatto.

«Nell'italiano di North Beach significa "ti è piaciuta la torta"? Did you enjoy the cake?»

Ci mettemmo a ridere di gusto tutt'e due.

«Ma dai, come facevo ad arrivarci da solo, non so mica cosa significa "enjoy", né tantomeno la parola "cake"! Già che ci sei, Bonnie, spiegami allora che cosa voleva dirmi ieri mattina quando l'ho vista in giardino e l'ho salutata dalla finestra… Ha pronunciato una frase indecifrabile, qualcosa come: "Questo cane non fa altro che scracciarmi la fensa". Sai cosa volesse dire?»

Bonnie scoppiò a ridere un'altra volta.

«Sempre nell'italiano di North Beach significa che il cane graffia con le sue zampe il recinto in legno che circonda la casa.»

«Cominciamo bene!», commentai ironico. «Non pensi che sia il caso che stia lontano dalla cara Filomena per un po' di tempo, almeno fino a quando non imparo un po' di inglese anch'io? Almeno dopo potrò capire meglio il suo italiano di North Beach!»

Prima che la signora Campi ci lasciasse per miglior vita, ho avuto la fortuna di imparare altri modi di dire tratti dalla sua lingua inventata di cui andava molto fiera.

Alcune delle frasi più celebri della cara Filomena:

C'è una pipa che licca dal ruffo.
There is a pipe leaking from the roof.
C'è una tubatura che perde acqua dal soffitto.

Mio figlio è andato alla bara con il carro.
My son went to the bar with his car.
Mio figlio è andato al bar con la macchina.

Sono andata allo storo con il carro e ho comprato una bega di pinozze.
I went to the store by car and I bought a bag of peanuts.
Sono andata al negozio in macchina e ho comprato un sacchettino di noccioline.

Mio figlio lavora in una fattoria e il suo bosso è un germanese di quelli toffi.
My son works in a factory whose boss is a tough German.
Mio figlio lavora in una fabbrica e il suo titolare è un tedesco di quelli duri.

2. Did You Enjoy the Cake?

Filomena Campi, a neighbor of the Marcheschis came from San Ginese, a village in the province of Lucca, near Colle Di Compito, the little town where Luigi Marcheschi was born.

Petite, gray hair, bright brown eyes, she was seventy years old, forty of which were spent in California where she'd moved with her husband.

Renato Campi was the nicest man you've ever met, a man of few words, but always kind who made a living as a handyman, a jack of all trades, in the truest sense of the phrase. He knew how to fix any broken thing you ever brought to him. In addition to practical intelligence, he had indisputable patience, diligence and determination, virtues that, nowadays, are hard to find. In our consumerist, use and discard, society, we are sadly lacking men like Renato Campi, who would rather mend and preserve than discard and once they'd completed the job with meticulous attention to detail, charged a fair price, instead of the astronomical fees that the few skilled craft workers such as mechanics, electricians and plumbers who are left charge these days.

Filomena had never wanted, or in the Lucchese dialect *volsuto*, to learn English, even if her children were born in the U.S. and refused to speak Italian with her, a bit like all Italian adolescents of that generation born in California. They didn't want to feel marginalized.

Filomena had heard from the Marcheschis of me and my imminent arrival to Burlingame and could not wait to meet me in person.

It must be known that Filomena spoke a language of her own, that in the beginning, to be honest, confused me quite a bit. Over time, once you'd gotten how it works, it became easier to converse with her, and believe me, she loved to chat.

She often spoke to me of her origins, of her beautiful Lucchese land, for which she felt a great nostalgia and from which her husband Renato had taken her away almost by force in search for work he couldn't find in Italy, for a better life for themselves and their children to come.

The village of San Ginese was almost completely depopulated because of the mass exodus that occurred immediately after the end of World War I. The Lucchese emigrants had not stopped on the East Coast, not in New York, Boston, Philadelphia or Chicago as most Southern Italians did, but rather preferred an even longer and complicated journey. A journey towards

California, in San Francisco, or even more to the north, an area that reminded them of the land they'd left behind, full of lush hills where they could one day have a vineyard and olive groves.

Sometimes I wonder if the opera *Una Fanciulla del West* by the mastermind Giacomo Puccini contributed in any way to the fact that such a large number of Lucchesi moved to the most beautiful state in the U.S., with a climate perhaps more similar to that of the Italian Peninsula.

I like to think that the el dorado presented by the Tuscan composer in his opera was what lured many of Lucca's inhabitants to the new world and California. They, as we should not forget, brought themselves honor in accomplishing every endeavor they embarked upon with great success, because they never lacked the will to accept sacrifice to achieve their goals.

Filomena didn't drive because she'd never dared to take the driver's license exam, even though her husband and children had insisted on it. However, she spent very little time at home, although she was a housewife like many other Italian women in those days, and she moved herself around asking friends or neighbors like us for a ride or went to the center of town on foot.

It was her husband who'd insisted, as a good Italian, that she not work, preferring she was at home to attend to family matters and the two children, their son James and daughter Benedetta.

Filomena had little education. As it happened to most of her generation of country girls, her parents did not allow her to continue school beyond the fifth grade, to stay home and help the family. My beloved mother Antonietta had to do the same.

But Filomena had plenty of intelligence. She was astute and wise, and my only problem in the beginning was understanding her.

I arrived in Burlingame Thursday night, and the following Saturday my beloved Bonnie told me they'd just received an invitation to a party at the home of the famous Filomena. I had only glimpsed her from my bedroom window in the garden of her house feeding her dog, a German shepherd, and hanging laundry out on the line, like a good Italian.

I later learned that the children had bought her a dryer, but she refused to dry clothes in that damn machine. She continued to dry them outside in the sun, even with what little sun there was in January, my first January in the land of my great love, the promised land.

It was her seventieth birthday, and she'd insisted we come too.

Why not, I thought. It was Saturday night, but I was still jetlagged and there was nothing else better to do, so all four of us presented ourselves, Bonnie, Luigi and Aurora, and I.

It was an interesting evening because everyone wanted to meet that 21-year-old bearded young man who'd just arrived from Italy, yours truly. It felt like I was in fact the center of attention, more so than the birthday girl. They asked me bizarre questions, as if I'd come from goodness knows where some world away.

Filomena, the birthday girl, took me aside and using a language that seemed strange to me began to bombard me with questions.

The party was pleasant but at some point, whether because I was bored or the jetlag was beginning to get to me, I asked Bonnie if we could salute them all and return home, but she insisted we at least stay until the cutting of the cake. I gasped, when they brought it to the table with its seven candles. I'd never seen a cake of this magnitude before. A St. Honorè of gigantic proportions. 'All'Americana,' in short. They lit the candles, and everyone began to sing, some in English, others in Italian.

As I ate my slice of cake, I thanked Bonnie silently for convincing me to stay. It was truly delicious. A masterpiece. Maybe I'd never eaten a cake so good.

Later Bonnie explained to me that there was an Italian bakery in San Francisco named Pasticceria Dianda renowned for its desserts crafted by pastry chefs born in Italy.

While all the guests were eating their slice of cake or asking for a second one, Filomena approached me, and this time, she totally confused me with her question. It sounded like: *"Hai ingioiato la checca?"*

I looked confused and bewildered, wondering inside why a lady of Filomena's age would ask me a question like that, perhaps alluding to the number of homosexuals in San Francisco, since *checca* in the Roman dialect means "gay." I responded that I was indeed told there were many of them in this city, but I was not very shocked because also in Italy now there were some, in cities like Rome and Milan especially in the fields of fashion and film.

I saw her react a bit confusedly, as if she did not appreciate my answer, and she left me there suddenly to head for the kitchen.

I did not understand her reaction at first.

Later Bonnie asked me why I had not complimented Filomena on the fabulous cake her children had ordered for the occasion. "She told me she'd asked you about it, and you started talking about homosexuals in San Francisco. Do you want to explain to me what gays have to do with the cake?"

"But what cake are you talking about? Filomena never mentioned any cake!"

At this point I tried to recite from memory what I'd heard.

She used exactly these words: "*Hai ingioiato la checca?*

I am sure I heard them, I swear to you…What does that even mean" I asked her embarrassed.

"You ass," Bonnie said, now laughing, having realized the mix-up I'd made. In North Beach Italian it means, " *Ti è piaciuta la torta?* Did you enjoy the cake?"

We both burst out laughing.

"But come on, how could I get that without knowing "enjoy" or "cake"? And while you're here, Bonnie, explain to me what she wanted to tell me yesterday morning when I saw her in the garden and I greeted her from the window. She told me an indecipherable phrase, something like, "*Questo cane non fa altro che scracciarmi la fensa*"?"

Bonnie laughed again.

"In North Beach Italian, it means that the dog scratches the wooden fence surrounding her home with its paws."

"Great start," I said. "It's probably best I don't speak with the dear signora Filomena for a while, at least until I learn a bit of English, that way I can better understand this North Beach Italian!"

Here's all the vocabulary I've learned in all these years until the dear Filomena unfortunately left us for a better life. A new language she herself had created, and of which she was very proud.

Here are some of the most famous phrases of our dear Filomena:

C'è una pipa che licca dal ruffo.
There is a pipe leaking from the roof.
C'è una tubatura che perde acqua dal soffitto.

Mio figlio è andato alla bara con il carro.
My son went to the bar with his car.
Mio figlio è andato al bar con la macchina.

Sono andata allo storo con il carro e ho comprato una bega di pinozze.
I went to the store by car and I bought a bag of peanuts.
Sono andata al negozio in macchina e ho comprato un sacchettino di noccioline.

Mio figlio lavora in una fattoria e il suo bosso è un germanese di quelli toffi.

My son works in a factory whose boss is a tough German.

Mio figlio lavora in una fabbrica e il suo titolare è un tedesco di quelli duri.

3. L'America ti ha Rovinato!

A casa mia eravamo sei maschi e una sola femmina.

Ciascuno di noi fratelli aveva un compito preciso per mandare avanti la baracca, ma a parte quello eravamo sei mammoni.

Personalmente, nei primi 19 anni della mia vita, non avevo mai rifatto il letto, mai lavato un piatto, mai dato una mano in cucina, dove la mamma faticava come una schiava e si atteggiava da regina. Nessuno avrebbe osato alzare un dito nel suo regno.

Lei faceva tutto per noi – o quasi – grazie anche all'aiuto di nostra sorella Anna Maria, che doveva dividersi fra la scuola e le cure della casa.

Papà sapeva a malapena friggere due uova. Probabilmente era lui il più disordinato della famiglia. Il più *mammone*. Il re-*mammone*.

Al suo ritorno dall'ufficio, la mamma doveva seguirlo passo passo, perché lui "lasciava la scia": i pantaloni qua, la camicia là e le scarpe da un'altra parte.

Appena arrivai in California mi resi conto che la musica sarebbe cambiata. Non solo dovevo cercare di essere più indipendente, ma dovevo anche collaborare nelle faccende domestiche. Per prima cosa, imparai a rifare il letto da solo.

Sapevo che nella mia vita a stelle e strisce avrei dovuto iniziare a fare cose che avevo sempre delegato per pigrizia agli altri, ma degli usi e dei costumi del popolo americano – a cui avrei dovuto prima o poi abituarmi – non sapevo praticamente nulla.

Tre giorni dopo il mio arrivo, ad esempio, scoprii che dovevo smettere di fare i complimenti all'italiana.

In Italia, quando ero ospite di amici di famiglia e mi veniva offerto qualcosa da mangiare, cominciavo sempre col dire di no: "no grazie, ho già mangiato" o "adesso non mi va". Il costume voleva che, anche se stavi morendo dalla fame, dovevi "fare i complimenti" e inventarti qualche scusa per temporeggiare. Mai dire subito sì, mai accettare alla prima offerta, spesso neanche alla seconda, tuttalpiù potevi cedere alla terza.

Quindi, quando Bonnie mi portò a fare visita ad alcuni suoi vecchi amici e mi venne offerto qualcosa da mangiare, io ringraziai e, mentendo come al solito, dissi che avevo già mangiato. Al mio primo rifiuto non me lo chiesero più. Soffrii tutta la serata e tornai a casa con una fame da lupo! Una bella lezione da imparare per chi va negli Stati Uniti.

Al mio ritorno in Italia dopo circa due anni di assenza, ero orgoglioso di mostrare alla mia famiglia come i sacrifici spesi per adattarmi al Nuovo Mondo mi avessero reso una persona migliore.

Nel primo giorno nel mio vecchio letto, quando al mattino mi svegliai, la prima cosa che feci con l'aiuto di Bonnie fu quella di rifare il letto. Poi uscimmo di casa per andare in centro a fare una passeggiata.

Al nostro ritorno per l'ora di pranzo, trovammo la mamma nella nostra stanza tutta indaffarata a rifare il letto che noi avevamo già fatto qualche ora prima.

"Ma che cosa stai facendo!?" protestai.

"Il letto lo abbiamo già fatto noi questa mattina."

"Questa è casa mia e i letti a casa mia li faccio io!" replicò lei indispettita.

"Ma mamma, pensavo ti facesse piacere. Non sei contenta che in America ho imparato a fare il letto?"

"L'America, figlio mio, ti ha rovinato!" sentenziò lei sconsolata.

3. America Ruined You!

At my house, we were six boys and one girl, Anna Maria.

We each had a specific task to help out the family, but other than that we were six *mammoni* ("Mama's boys").

Personally, the first 19 years of my life, I had never made a bed. Never had I washed a dish or given my mother a hand in the kitchen, where she worked like a slave and yet acted like a queen. No one would even dare lift a finger in her kingdom.

Mom did everything for us, or almost everything, thanks to the help of our sister Anna Maria, who had to divide herself between school and the care of the house.

Dad barely knew how to fry two eggs. He was probably the most disorganized in the family. The biggest Mama's boy. The king of the Mama's boys.

My mom, on Dad's return from work, had to follow him step by step, because he "left a trail"—his jacket in one place, his pants in another, shirt and shoes somewhere else.

As soon as I arrived in California, I realized immediately that the music would change. I had to become more independent and above all be helpful at home. First of all, I had to learn how to make the bed in the morning all by myself.

I knew that in my new life with stars and stripes I would have to start doing things that I had always delegated to others out of laziness, but I knew almost nothing about the American people's uses and customs, which I should sooner or later get used to.

Three days after my arrival, for example, I realized that it was time for me to stop standing on ceremony, Italian-style.

In Italy, when I was at the home of family friends and was offered something to eat, I always began by saying no. "No, thanks, I've already eaten," or "I'm not hungry." In short, standing on ceremony.

The idea was that on the first invitation, even if you were dying of hunger, it was always polite to say that you were not hungry or give some other excuse.

Never say yes right away, never accept the first offer of food and often not even the second—then yield to the third and accept, or risk to starving to death.

Bonnie took me to visit some old friends and they offered me something to eat and I, of course, as a good Italian, thanked them, saying that I had already eaten, which was a lie that unfortunately cost me dearly.

At my first refusal, I was not asked again and I had to suffer throughout the evening and return home as hungry as a wolf! A good lesson to learn for whomever is going to the States.

On my return to Italy, after about two years of absence, I was proud of showing my family how the sacrifices made to adapt myself to the New World had made me a better person.

On my first morning in my old bed, the first thing I did, with Bonnie's help, was to make the bed; then we left the house to go downtown for a *passeggiata*.

When we came back in time for lunch, we found my mom very busy in our room making the bed we had already done a few hours before.

I protested, "But Mom, what are you doing? We made the bed this morning."

"This is my house, and in my house, I make the beds!" she replied a little annoyed.

"But Mom, I thought that would make you happy. Aren't you pleased that in America I also learned how to make the bed!"

"America, my son, has ruined you!" she replied without any hesitation.

4. A Cena con Fluffy

Erano le nove di sera quando se lo vide apparire alla porta di casa tutto sudato, esausto e spaventato.

Armando prese fiato e si asciugò la fronte con il gomito.

"Oh merda! Non ci posso credere!" esclamò strabuzzando gli occhi.

Federico lo guardò accigliato, era incazzato nero.

"Ma si può sapere in che casino ti sei cacciato stavolta?! Non fai in tempo ad arrivare negli Stati Uniti che ti metti già nei guai! Guarda in che stato ti presenti! *Verrò in America per cambiare testa, per fare vedere a tutti chi sono e quello che valgo...* Chiacchiere! E io stupido che t'ho creduto! Come se non ti conoscessi! Qui eravamo tutti in pensiero. Il numero delle due studentesse non ce l'avevo. Ancora qualche ora e avremmo chiamato la polizia per trovarti. Roba da pazzi! Per fortuna che stasera non dovevo insegnare... Non avrei dovuto lasciarti uscire con quelle due puttanelle. Si vedeva lontano un miglio che erano persone di cui non ci si poteva fidare... Insomma, si può sapere che cazzo hai fatto fino adesso?!"

"È una storia troppo lunga da spiegarti. Scusa, ma ho bisogno di riprendermi un attimo."

"Dai muoviti, va' in bagno ad asciugarti il sudore e poi fatti vedere subito da Lynn, che era preoccupatissima."

Ritornò in salotto, dove Federico lo aspettava, ansioso di sapere cosa gli fosse successo, ma felice di vederlo finalmente a casa – anche se Dio solo sapeva come ci fosse riuscito, visto che a casa sua non c'era mai stato prima, sebbene avesse l'indirizzo e una vaga idea di dove fosse.

"Dov'è Monique? Che fine hanno fatto quelle due?"

"Dammi un bicchiere d'acqua, per favore... Scusami di averti causato delle paure inutili. Era l'ultima cosa che avrei voluto fare, ma il foglietto con il numero di telefono di casa tua me lo sono perso ieri sera, non so dove. Ringraziando Dio, mi sono ricordato le indicazioni che mi avevi dato. Ricordavo che la tua strada, Tilton Eveniu, era una traversa di El Camino Real e che era vicino ad un MecDonnals, altrimenti chi sa dove sarei andato a sbattere la testa. È un'ora che corro su El Camino Real dal paesetto dove vive quella stronza... come cazzo si chiama? Ah sì, Voodred Siti."

"Stai calmo, siediti e bevi un po' d'acqua. Adesso sei a casa qui con noi, sano e salvo."

Federico lo strinse forte a sé.

"Welcome to America, caro fratello."

Armando respirò profondamente, accennando un sorriso di gratitudine.

"E comunque la cittadina si chiama Redwood City" riprese Federico.

"Vudred, Redvud, che ne so, questi paesi mi sembrano che abbiano tutti lo stesso nome."

"Ma perché sei dovuto venire a casa di corsa? Per caso qualcuno ti stava inseguendo?"

"Guarda, Fefè, se quella mi becca mi ammazza. Mi ha inseguito da casa sua con un coltello da cucina."

"Ma si può sapere che hai fatto!?"

"Ma niente di che, te lo giuro. Eravamo tranquilli in giardino, poi lei è andata in cucina e, all'improvviso, è uscita fuori gridando e con un coltello lungo mezzo metro fra le mani. Se mi avesse preso, non so cosa mi avrebbe fatto. Ho visto che la situazione era critica, così ho saltato il recinto, ma lei mi ha inseguito. Urlava come una pazza frasi che non potevo capire, tipo: *Ailchilliu, sanovabbicc, ailchilliu!* La strada andava in discesa. Ho fatto circa 400 metri e poi ho visto il semaforo, l'insegna El Camino Real, così ho girato a sinistra e là penso di averla persa, anche perché quella, con il culo grosso che si ritrova, certamente non poteva raggiungermi. Meno male che fino alla settimana scorsa ho giocato a pallone... un po' di fiato ce l'avevo."

Federico lo guardò allibito.

"Ma che cazzo hai combinato!?"

Nel frattempo, Lynn si era seduta accanto ad Armando e gli stringeva la mano per tranquillizzarlo.

"Ma guarda, sudi ancora dallo spavento. Hai fame? Vuoi che ti riscaldi qualcosa?" gli chiese lei, dolcemente.

"No grazie, ancora devo digerire quello ho mangiato... che forse è il motivo per cui sono dovuto scappare."

"Che hai fatto Armando?" continuò lei con tono pacato. ·

Lui abbassò lo sguardo sconsolato.

"Dai, vado a prepararti il letto, così puoi andare a dormire. Sarai certamente stanco. Glielo avevo detto a tuo fratello che avrebbe dovuto portarti a casa ieri sera, invece di lasciarti con quelle due. Hai tempo per divertirti, non credi?"

"Io, veramente, pensavo di non aver fatto niente di grave. In Italia è una cosa normale."

Lo fissarono incuriositi, volevano conoscere la storia nei dettagli.

"Normale non è un aggettivo che ti si addice, Armando, comunque, vai avanti, raccontaci tutto", commentò sarcastico Federico.

"Niente, le ho solo preparato la cena. Che cazzo ne so, tu le avevi detto che ero un cuoco sopraffino, così mi ha chiesto di farle una bella sorpresa. 'Preparami uno dei tuoi piatti preferiti', mi ha detto. Allora io ho preparato una cena con i fiocchi e quella, anziché ringraziarmi, per poco non mi ammazza. Sono vivo per miracolo! Quella è pazza, pazza da legare!"

"Ma, almeno, te la sei fatta?"

"Ah, quello sì. Ieri notte. È stata fantastica!"

Incredibile, pensò Federico, *è un dissennato, ma con le donne ha una marcia in più.*

"Poi, questa mattina", riprese Armando, "mezzo rincretinito per la mancanza di sonno, visto che ci abbiamo dato dentro fino alle 5, mi sono sentito dire: 'Devo andare a lavorare. Tuo fratello, in classe, non fa altro che decantare le tue doti di ottimo chef. Perché non mi prepari qualcosa di speciale per cena? Fammi una sorpresa! Qualcosa che non dimenticherò per il resto della mia vita! Dormi un po' e ci vediamo alle 5. Bye baby'. Poi è sparita. Mi sono riaddormentato e mi sono risvegliato alle due e mezzo del pomeriggio."

"Ma potevi almeno telefonare!"

"Fefè, te l'ho già detto: avevo perso il foglietto con il tuo numero. E poi lei mi aveva promesso che mi avrebbe accompagnato a casa tua. Ero tranquillo."

"Tu eri tranquillo! E noi!? Non ti sei preoccupato di come potevamo stare noi, eh?!"

"Dai, lascialo parlare. Sono sicura che non voleva", disse serafica Lynn.

"Tanto tu lo giustifichi sempre", commentò infastidito Federico. "Forza, continua."

"Niente, poi mi sono fatto una doccia. Oh, quanto sono belle le docce qui in America! Abituato a quel buco di casa nostra a Suoligno, dove l'acqua calda si vede solo con il lumicino… Ci sono rimasto quasi mezz'ora. Che goduria! Una vera e propria goduria. Non volevo più uscire… Viva l'America!"

"Sì, va bene la doccia, ma vuoi dirci cos'hai combinato?" lo incalzò Federico.

"Niente. Dopo la doccia sono andato in cucina per vedere cosa potevo cucinare, ma non c'era niente, a parte delle scatolette di cibo precotto nel frigo. Così ho aperto la porta che dà sul giardino del retro della casetta e che cosa vedo in una gabbia? Un bel coniglio! Oh, non l'avevo mai visto un coniglio così grosso in vita mia! Ho pensato, qui sì che li allevano bene."

45

"Oh no! Non mi dire che lo hai fatto!?"

"I don't want to hear about this anymore!" esclamò Lynn infastidita. "I just hope it's not true!" aggiunse. Poi si alzò e andò verso la propria camera da letto.

Armando era confuso. Non capiva cosa avesse di tanto strano quel coniglio.

"La mamma, ogni sabato, portava a casa i conigli, ma mai uno bello come questo. Ti ricordi? A casa nostra ognuno aveva una mansione: tu dovevi tagliare la legna e accendere il fuoco ogni mattina, Alfonso pulire il giardino, Francesco assicurarsi che tutti avessero fatto i compiti, e qual era la mia mansione?"

"Ammazzare il coniglio" rispose Federico, mettendosi una mano sulla fronte. Anche lui cominciava a sudare.

"Allora vuoi sapere cosa ho fatto? Sono uscito per trovare un negozio di alimentari e dopo due o trecento metri ho visto un grande supermercato... come si chiama? Ah sì, Uaisei!"

"Si chiama Safeway."

"Sì, giusto, Sefuei! Infatti, mi sono anche ricordato il nome della strada. Tu me ne avevi parlato. Alameda de las Pulgas. Mi avevi detto che si chiamava la strada delle pulci perché su quella strada camminavano i soldati pieni di pulci, mentre su El Camino Real ci passava il re."

"Che bella memoria che hai, Armando! Il tuo inglese fa cagare, ma di ciò che ti ho raccontato in Italia non hai dimenticato nulla... Dai, continua."

"Niente. Sono entrato nel negozio e ho comprato tutto l'occorrente: carote, rosmarino, aglio, una cipolla, patate... insomma, tutti gli ingredienti che usava anche la mamma."

"Armando, tu sei matto! Matto da legare!!"

"Ho comprato anche una bella bottiglia di vino rosso, un filoncino di pane, dell'insalata, dell'olio d'oliva e dell'aceto... mi sono sputtanato tutti i dollari che mamma Tonia mi aveva dato per andare avanti la prima settimana."

"Bravo coglione!"

"Si vive una volta solo, Federico!"

"Lo puoi dire forte, per poco non ti ammazzano!"

"E vabbè, dai!"

"Adesso la fai facile, ma fino a due minuti fa tremavi ancora dalla paura."

"Vuoi sapere com'è andata a finire, sì o no?"

"Sì sì, tanto lo immagino già."

"Insomma, tornato a casa, ho dato un colpo al collo del coniglietto Flafee..."

"Come sapevi che si chiamava Fluffy?"

"C'era scritto sulla gabbia."

"Beh, quello ti avrebbe dovuto far capire che non ero un coniglio da cucinare."

"Boh!"

"Ai conigli che comprava nostra madre davi forse un nome?!"

"No, ma..."

"Roba da matti!"

"Vuoi sapere come l'ho cucinato?"

"Tu sei proprio scemo! Dai, tanto Lynn non ti sente."

"Una volta ammazzato, gli ho levato la pelle e l'ho stesa su un filo nel giardino, per farla asciugare, come facevo anche in Italia... Ti ricordi che poi l'andavo a vendere per 50 lire, no?"

"Come no!"

"Poi l'ho fatto a pezzettini, ho preso una padella, c'ho versato l'olio d'oliva…"

Federico ascoltava immaginando già l'epilogo e non sapeva se piangere o ridere.

"... Ho messo tutto nel forno e ho preparato la tavola, vino, pane, dell'insalata. C'era un profumo in quella casa, che mamma Tonia sarebbe stata orgogliosa di me, credimi! Poi, finalmente, è tornata lei. Bella, splendente come non mai. Mi si è buttata addosso, dicendo tre o quattro volte la stessa frase: *I missed you, darling, I missed you!*"

"Voleva dire che gli eri mancato!"

"Che profumo, mi dice, mai sentito un profumo così buono in casa mia! *You're hired, You're hired!* gridava felice mentre mi abbracciava e mi baciava. Che cosa mi hai preparato di buono? mi ha chiesto."

"Surprais! ho detto io. È una sorpresa!"

"Ho una fame da lupi, mi dice. Faccio una doccia veloce e sono a tavola presto. Ho una fame da lupi!! Ho imparato questa frase in classe di tuo fratello questa settimana…"

"Mannaggia a me quando ho pensato di portarti in classe!" commentò Federico.

In effetti, tutto ebbe inizio lì, la sera prima, quando lui aveva voluto presentare ai suoi studenti il fratello appena giunto dall'Italia.

Armando non si sarebbe mai aspettato il calore e l'entusiasmo che quegli sconosciuti gli avrebbero riservato. Federico li aveva preparati da tempo al suo arrivo e, certamente, quando lo videro entrare in classe al suo fianco, si resero subito conto che la descrizione del dolce e bel fratellino diciottenne non era poi affatto lontana dalla realtà. Un tipo moro e snello, dallo sguardo sveglio e sicuro di sé.

Gli studenti, principianti, gli rivolsero delle domande semplici. Era il compito che Federico gli aveva assegnato per la sera precedente. Ognuno doveva preparare tre domande da fare all'ospite d'onore, del tipo: Dove abita la tua famiglia in Italia? Che tempo fa in Umbria adesso? Hai fatto buon viaggio? Quanto tempo resterai negli Stati Uniti? Che cosa fai in Italia? e così via.

Una delle studentesse, la più giovane e carina, Monique, alzò la mano per fare una domanda all'ospite italiano.

Monique era di origine francese. Alta un metro e settanta, due bellissimi occhi azzurri, capelli castani, sicura di sé e della sua bellezza. Era un'ottima studentessa. La conoscenza della lingua francese l'aiutava certamente sia per la pronuncia che per la grammatica. Aveva 22 anni, anche se ne dimostrava qualcuno in più, proprio in virtù del suo atteggiamento spavaldo. Studiava l'italiano perché – per sua stessa ammissione – voleva andare al più presto in Italia per verificare se fosse vero quanto si diceva sugli uomini italiani: che erano i più romantici, i più simpatici e i più belli del mondo.

"Armando, che cosa fai tu stasera?" chiese senza mostrare imbarazzo.

Il resto della classe scoppiò a ridere.

"Ma, veramente, dopo un viaggio così lungo mi sento un po' stanco. Perché, cosa avresti in mente?" replicò Armando incuriosito.

"Che pensi tu di uscire con me e Paolina?" propose Monique, indicando la studentessa seduta al suo fianco.

"Su, dai, vieni con noi!" aggiunse l'altra sorridendo.

"Dai, ti portiamo a visitare San Francisco. È bellissima la notte, ci sono tanti locali e bar interessantissimi per divertimento. We're gonna have fun!"

Federico guardò Armando, sapendo già cosa avrebbe risposto.

"Che pensi, non sei troppo stanco? A casa c'è Lynn che non vede l'ora di rivederti. Avrai anche bisogno di farti una bella dormita. Magari domani…"

"No, c'è sempre tempo per dormire", lo interruppe Armando. "Carpe diem!" esclamò, sfoggiando quel poco di latino che aveva imparato alle scuole medie.

"Come vuoi… L'importante è che lo riportiate a casa non più tardi di mezzanotte. Il mio indirizzo è 102 Tilton Ave. Tilton è una traversa di El Camino Real. Quando vedete un McDonald's, siete arrivati. Mi raccomando, non più tardi di mezzanotte! Vi lascio anche il mio numero di telefono."

Per essere sicuro che non si sbagliassero, scrisse tutto su un foglietino e glielo consegnò.

"Divertitevi, ma non esagerate!"

Così dicendo, terminò la lezione e mandò tutti a casa con un'ora di anticipo.

"Lo vogliamo anche la settimana prossima, professore", dissero alcuni studenti in coro.

"Va bene, se gli fa piacere e se non ha ancora trovato un lavoro, lo porterò in classe con me anche la settimana entrante."

Armando se ne andò insieme alle ragazze.

Le due studentesse desideravano rendere la sua prima serata californiana incandescente e indimenticabile.

Verso mezzanotte, Federico ricevette una telefonata da Armando. Gli chiedeva di poter restare con le ragazze ancora per qualche ora.

"Armando, noi stiamo per andare a letto, ma perché non torni a casa? Dai, di tempo ne avrai per divertirti!"

"Ti prego, fratellone, sto passando dei momenti speciali con queste due ragazze... Ti prego, fammi stare ancora con loro. Monique mi ha detto che non ti devi preoccupare. Mi porta a casa sua e poi domani mi riaccompagna da te... Dai, ti prego!"

"E va bene, fa' quello che vuoi, ma sta' attento, non fare il pazzo come tuo solito…"

"Sta' tranquillo!"

"Dai, ci vediamo domani."

"Grazie Fefè, a domani."

Federico andò dormire un po' seccato. Comprendeva l'entusiasmo di un diciottenne alla sua prima notte in America, ma al tempo stesso si sentiva responsabile per lui.

Lynn si accorse del suo respiro pesante e gli si strinse vicina. Lei sapeva come farlo rilassare.

Anche Armando si era rilassato tanto in compagnia di Monique, così tanto da sottovalutare l'ira vendicativa della ragazza che fino a poco prima era stata tanto amorevole con lui. Perché, di fatto, Monique mangiava con gusto quello che lui le aveva preparato, ma non sapeva ancora cosa fosse. Continuava a chiederglielo incuriosita, ma Armando rispondeva scherzoso: "Surprais! È una sorpresa!".

"Oh my God, this is so good! Buono, buonissimo! The best meal I have ever had in my life. So Tender. Delicious! Delicioso! Bravo! Bravissimo!!"

Lui, mezzo ubriaco di cabernet e assonnato per l'effetto del fuso orario, non si rendeva neppure conto di quel che aveva fatto. Presto avrebbe imparato una lezione che non avrebbe più dimenticato per il resto della sua vita. Per lui il coniglio si allevava e si faceva crescere con l'unico scopo di allietare uno splendido pasto domenicale. Certamente non poteva sapere che in America il coniglio è considerato un animale domestico alla pari di un cane o di un gatto.

Per tutta il corso della cena, Armando riuscì a mantenere segreta la 'surprais' che aveva preparato e che ormai iniziavano a digerire.

Monique si alzò dalla sedia, si avvicinò a lui per baciarlo appassionatamente, quindi lo prese per mano per uscire insieme fuori in giardino. Appena furono sul retro della casa, lei si accorse di uno strano tessuto appeso a un filo.

"What is that?" fu la sua prima reazione.

Armando, ignaro della gravità dell'azione compiuta, le rispose serenamente e con un certo orgoglio: "La pelle di ciò che hai appena finito di mangiare con tanto gusto."

"Sure!" replicò lei, assecondando l'ironia del fascinoso italiano.

"Where is Fluffy?" chiese poi in tono serio.

"Nel tuo pancino", continuò lui in tono allegro.

"No really, where is my Fluffy?"

"Fla-fee? Ce lo siamo mangiato."

Incredula, Monique rimase immobile per un istante, poi, sconvolta, si rivolse con uno sguardo rabbioso all'assassino: "Oh my God! You son of a bitch! I'll kill you!".

Gridando, corse subito in cucina e ne uscì con un grosso coltello, decisa a saltargli addosso e a scannarlo.

"All'inizio, fratellone", riprese Armando nel suo racconto, "non mi ero reso conto di ciò che stava accadendo, poi quando l'ho vista venirmi contro ho capito che la mia vita era seriamente in pericolo e che dovevo scappare. Così ho saltato il recinto del giardino e mi sono messo a correre, con lei che continuava a gridare: *Oh my God! Son of a bitch! I'll kill you!* Potevi per lo meno avvisarmi, prima che arrivassi", aggiunse infine sorridendo.

"Di cosa?!"

"Potevi dirmi che il coniglio non si alleva per allietare il palato, ma per allietare il cuore!"

Federico sorrise a denti stretti, cercando di nascondere quel vortice misto di rabbia e vergogna che lo stava assalendo.

"Oh, ma a cosa pensi? Sei arrabbiato con me? chiese preoccupato Armando.

"No, ormai quel ch'è fatto è fatto, purtroppo! Va' a dormire, ti prego, va' a dormire, prima che io ti prenda a calci nel sedere!"

4. Dinner with Fluffy

It was nine in the evening when Armando showed up at his brother's doorstep drenched in sweat. He looked exhausted and his eyes were wide with fear.

He took a deep breath drying his forehead with his elbow in a swift motion.

"Oh shit! I can hardly believe it!" he said, rolling his eyes.

Federico looked at him frowning all the time. He was really pissed off.

"Can you tell us what kind of a mess you got yourself in this time? You just set foot in this country and, already, you are in some kind of trouble!

Look at you! Look at how you show up!

I will come to America to change my way, to show everyone who I really am and what I am worth...

"Only empty words!" Federico continued.

I was a fool to believe you! As if I didn't know you any better!

Here we were, all worried. I didn't have the phone number of the two girls you took off with. Another hour, and we were going to call the police to come and find you."

"This is crazy!" he went on. "Thank God that this evening I didn't have to teach. I should not have let you go out with those two little flirts. Anyone could see a mile away they were not to be trusted...Anyway, would you please tell us what the heck have you been doing?"

"Long story! Give me a minute, OK?" Armando said.

"Come on! Hurry up! Go to the bathroom and wipe off that sweat, and make sure Lynn sees you, because she is really worried," Federico said of his wife.

He came back into the living room where Federico was waiting for him, anxious to know what had happened to him, but happy, of course, that he had at least made it home - even though God only knew how he had been able to, since he had never been in their house before, although he had the address, as well as an idea of where they lived.

"Where is Monique? What happened to those two?" Federico asked, trying to calm down a bit.

"Can I have a glass of water, please? I apologize if I had you two worried. It was the last thing I would want to do, but I had forgotten your phone number in my suitcase. Thank God, I remembered the directions you had

51

given me. I remembered that your street was *Tilton Eveniu* and that it was a side street of El Camino Real, near a *MecDonnals*, otherwise who knows where I would end up. I have been running for one hour on El Camino Real from the small town where that little piece of shit lives… what the heck is its name? Ah yes, *Voodred Sity*"?

"Calm down, sit down and drink some water. You are home now, here with us, and safe and sound," Federico said.

He gave him a big hug.

"Welcome to America, dear brother."

Armando took a deep breath, hinting a smile of gratitude.

"By the way, the little town is called Redwood City" Federico continued saying.

"*Vudred, Redvud*, what do I know, it seems to me that all these towns have the same name!" Armando said, exasperated.

"But why did you have to run home? Was someone chasing you?" his older brother asked.

"Look, Federico, if that girl gets a hold of me, she will kill me. She chased me from her house with a kitchen knife!"

"Can we know what you did!?"

"Really nothing, I swear to you. We were relaxing in the garden of her home, then she went to her kitchen and suddenly came out screaming, holding a knife that was at least half a meter long. I am not sure what she might have done if she had gotten hold of me."

"I understood the situation was critical, I jumped the fence, and she came after me like a crazy person. She was screaming things I could not understand, such as, '*Ailchilliu ia, sanovabbicc, ailchilliu!*' "

The road was going downhill," Armando went on. " I did about 400 meters. Then, I saw a light signal, the sign El Camino Real, so I turned left and that is where I think I lost her, because she, with her big and fat ass, couldn't certainly catch up with me. Thank God that until last week I was training and playing soccer… I was in pretty good shape."

Federico looked at him, stunned.

"What kind of mess have you gotten yourself into!?"

All this time, Lynn, who was sitting next to him, was holding his hand to help him calm down a bit.

"Look at you! You are so scared that you are still sweating. Are you hungry? Do you want me to warm something up for you?" she asked.

"No, thanks, I haven't digested yet what I ate," Armando said, "which is maybe the reason why I had to run away."

"What did you do, Armando?" she asked him sweetly.

He looked down, disheartened.

"Come on, I am going to get your bed ready" she continued, "so, you can go to sleep. You must be really tired."

"I told your brother he should have brought you home last night, instead of leaving you with those two. You will have all the time in the world to have fun here, don't you think?"

"Can you tell us what sort of trouble you got yourself into?" Federico asked again.

"I really didn't think I had done anything wrong. In Italy, this is all quite normal," Armando said.

Lynn and Federico looked at him in amazement, curious now to hear the details.

"I would not say that normal is an adjective that applies to you, Armando. Anyway, go ahead, tell us everything" said Federico with of tinge of sarcasm showing in his voice.

"I prepared dinner for her tonight, that's all I did." Armando explained. "What the heck do I know? You had told her I was a great cook, so she asked me to surprise her. 'Prepare one of your favorite Italian dishes for me,' she told me.

"Then I went ahead and cooked an incredible dinner, and she, instead of thanking me, almost killed me because of that. If I'm alive, it's only a miracle! She is crazy, I am telling you; she is so crazy she should be locked up!"

"Did you at least do her?"

"Oh yes. That I did. Last night. She was fantastic!"

Amazing! Federico thought, *he is totally insane, but man, does he have a way with women!*

"Then, this morning", Armando continued, "half brain dead because of lack of sleep, since we made love until five, I heard her saying to me: 'I need to go to work now. Your brother in class keeps praising your talent as a great chef! Why don't you cook me something special for dinner! Why don't you surprise me! Something so good I will never forget it for the rest of my life! Sleep a little more and I'll see you at five. Bye baby!' Then she disappeared. I fell asleep again, and I woke up at around 2:30 in the afternoon."

"You could have at least called us, Armando."

"Fefè, I told you already: I had lost the piece of paper with your number. And then she had promised me she would take me to your house after dinner. I wasn't worried."

"You were not worried! What about us? Did you not worry about how we were feeling not seeing you, eh!?"

"Come on now, let him talk. I am sure he didn't mean any harm!" Lynn said very serenely.

"You always defend him," Federico said to his wife, annoyed, then turned his attention back to his brother. "Come on, go on with your story."

"Nothing, I took a nice shower... Oh my God, how wonderful showers are in America! Accustomed as I was to that hole in the wall of a shower in our house in Suoligno where there is barely any hot water... Long live, America! I stayed under the water for at least half an hour. What a pleasure, a real true pleasure! I did not want to come out of it for anything in the world!"

"Yes, I understand the shower, but do you want to tell us what the heck you did?" Federico asked him with some urgency.

"Nothing, after the shower I went into the kitchen to see what I could cook, but there was nothing in there, besides some little cans of precooked food in the refrigerator. So, I opened the door leading out to the garden in the back of the house and what did I see in a cage? A beautiful rabbit! Oh, I had never seen one as fat as this in my whole life! I thought, here they certainly know how to raise them well", Armando said.

"Oh! No! Don't tell me!" Federico said, fearing the worst.

"I don't want to hear about this anymore!" Lynn exclaimed, adding, "I just hope it isn't true!" Then she got up, went to her room and closed the door.

Armando was confused. He couldn't understand what was so strange about that rabbit.

"Mama Tonia brought home a live rabbit every Saturday, but she never brought home a rabbit as beautiful as this one. Do you remember? At our house, each one of us seven kids had a task. You had to cut the wood and get up every morning at five to light the fire; Alfonso's duty was to clean the garden; Francesco had to make sure that each of us had done his homework; and what was my job?"

"To kill the rabbit every Saturday", Federico replied putting his right hand to his forehead. He, too, was beginning to perspire profusely now.

"Then, do you want to know what I did? I left the house looking for a food store and after about two or three hundred meters, I saw this big supermarket. I think it is called *Waysay*."

"Its name is Safeway", Federico said.

"Ah! Yes, you are right, now I remember. *Sefuei*. In fact, I saw the name of the street it was on, and I remembered that you had spoken to me about it:

Alameda de las Pulgas. You had told me that it was called 'the road of the fleas' because on that road walked the soldiers who were full of fleas, while on El Camino Real, the king would walk."

"What a great memory you have, Armando. You speak a shitty English, but I see that you have not forgotten anything of what I told you back in Italy… But please, continue."

"Nothing, I went in the store, and bought all I needed: carrots, rosemary, garlic, one onion, some potatoes, in short all the ingredients that mama also used," he said.

"Armando, you are crazy! Completely insane!"

"I also bought a bottle of red wine, a loaf of bread, some lettuce, olive oil and vinegar… I squandered all the dollars Mama Tonia had given me to last me the first week I was here."

"You are a real jerk!"

"We live only once, Federico!"

"You can say that again! You almost got yourself killed."

"Well, come on!"

"You make it sound all so easy now, but just a minute ago you were shaking in your boots with fear!"

"Do you want to know how it ended, yes or not?" Armando insisted.

"Yes, go ahead, I can already imagine it anyway", his older brother replied.

"In short, I returned to Monique's place, where I gave a blow to the neck of *Fla-fee* the rabbit and…"

"How did you know its name was Fluffy?"

"It was written on the cage."

"Well, that should have made you understand it was a special rabbit and not a rabbit to kill and cook!" Federico exclaimed.

"How do I know…?" Armando protested.

"Did you ever give a name to the rabbits our mother bought?!"

"No, but…"

"It's insane!"

"Do you want to know how I cooked it?"

"You are such a fool! Go on, anyway, Lynn can't hear you."

"Once I killed him, took its skin off and hung it on a wire in the garden so it would dry, as I used to do in Italy…Don't you remember that I would sell it for 50 lire, right?"

"Of course, I do!"

"Then I cut the rabbit in little pieces as Mother would do. I found a pan in the kitchen, and I put some olive oil…"

Federico kept listening, imagining already how the story would end. He didn't know whether to laugh or cry.

"… I put everything in the oven, and I prepared the table, wine, bread, a salad… there was such a smell in that house that mama Tonia would have been proud of me, believe me! Finally, she returned, as beautiful and splendid as ever. She threw herself all over me repeating three or four times, the same phrase: *I misdiu, darlinn, I misdiu!*"

"She meant to say that she had missed you!" his older brother explained.

"What a smell, she said. I have never smelled anything this yummy in my house. Iur aird, iur aird! (Phonetic for "You're hired!") She was shouting happily, while she hugged me and kissed me! *What is it you prepared for dinner that smells so good?* She asked me."

"Surprais! I said. It's a surprise!"

"Ho una fame da lupi, I am so very hungry, she said. I'll take a quick shower, and I'll be at the table soon. Ho una fame da lupi! I learned this expression from your brother in class this week…"

"Dammit! I was a fool for taking you to class!" Federico commented.

In fact, everything started there, the night before, when he decided to introduce his brother just arrived from Italy to his students.

Armando was not expecting the special warmth and enthusiasm those unknown students were going to show him. Federico had been preparing them awhile for his arrival to the United States and certainly, when they saw him come into the classroom, they realized that his description of the sweet and handsome 18-year-old little brother was not at all far from the truth. He was slender, with dark brown eyes, and black hair; he was quick-witted and exuded confidence.

The students, all beginners, started asking him simple questions. That was indeed the homework Federico had given them for the evening. Every student had to prepare three questions to ask the guest of honor, questions such as: Where does your family live in Italy?

How is the weather in Umbria now? Did you have a good trip? How long will you stay in the States? What do you do in Italy? And so on. Monique the youngest and cutest of the students, raised her hand to ask the Italian guest her question.

Monique was of French origin. Five seven, with gorgeous blue eyes, brown hair, very sure of herself and of her good looks. She was an excellent student. Being fluent in French helped her both with her pronunciation and grammar. She was 22 years old, even though she seemed a little older, because of her defiant attitude. She admitted the first night of class she was studying Italian because she wanted to go to Italy as soon as possible, to see for herself if what she'd heard about Italian men was true: the most romantic, the most charming and the most handsome in the world.

"Armando, what are you doing tonight", she asked, without looking at all embarrassed.

Everyone in class started laughing.

"Well, to tell you the truth, after such a long flight, I feel a little tired. Why? What did you have in mind to do?" Armando replied showing some interest.

"What about going out with me and Pauline after class?" Monique suggested, pointing to the student sitting next to her.

"Come on, come with us!" the other girl added with a smile on her face.

"Come on, we'll take you to visit San Francisco. It is very beautiful at night, and it is full of interesting places and bars where we can go and have a great time. We're gonna have fun!"

Federico looked at Armando, already knowing what his answer would be.

"What do you think? Aren't you too tired? Lynn is waiting at home and she can't wait to see you. Perhaps you also need to take a nice sleep and tomorrow…"

"No, there is always time to sleep" Armando interrupted him. "Carpe diem!" he exclaimed, showing off that little Latin he had learned in Intermediate school.

"Well, as you wish…" his older brother had said hesitantly adding to his students, "As long as you bring him back home no later than midnight. Here is my address: 102 Tilton Avenue, in San Mateo. Tilton is a side street of El Camino Real. When you see a McDonald's, you are almost home. I'll give you my phone number too, just in case."

To make sure they had it right, he wrote everything on a piece of paper and gave it to them.

"Have a good time, but don't go overboard!"

Having said those words, he also finished the lesson and sent everyone home an hour earlier.

"We want him next week too, professore", several students shouted.

"Ok, if he feels like it and hasn't found a job yet, if you really insist, I'll bring him with me next week too."

Armando left with the two girls.

The two students wanted to make his first night in California incandescent and unforgettable.

At about midnight, Federico received a phone call from Armando. He asked him to let him stay with the two girls for a few more hours.

"Armando, we are about to go to bed. Why don't you come home? Come on, you are going to have all the time in the world to have fun!"

"I beg you, big brother. I am having the best time with these two chicks… let me spend more time with them, please! Monique said you have nothing to worry about. She'll take me to her house tonight, and tomorrow she will take me to your house. Come on, please?"

"Well, ok, but be careful, and don't act crazy as you normally do…"

"Do not worry!"

"Ok, I'll see you tomorrow."

"Thank you, Fefè, see you tomorrow."

Federico went to bed a little annoyed. He understood the enthusiasm of an eighteen years old on his first night in America, but at the same time he felt responsible for him.

Lynn noticed his heavy breathing, got close to him and hugged him. She knew well how to make him relax.

Armando had gotten so relaxed with Monique that he underestimated how a woman, who had been so loving, kill her very lover to avenge a pet. In fact, Monique had been enjoying whatever Armando had prepared for her, but she didn't know yet what it was. Curious, she kept asking him what this delicious food was, but Armando kept teasing, "It is a surprise!"

"Oh my God, this is so good! Buono! Buonissimo! The best meal I have ever had in my life. So tender! Delicious!! Delicioso! Bravo, Bravissimo!" Monique raved.

He, half inebriated because of the cabernet, and sleepy with jet lag, hadn't the faintest idea of what he had done. He would soon learn a lesson he wouldn't forget for the rest of his life. For him, you raise and feed a rabbit with the purpose of preparing a splendid Sunday meal with its exquisite taste. He had no idea that in America the rabbit is considered a pet to raise the same way you raise a dog or a cat.

Throughout the dinner, Armando was able to keep a secret the "surprais" he had prepared and that by now they started digesting.

Monique got up from her chair, got close to him to kiss him passionately, then held his hand to go together in the garden. As soon as they were in the back of the house, her eyes fell immediately on the strange skin hanging from a wire.

"What's that?" she asked.

Armando, completely unaware of the gravity of his action, answered serenely and with a certain pride: "The skin of what you just finished eating with so much pleasure."

"Sure!" she replied, humoring him. Then she asked seriously, "Where is Fluffy?"

"In your little tummy, my dear, "he continued, in a happy tone.

"No, really, where is Fluffy?"

"*Fla-fee?* We just ate it!"

Unbelieving, Monique remained still for a minute, then, horrified, turned toward the assassin in a fit of rage.

"Oh, my God! You son of a bitch! I will kill you!" she shouted.

She went to the kitchen, and came out with a big, long knife, with all the intention to jump on Armando and slit his throat.

"At first, big brother", Armando continued his story, "I did not realize what was happening. Then, when I saw her running against me, I understood my life was in serious danger and I had to run. So, I jumped the fence and came down running, while she chased me and kept shouting something that sounded like: *O-myee-god-a! Sonova-beach-a! I-killa-u!* You could have at least warned me, before my arrival?" he finally added smiling.

"Warn you of what!?" Federico asked.

"You could have told me that they don't raise rabbits to gladden the palate, but rather to gladden the heart!"

Federico smiled with tight lips, trying to hide that mixture of anger and shame that was taking hold of him.

"Oh, what are you thinking about? Are you angry with me?" asked Armando, looking now a little worried.

"No. Unfortunately, what is done is done! Just go to sleep, Armando. Please, go to sleep, before I kick your ass!"

5. I Colori della Bandiera

Per quell'esame ci avevo messo tutta la mia buona volontà. Volevo superarlo e fare una bella figura. Ci tenevo parecchio, molto più di quanto tutti potessero pensare.

Studiai giorno e notte, anche argomenti di una noia incredibile, ma la posta in palio era molto alta: venire in possesso di un passaporto americano ed ottenere quindi la cittadinanza.

A quei tempi, gli italiani erano costretti a perdere la propria cittadinanza per acquisire quella statunitense, e anch'io dovetti fare lo stesso. Poi fortunatamente le cose sono cambiate. Non ho potuto più riprendere il passaporto italiano, ma adesso sono comunque orgoglioso di avere quello europeo.

Perché decisi di farlo? Personalmente, avrei potuto continuare a svolgere la mia professione di insegnante universitario con la sola green card, ma c'era il mio fratello minore Giulio che premeva. Dopo essere stato mio ospite per alcuni mesi, aveva espresso il desiderio di restare a San Francisco, ma con il permesso turistico era dovuto tornare in Italia. Io, diventando cittadino Americano, avrei potuto richiamarlo e facilitare il suo ingresso legale negli Stati Uniti.

Era un sacrificio? Certamente sì, ma decisi di farlo.

Adesso, quando ci ripenso, mi rendo conto che quella fu una decisione discutibile.

Lui si è affermato nel campo della ristorazione, il suo ristorante ha avuto successo e gli ha portato una sicurezza finanziaria, ma qual è stato il prezzo che io ho dovuto pagare a livello personale? Lasciamo perdere... Ormai, 'alia iacta est', quel che è stato è stato.

La mattina dell'esame ero nervoso, più di quanto non lo fossi stato prima per qualsiasi altro esame. Sapevo che non potevo assolutamente fallire. Non volevo deludere Bonnie, che ci teneva quanto me se non di più, né tantomeno i miei suoceri e gli amici.

Mi svegliai prima del solito, dopo una notte insonne. Ero in preda all'ansia.

Bonnie era pronta e partimmo per San Francisco.

L'ufficio dell'immigrazione era nel centro finanziario della città. Mi ritrovai improvvisamente in una sala grandissima, in mezzo a più di un centinaio di persone, la maggior parte di origine asiatica, che come me volevano coronare il sogno di diventare cittadini americani.

Visi ansiosi, sperduti, nervosi come il mio.

A un certo punto, un signore alto dal volto simpatico e promettente, con un bel pizzo nero, si presentò sul palco e fece un discorso in un inglese lento e preciso, mettendo in risalto l'importanza del momento, il significato di diventare cittadini americani, e ricordando i nostri doveri e i grandi vantaggi che ci aspettavano una volta superato l'esame.

Il suo discorso durò una buona mezz'ora. Tutta la platea dei candidati rimase ferma ad ascoltarlo, o almeno fece finta, sì, perché, a dire il vero, penso che io fossi l'unico capace di afferrare il significato di quelle parole. La maggior parte dei presenti mi pareva piuttosto confusa.

Cominciarono quindi a chiamarci uno ad uno per condurci separatamente in varie stanze, dove ci attendevano gli esaminatori.

Venne finalmente il mio turno e le gambe cominciarono a tremarmi. Sudavo, anche se era una di quelle tipiche giornate fredde e nebbiose di novembre a San Francisco.

Mi feci il segno della croce ed entrai, mentre Bonnie mi strizzava l'occhio in segno di incoraggiamento.

Mi presentai ad un signore sulla cinquantina, di origine latina, forse messicana. Per prima cosa volle sapere la ragione per cui volevo diventare cittadino di quella meravigliosa nazione che mi ospitava. Poi mi fece varie domande di carattere generale sull'organizzazione degli Stati Uniti. Nel frattempo mi ero calmato e cominciai a rispondere con sicurezza, mostrando la mia ottima preparazione.

L'esaminatore mi fece quindi una domanda che in principio mi stupì per la sua facilità.

"Quali sono i colori della bandiera Americana?"

Sui colori non potevo sbagliare, e per dirli nell'ordine corretto, ripensai a quelli della bandiera italiana: verde, bianca e rossa. Quindi, con un sorriso sul volto e con grande sicurezza, immaginando che sarebbe stata quella l'ultima domanda, giunsi alla risposta.

"La bandiera americana è blu, bianca e rossa!"

Con mia grande sorpresa, vidi il suo volto turbarsi.

"Quello è l'ordine sbagliato! Dovresti saperlo!" disse adirato.

Io rimasi in silenzio, desolato, sicuro di aver fallito e di dover uscire da quella stanza triste e umiliato.

Lui, notando il mio sconforto, ritrovò la calma e il tono pacato dell'inizio.

"La bandiera americana è rossa, bianca e blu, mio caro amico… ma voglio darti una possibilità per rifarti", disse bonariamente.

Mi guardò fisso negli occhi e con un sorriso conciliatore mi chiese:

"Come si chiama il quarterback della squadra dei 49ers di San Francisco?"

Io, non credendo alle mie orecchie, rincuorato per una domanda che non poteva confondermi, risposi sicuro: "Joe Montana!"

"Bravo!" replicò lui. "Ecco il tuo passaporto americano! Usalo con orgoglio e con onore!"

5. The Colors of the Flag

I had worked really hard to prepare for that exam! I wanted to pass it, to make a good impression. In short, I cared about it much more than anyone knew.

I studied day and night, even subjects of incredible boredom, but the odds at stake were very high: possession of a U.S. passport, and the much-sought-after American citizenship.

In those days decades ago, Italian citizens were forced to forgo their citizenship in order to acquire U.S. citizenship. Thankfully things have changed since then, and I'm now a proud possessor of dual citizenship, having reacquired with great joy not only Italian citizenship but that of the European community.

Why did I decide to do this? Personally, there was no urgent need. I could have continued teaching at my university with only the green card. But there was Giulio, my younger brother, who pressed me. After being my guest for several months, he expressed the desire to stay in San Francisco, but with the tourist visa he had to return to Italy. I, as an American citizen, could retrieve him and facilitate his legal entry into the United States.

Was it a sacrifice? Yes, indeed it was, but I decided to do it.

Now, when I think about it, I realize it was a pretty questionable decision.

Yes, my brother has established himself in the restaurant business, his restaurant brought him success and financial security, but at what price on a personal level? Well, never mind... by now 'alia iacta est,' and what's done is done.

On the morning of the exam, I was nervous, more than I'd been for any exam before. I knew I couldn't fail. I couldn't disappoint Bonnie, who cared as much as I did, if not more. I couldn't let down my in-laws, my friends.

I woke up earlier than usual after a sleepless night. I was full of anxiety.

Bonnie was ready, and we left for San Francisco.

The immigration office was in the financial center of the city, in a great room where I suddenly found myself in the midst of more than a hundred people, the majority of Asian origin, who all wanted to realize this dream of becoming American.

Anxious faces, lost, with nervous looks, just like mine.

At some point, a tall gentleman with a black goatee and kind face appeared on stage and spoke in slow, precise English, emphasizing the importance of this moment, the significance of us becoming American citizens. He reminded us of the duties and great benefits awaiting us once we passed the exam.

His speech lasted half an hour, and to be honest, I think I was the only one who understood every word. Most of those present seemed rather confused by this new, foreign language.

They began to call us one by one and led us separately into different rooms where the examiners awaited.

When it was finally my turn, my legs began to shake. I was sweating even though it was one of those typically cold and foggy November days in San Francisco.

I made the sign of the cross, entered the room as Bonnie winked at me for encouragement, and introduced myself.

It was a man in his fifties of Latino origin, perhaps Mexican, and of course he wanted to know the reason I wanted to become a citizen of this wonderful country.

He asked me a number of general questions about the organization of the United States. In the meantime, I had calmed down and began to respond, showing off my great preparation.

He then asked me a question that at first surprised me for its ease.

"What are the colors of the American flag?"

Thinking this question would be my last, "The American flag is blue, white, and red!" I replied with a smile on my face and great confidence in my chest, keeping in mind the order of the Italian flag: green, white, and red.

With great surprise, I saw his face strain, almost disturbed.

"That's the wrong order! You should know better!" He replied, almost irritably.

I was left silent, desolate. I thought I had failed. I was going to leave that room sad and crestfallen.

He looked at my face, noticed my discomfort and deep disappointment and retained the calm attitude he had in the beginning.

"The American flag is red, white, and blue, my friend, but I want to give you a chance to redeem yourself", he said.

He looked me straight in the eyes and asked me with a restoring smile:

"What's the name of the quarterback for the San Francisco 49ers?"

I couldn't believe my ears and felt a bit confused at the unexpectedness of the question. But I was also heartened because I knew the answer. "JOE MONTANA!" I exclaimed confidently.

"Bravo," he replied. "Here's your American passport! Use it with pride and honour.

6. Sale

Atterrai a San Francisco con un giorno di ritardo, ma la cosa più importante era che, dopo aver affrontato un viaggio in aereo – il mio primo in assoluto – che era stato una vera odissea, fossi ancora sano e salvo.

Il jumbo jet 747 della compagnia Alitalia aveva prima cominciato a roteare sopra l'aeroporto di New York – a causa di un metro di neve era stato chiuso sia il JFK sia tutti gli aeroporti vicini – e poi era stato dirottato verso quello di Toronto in Canada, l'unico ancora aperto in tutta la costa dell'est. Purtroppo non aveva una pista di atterraggio adatta ad un aereo di quella portata. Il pilota fu costretto a fare un atterraggio di emergenza. Mica male come inizio!

Era il 5 gennaio, faceva freddo, ma non era paragonabile al gelo del centro Italia che mi ero lasciato alla spalle. Quello che mi colpì fu la vista di una folta cortina di nebbia che avvolgeva la città. Mi sarei dovuto abituare all'umidità.

Bonnie era oltremodo felice di vedermi, così come i suoi genitori. Anche loro avevano passato 24 ore di ansia e trepidazione senza sapere cosa fosse successo al mio aereo.

Quando arrivai nella loro bella villetta di Burlingame, a soli 15 minuti di distanza dall'aeroporto, fui sorpreso di vedere le tante piante da frutto che circondavano la casa. Notai arance mature e pronte per essere raccolte, limoni grandi come cedri, un noce rigoglioso con tanti dei suoi gusci caduti intorno, un grande olivo piegato dal peso e tante olive per terra. Le persone passavano, calpestavano i frutti ma non li raccoglievano. Tutto questo mi parve strano ma tenni il pensiero per me. Era proprio vero che l'America era la terra dell'abbondanza come mi era stata descritta più di una volta.

Un'altra cosa che mi colpì fu il prato antistante la casa pieno di lumache.

Mi venne spontaneo dire: "Domani le raccogliamo e poi le mettiamo nella farina per spurgarle e dopo tre giorni ce le mangiamo. Ho molte ricette di mia mamma".

In coro replicarono: "Ma che sei matto! Con tutti i preservativi che danno all'erba ti avveleneresti!".

Mi misi a ridere e spiegai il significato di "preservative" in italiano. "Si dice additivo, non preservativo!"

Ne seguì una risata generale.

La mia prima notte in America fu naturalmente dominata dall'emozione e dal cambiamento di fuso orario, che non mi permisero di chiudere occhio.

Il mattino seguente, dopo aver fatto colazione, la mia dolce Bonnie volle portarmi subito a San Francisco con la sua Chevrolet marrone, che a confronto delle nostre 500 o 600 Fiat pareva una nave.

La prima cosa che volle farmi vedere fu il simbolo di San Francisco, il Golden Gate Bridge, dinanzi al quale rimasi senza parole, per la mole, la bellezza e il colore rosso travolgente. Non potevo credere ai miei occhi. L'avevo visto nei film e nelle fotografie, ma trovandomi al suo cospetto ne sentii quasi paura, certamente rispetto.

Dal Golden Gate proseguimmo verso il centro città. Rimasi abbagliato dall'autostrada a quattro o cinque corsie e dal modo prudente in cui tutti guidavano. Il traffico scorreva veloce. Il limite di velocità a quei tempi era di 75 miglia all'ora, circa 100 km orari – lumache paragonate agli autisti italiani. Nel 1971 non c'erano ancora i grattacieli da capogiro che ci sono oggi, ma l'architettura urbana mi sorprese per l'assenza di edifici storici – che invece dominavano le nostre città italiane.

Bonnie sentiva la mia emozione e ne era felice. Voleva che il primo impatto fosse positivo, convincente, e che non provassi nostalgia del mio paese.

Quando le proposi di bere un buon caffè – che non fosse quella ciofeca che mi avevano dato sull'aereo e soprattutto in albergo a Toronto e che pur chiamavano espresso – mi disse sorridendo che sapeva esattamente dove andare: North Beach, il quartiere italiano di San Francisco.

Parcheggiammo senza difficoltà vicino a Piazza Washington, dove lei mi indicò alcune panchine sulle quali erano seduti i vecchi pensionati italiani – un po' come si usava da noi.

C'era il Caffè Trieste, luogo di incontro di artisti, scrittori e poeti europei, il Caffè Italia, dove si incontravano i giovani italiani per giocare a biliardo o a biliardino e parlare di sport e c'era infine il *Caffè Sport*, dove secondo lei facevano il miglior espresso e cappuccino di San Francisco. Dopo averlo provato, dovetti darle ragione.

Il titolare di *Caffè Sport* si chiamava Toni Latona, era un simpaticissimo signore di origine siciliana, che mi prese subito in simpatia e volle offrirci un bel panino al prosciutto e formaggio, uno dei migliori panini mai mangiati in vita mia. Gli promisi di ritornarci.

Per parecchio tempo io e Bonnie ci recammo quasi ogni sera a San Francisco al bar di Tonino per prendere un buon caffè, cosa che confuse un po' i miei futuri suoceri, che non capivano perché ci facessimo 30 chilometri a sera solamente per prendere un caffè. In effetti quello era solo un pretesto, almeno per me. Mi piaceva l'idea di essere circondato da persone italiane. Diminuiva la nostalgia e poi Latona era una persona squisita, che adorava

Bonnie e che era sempre contento di vedermi e di parlarmi.

Nel giro di qualche anno, *caffè Sport* diventò uno dei migliori ristoranti di San Francisco, con la fila di clienti che iniziava alle sei del pomeriggio e finiva a mezzanotte.

C'era chi veniva addirittura da Los Angeles pur di mangiare uno dei piatti squisiti preparati da Toni, che non era solamente un bravo cuoco ma anche un incredibile artista, un pittore talentuoso, un vero Leonardo da Vinci; analfabeta ma un vero genio. Divenne famoso per i suoi piatti di pesce fresco, ma soprattutto per i piatti di pasta abbondanti.

Caffè Sport cominciò ad essere frequentato anche da persone di una certa fama. Una sera che eravamo là per cena, io e Bonnie notammo che al tavolo vicino al nostro c'era Clint Eastwood con tutta la sua famiglia. Luciano, il cameriere veneto, ci disse che il divo del cinema era un cliente abituale e mangiava là almeno una volta alla settimana.

Luciano era l'anima del ristorante, la persona più simpatica mai conosciuta in vita mia, che poi divenne anche il nostro più caro amico. Bonnie lo adorava e lui adorava lei.

Dopo *Caffè Sport* Bonnie mi portò a Ghirardelli Square, con tutti i suoi turisti che venivano da tutte le parti degli Stati Uniti e del Mondo.

La cosa che mi colpì immediatamente fu la scritta SALE, che appariva sulle vetrine di tutti i negozi. Dapprima non ci feci molto caso, ma poi chiesi delle spiegazioni a Bonnie.

"Scusami, non capisco bene. In Italia il SALE lo vendono solamente in negozi autorizzati, la cui insegna dice SALE E TABACCHI. Come mai qui lo offrono in vendita in tutti i negozi? Pensavo che gli Americani non facessero molto uso del SALE, mi era stato detto che non lo mettevano neanche nell'acqua prima di buttarci la pasta."

"Vuoi dire SALE" replicò lei, cambiando la pronuncia, che suonava alle mie orecchie come SEIL.

"Sì, SALE" ribadii, restituendogli la pronuncia italiana. Perché ogni negozio vende il SALE? Vi piace così tanto il SALE? Ma ne avete davvero così tanto negli Stati Uniti?

"Amore mio, SALE, in inglese, significa SALDI, PREZZI VANTAGGIOSI DI FINE STAGIONE", concluse lei con un bel sorriso sul volto.

6. Sale

The plane finally landed in SFO, and I was a whole day late. This was my very first time on a plane and it turned out to be an odyssey. But to me all that mattered was that I had finally arrived in San Francisco safe and sound.

First, the Alitalia Jumbo Jet 747 started flying in circles over the New York airport, which was buried under a layer of snow one meter deep. JFK and all the other airports nearby had been closed. Then, our plane was diverted to the Toronto airport in Canada, the only one still open in all of the East Coast. Unfortunately, it didn't have an airstrip suitable for a jumbo jet. The pilot was forced to do an emergency landing, the first jumbo jet to land in Toronto. I said to myself "this is not at all a bad start!"

It was January 5th, and it was cold, but this was nothing compared to the freezing cold I had left behind in central Italy. Besides the cold, what struck me most was finding the city enveloped in fog. I understood immediately that over the years, I would have to get used to living with humidity.

Bonnie was extremely happy to see me, so were Bonnie's parents. They had spent the last twenty-four hours anxiously awaiting news about my flight.

When I arrived at their beautiful home in Burlingame, only 15 minutes away from the airport, I was surprised to see so many fruit trees in the grounds all around the house. I noticed oranges, ripe for the taking, lemons as big as citrons, a walnut tree laden with walnuts, with its shells abandoned around the roots, and a great big olive tree loaded with olives, and many more olives on the ground. Someone walking by may crush them under their feet, yet I saw no one picking, not even one. I found this odd but kept these thoughts to myself. I could now see that the stories were true, America was indeed the land of plenty.

Something else caught my attention, the front lawn was crawling with snails! So, I spontaneously suggested: "Tomorrow we can pick a few and clean them in flour, and after three days we can eat them! I have many recipes from my mother.

All at once they said: "Are you crazy? Con tutti i preservativi che danno all'erba ti avveleneresti!" (you would poison yourself with all the fertilizers that we use on the grass!)

I laughed, and explained to them the meaning of «preservativo» in Italian, which is «condom». We say additivo, not preservativo!

They all laughed.

Naturally, on my first night in America, I was overtaken with emotion and jet lag, and I couldn't sleep.

The next day after breakfast my sweet Bonnie was eager to take me to San Francisco in her brown Chevrolet which, compared to our little 500 or 600 Fiat, looked like a tanker.

The first thing she wanted to show me was the world famous Golden Gate Bridge, which left me speechless by its size, beauty, and by its striking red color. I could hardly believe my eyes. I'd seen it in films and photographs, but as I stood in its presence I felt a mix of fear and awe.

From the Golden Gate, we continued driving towards the downtown area. I looked on, dazzled by the great highway with its multiple lanes and taken aback by the polite, law abiding, drivers. The speed limit at the time was 75 mph, about 100 km per hour. Snails compared to Italian drivers! Back in 1971, there were not the towering skyscrapers that exist today, but the urban architecture surprised me, as it was completely devoid of the historical buildings that dominate our much older Italian cities.

Bonnie sensed my excitement and was happy for me. She wanted my first impression of the city to be positive and compelling, and was hoping to help me avoid feeling too nostalgic for my country.

When I suggested we drink some good coffee - not that crap I was given on the plane or in the hotel in Toronto, which they still had the courage to call espresso - she told me with a smile she knew exactly the place: North Beach, the Italian neighborhood of San Francisco.

We parked, without having much difficulty, next to Washington Square, where she pointed out the benches where the old Italian retirees sat, a bit like was the custom in Italy.

There was the Caffè Trieste, a meeting place for artists, writers and European poets; Caffè Italia, where young Italians met to play billiards or foosball and talk about sports; and finally, there was *Caffè Sport*, where according to her, they made the best espresso and cappuccino in San Francisco. After trying it, I had to admit she was right.

The owner, Toni Latona, was a jovial gentleman from Sicily, who immediately took a liking to me and wanted to offer us a nice ham and cheese sandwich. It was one of the best sandwiches I've ever eaten in my life. I promised him we would return.

In fact, for quite some time Bonnie and I went almost every night to his café in San Francisco just to have a good coffee, which slightly confused my future in-laws, who could not understand why we would commute 30 km every evening just to get coffee.

But that was an excuse, at least for me. I liked the idea of being surrounded by Italian people. It softens the nostalgia, and furthermore Toni Latona was a wonderfully caring person who adored Bonnie and was always happy to see me and talk to me.

Within a few years, *Caffè Sport* became one of the best restaurants in San Francisco with a line out the door that would start at 6 and not end until midnight.

There were customers who even came all the way from Los Angeles to enjoy one of Toni's delicious dishes. He was not only a good cook but an incredible artist, a talented painter, a real Leonardo da Vinci. Illiterate but a true genius. He became famous for its fresh fish dishes, but most of all for the abundance of pasta dishes.

Caffè Sport began to be frequented by people of some repute. One evening when Bonnie and I were there for dinner, we noticed that sitting at the table next to ours was Clint Eastwood and his entire family. Luciano, the Venetian waiter, told us that the movie star was a regular customer and ate there at least once a week.

Luciano was the soul of the restaurant, the most likeable human being ever met in my life, who then became also one of our closest friends. Bonnie adored him and he her.

After *Caffè Sport*, Bonnie took me to Ghirardelli Square which was full of tourists from all over the USA and the world.

The thing that struck me immediately was the sign 'SALE' that appeared in every window of every store. At first, I did not give it much attention, but later I asked Bonnie for some explanations.

"I'm sorry, but I don't quite understand. In Italy, we only sell SALT in authorized stores, with signs that advertise: 'SALE E TABACCHI'. How is it that here they have 'sale' for sale in every store?"

"I thought that the Americans did not have much use for salt in principle, and in fact, I was told they don't even put it in the water before boiling pasta."

"You mean SALE", she said, changing the pronunciation. It sounded to me like 'SEIL'.

"Yes, SALE", I confirmed, repeating the Italian pronunciation. "Why does every store sell SALE? Do you all really like SALE that much? Do you really have so much of it in the United States?"

"No dear, SALE in English means SALDI. END OF THE SEASON BEST PRICES!" She explained donning the most beautiful smile that lit her face.

7. Il Figlio del Prete

Le vie del Signore sono infinite, misteriose e spesso imprevedibili. Gli intrecci del destino sono talvolta incomprensibili. Non si deve fare altro che accettare. È inutile recalcitrare…

Una mattina di maggio del 1969, mamma mi raggiunse di corsa lungo le scale di casa. Non lo aveva mai fatto prima. Mi disse che era urgente: quel giorno dovevo assolutamente rientrare all'ora di pranzo, perché papà voleva comunicarci qualcosa di estremamente importante. La tranquillizzai che non avrei ritardato.

Scesi per strada e, come tutti i santi giorni – bello o cattivo tempo che fosse – feci l'autostop per Viareggio. A casa erano convinti che io prendessi il treno delle sei e trenta con i soldi che mi davano per comprare l'abbonamento mensile, invece utilizzavo quei pochi spicci per acquistare le sigarette, di cui ne fumavo almeno un pacchetto al giorno – brutto vizio e per giunta anche costoso.

Quel giorno trovai una scusa per uscire di scuola un po' prima, così per le due, usando il solito dito, arrivai a casa per la riunione di famiglia.

Papà ci disse con le lacrime agli occhi che era stato trasferito a Foligno, una piccola cittadina umbra, dove avrebbe comandato una compagnia più grande ed importante. Si trattava di una promozione, ma lui a Ponte a Moriano ci stava bene e sapeva che anche noi ci eravamo affezionati a quel paesetto della lucchesia. Aveva anche comprato un appezzamento di terreno in una bellissima zona collinare, circondata da ulivi e vigneti, dove qualche giorno prima era già arrivata la ruspa per iniziare gli scavi. Era là che aveva scelto di farsi la casa dei suoi sogni.

Capiva bene quanto sarebbe stato difficile per noi l'ennesimo trasferimento: dopo Brindisi, Gorizia, Tarvisio, Tolmezzo, Follonica e Ponte a Moriano, arrivava Foligno; ma c'era ben poco che lui potesse fare.

Questi erano gli ordini, ma… C'era ancora un 'ma' su cui voleva la nostra opinione, anzi una votazione. Lui amava quella zona, ormai era quasi alla fine della sua carriera eaveva un rapporto particolare con la terra e con il signor Petrucci. Il titolare del Pastificio omonimo, che lo stimava moltissimo, pur di non perderlo, gli aveva fatto un'offerta notevole. Papà poteva togliersi la divisa e diventare il fattore della sua grandissima azienda agricola, per cui cercava un uomo di polso e che amasse lavorare la terra.

Ci dette una settimana di tempo per pensarci. Potevamo trasferirci dalla caserma in cui abitavamo a una bellissima casa colonica tre volte più spaziosa dell'appartamento in cui risiedevamo.

Fu una settimana difficile per tutti, soprattutto per me. Non volevo partire da Lucca e non volevo assolutamente lasciare Viareggio. Volevo finire il liceo e non volevo perdere i miei amici, né tantomeno 'la dolce creatura che più chiara non poteva plasmare la natura'. Aveva quindici anni e si chiamava Maura Cantucci. Al solo pensiero di dovermi allontanare dal liceo classico Carducci rabbrividivo.

I miei fratelli dissero in coro che preferivano trasferirsi, piuttosto che vedere nostro padre togliersi la divisa per andare a fare il fattore o meglio il contadino. Il mio fu l'unico voto contrario.

Papà accettò la scelta della maggioranza. Lui sarebbe andato avanti e noi lo avremmo raggiunto alla fine della scuola.

Decisi dentro di me che mi sarei ribellato, che non sarei partito. Avrei trovato il modo per rimanere. Ne parlai alla mamma, che era una santa donna. Le confidai anche il sentimento che mi legava alla dolce creatura e lei, giustamente, mi consigliò di non menzionare la "dolce creatura" a papà. Dovevo prima pensare a come rendermi autosufficiente, per poter restare a Viareggio durante l'estate e anche durante l'anno scolastico seguente, perché di soldi in casa ce n'erano pochi e bastavano a mala pena per tirare avanti la baracca. Lei, nel frattempo, ne avrebbe parlato a papà Vincenzo.

Dovevo subito mettermi sotto per trovare un lavoro e un posto in cui vivere da ottobre in poi.

Seguirono giorni difficili, in cui dimostrai una determinazione ed una tenacia incredibili. Papà non cedeva e neppure io.

Alla fine, in un momento di infinita generosità, e anche perché aveva capito che io non avrei mollato per nessuna ragione, dovette capitolare e accettare la mia proposta; anzi, si mise sotto anche lui per venirmi incontro e facilitare la mia decisione. Attraverso un ex-maresciallo dei carabinieri mi trovò un lavoro come cameriere a Viareggio, presso la *Pensione Nenè*, in via Amerigo Vespucci, a due passi dalla passeggiata e dalla spiaggia, non molto lontano dalla torre dell'orologio.

Mi trovò anche un posto dove vivere, sempre a Viareggio, presso una certa signora Nicole, ex-professoressa di matematica, vedova da qualche anno. Era di origine ebraica e papà l'aveva salvata dalla barbarie dei nazisti quando era in servizio a Zara. Lei, che adorava tutta la famiglia Tempesta, e dal momento che viveva sola, fu lieta di accogliermi.

Insomma, trovai la maniera di restare.

Poi arrivò quel fatidico lunedì 18 agosto del 1969.

Erano le due del pomeriggio ed avevo da poco terminato di servire il pranzo ai clienti regolari della *Pensione Nenè*. Avevo preparato la sala per la sera insieme al mio collega Dante, un bravissimo ragazzo di Frontone, anche lui stagionale come me. Faceva un caldo atroce e si respirava a malapena, così decisi di andare a prendere una boccata d'aria fresca all'ingresso della pensione, dove per lo meno giungeva un po' di brezza marina.

Mi ero appena acceso una sigaretta – una delle tante che a quei tempi donavo ai miei polmoni, che se non erano già marci lo sarebbero diventati presto – quando, all'improvviso, vidi tre persone che camminavano da sinistra nella mia direzione: madre, padre e figlia. Quello fu il primo momento che i miei occhi incontrarono quelli di Bonnie. Non avevo mai visto niente di così bello, esotico, affascinante. Ne rimasi abbagliato. Aveva 16 anni. Un vero angelo in terra. Quello sguardo fatidico cambiò le nostre vite per sempre.

Lei alzò gli occhi, lesse il nome dell'albergo e si rivolse ai suoi genitori: "Let's stay here!"

Dopo quell'incontro, dimenticai la dolce creatura per la quale avevo lottato tanto per rimanere a Viareggio e decisi di lasciare l'Italia per raggiungere Bonnie in California.

Ti ringrazio di tutto, in special modo per il dono prezioso che mi hai dato: la nostra dolce Daniela. Quando penso a te, adorata Bonnie, un solo attributo mi salta chiaro in mente:

SUBLIME
Non
Senza
Una ragione
Mi manchi adesso
E mi mancherai
Per sempre
Atrocemente.
Tu sei stata
Sei tuttora
Sempre lo sarai,
E mi hai fatto sentire:
SUBLIME.

Fu doloroso rinunciare alla mia famiglia e credo che anche per i miei genitori e i miei fratelli non sia stato facile accettare la mia lontananza. Certo, se fossimo rimasti tutti a vivere a Ponte a Moriano, probabilmente io non avrei mai incontrato Bonnie, o forse sì, magari avrei cercato di trattenerla con me in Italia, chissà... Foligno, di sicuro, rispetto a Lucca o a Viareggio, non esercitava alcun fascino e non mi offriva prospettive di vita allettanti, per questo avevo deciso di cambiare vita e partire per l'America.

Per tanti anni mi sono chiesto cosa sarebbe accaduto se mio padre avesse scelto di fare il contadino in Toscana, anziché accettare il trasferimento a Foligno. Il perché lo avessero spedito lontano dalla regione che amava tanto restava un mistero a cui non ero mai riuscito a dare una spiegazione.

Nell'estate del 1990, però, inaspettatamente e senza nemmeno chiedergli-glielo, mio padre volle rivelarmi l'arcano per cui trent'anni prima era stato trasferito.

Ero arrivato a Foligno da pochi giorni per passare il mio solito mese di vacanza nella casa dei miei. Una mattina, dopo che io mi ero alzato ancora mezzo rincoglionito a causa del cambiamento del fuso orario di cui ho sempre sofferto, papà mi chiamò nella sua stanza. Mi disse di sedermi sul letto, perché mi doveva raccontare una storia abbastanza lunga.

Le sue parole mi sbalordirono. Avrei voluto gridare dalla rabbia. Lui se ne rese conto e con fare sereno mi invitò a calmarmi.

"Ormai è acqua passata", disse, "ma era giusto che tu conoscessi la verità. Del resto", aggiunse pensieroso, "la tua vita è stata fortemente condizionata da quella mia scelta; e prego ancora il Signore che sia stata quella giusta, soprattutto per te."

Ero l'unico figlio a cui avesse fatto quella confidenza e spettava a me serbare il segreto.

"Era il febbraio del 1969...", aveva esordito il mio caro babbo con voce penosamente addolorata.

Si presentò alla caserma di Ponte a Moriano un bel giovanotto alto, con un naso che era più simile ad una proboscide. Si chiamava Giorgio Chiavistelli e veniva da un paesetto di montagna sulla strada per l'Abetone: Brancoli o Brancoli Alto, insomma uno dei tanti Brancoli (ce ne sono una decina!). Voleva fare richiesta per arruolarsi nei carabinieri, cosa non facile, almeno a quei tempi. Il brigadiere Pozzuoli prese tutti i dati e gli disse che gli avrebbero fatto sapere qualcosa nelle settimane succesive.

Il giorno dopo, mio padre si mise in camionetta con l'appuntato Poddu, sardo di nome e di fatto, un uomo che per lui si sarebbe fatto a pezzi, il suo aiutante più fidato e anche il suo autista personale.

Si misero in viaggio verso Brancoli. Dovevano controllare che il candidato carabiniere avesse tutte le credenziali per entrare nell'Arma. Il regolamento, infatti, richiedeva che la fedina penale di colui che voleva arruolarsi fosse immacolata, così come quella di tutti i suoi parenti per tre generazioni. Inoltre, nessuno della famiglia doveva essere iscritto al partito comunista.

Papà aveva un carissimo amico che abitava a Brancoli, un suo paesano, parente alla lontana, un certo Pasquale Barile, anche lui originario di Terlizzi. Erano cresciuti insieme a raccogliere mandorle, olive e uva moscata ai tempi della vendemmia.

Vi chiederete forse che cosa facesse a Brancoli. Eh, l'amore, sempre l'amore. Sempre lui, *'il dolce, amaro, indomabile serpente che irrompe entro le querce e scioglie le membra e le agita'*, come diceva la grandiosa Saffo a proposito di Eros.

Pasquale aveva conosciuto una ragazza della zona durante il servizio militare, se ne era innamorato follemente e aveva lasciato baracca e burattini e si era trasferito in quel paesetto di un centinaio di anime per fare il sarto. Sarto lui, sarta la moglie, Teresina. Vivacchiavano, ma erano felici. Ogni tanto, quando arrivavano i lampascioni o i cacchitieddi da Terlizzi, i vecchi amici si vedevano per festeggiare e tenere viva la memoria dei loro natali.

Mio padre andò a fargli visita e pensò bene di chiedergli delle informazioni sul Chiavistelli. Pasquale gli disse che conosceva bene quel giovane, che in paese aveva la stima di tutti, era considerato un bravo ragazzo e un gran lavoratore. Faceva il muratore.

"Ma Vincenzo", aggiunse poi sottovoce. "Questo naturalmente rimanga fra noi... In paese, si vocifera che è... insomma, sarebbe... pare che sia il figlio del prete, e pare che non sia l'unico!"

Papà rimase sbigottito.

"Ma ne sei sicuro, Pasquale?" chiese perplesso.

"Non ci metterei la mano sul fuoco, ma è quanto si chiacchiera qui in paese... A proposito, Vincenzo, entrando in paese, non hai fatto caso alla grossa scritta in bianco sui muri?"

"Certo che l'ho vista. Infatti, anche di quella volevo chiederti."

"VATTENE, LUPO FRA GLI AGNELLI!"

"Sì, esatto, quella scritta è diretta a lui, al nostro caro sacerdote... Bartali, così lo chiamano in paese, per il suo grosso naso che lo fa assomigliare a Gino Bartali, il grande ciclista dei tempi della guerra, l'eterno rivale di Fausto Coppi."

"E chi l'avrebbe scritta?"

"Qualche marito incazzato e cornuto, caro Vincenzo. Qui lo dico e qui lo nego... Senti, invece, tutti bene in famiglia?"

"Tutti bene, grazie, e la tua?"

"Si tira avanti. Siamo i soli sarti in paese, quindi sbarchiamo il lunario."

"Grazie Pasquale, mi sei stato di grande aiuto e poi mi fa sempre piacere rivederti. Adesso però devo andare."

"A presto, maresciallo! Quando arriva un pacco da Terlizzi con i lampascioni ti telefono, e tu non dimenticare di portare una bottiglia del tuo buon moscatello, quanto è buono! Me lo sogno la notte!"

Papà volle avere la certezza di quello che aveva sentito, quindi con Poddu si recò dal barbiere del posto, Marcello Paoletti, anche lui un suo caro amico, il quale confermò la stessa storia: figlio di Bartali, uno dei figli del Bartali.

"Hai capito 'sto zu papa", fu la reazione di Poddu, anche lui incredulo e sconcertato.

Papà conosceva anche il sindaco del posto.

Andarono a fargli visita e anche lui non fece altro che confermare: il figlio di Bartali.

"Vox populi, vox dei", disse papà Vincenzo sulla via del ritorno.

"Che diceva, maresciallo?" chiese Poddu.

"No niente, stavo solamente pensando ad alta voce".

Papà naturalmente dovette fare il rapporto da inviare ai superiori e non poteva mentire, ma forse avrebbe dovuto.

Chi lo avrebbe detto che un sacerdotello di montagna potesse avere tanto potere!

Il giovane non fu accettato nell'Arma benemerita, ma quando il pretaccio del paesetto venne a sapere come erano andate le cose, papà Vincenzo, nel giro di due mesi, ricevette la notizia del suo trasferimento.

Dove? CALTAGIRONE! La tenenza di Caltagirone! Sicilia, cari miei! Non potevano mandarlo più giù di così, ma solo perché la Libia non era più nostra!

Al termine del racconto, papà mi ricordò la famosa riunione di famiglia in cui ci aveva annunciato il suo trasferimento a Foligno. Allora aveva preferito non dirci tutta la verità.

Lasciare la divisa o fare il fattore? Questo era il dilemma.

Ma come aveva fatto ad evitare la Sicilia?

Papà, dopo lo shock iniziale, non si era dato per vinto. Di persone importanti ne conosceva anche lui e decise di mettersi sotto per non cedere a quel pretucolo di montagna.

In effetti, era davvero assurdo che lui, il maresciallo amico di tutti i preti della zona, fosse stato ingannato proprio da uno di quelli. Ogni domenica ne avevamo uno a pranzo, con grande disappunto di mamma Antonietta, che aveva già difficoltà a sfamare sette di noi. "Pure lo zu papa", come lei chiamava sarcasticamente tutti i preti, "ci voleva la domenica! Che quelli si strafocano come porci, mangiano per tre persone", si sfogava sconsolata con mio padre – nel suo dialetto brindisino – quando rimanevano finalmente soli.

Per fortuna, le persone che papà contattò si dimostrarono amiche e fecero di tutto per evitarci quel viaggio a Scilla e Cariddi.

Maria Concetta Gardini, una senatrice importante di Lucca, che adorava papà, intervenne subito, ma non bastò.

Papà, allora, chiamò in causa anche il generale dei carabinieri Ignazio Mendola, terlizzese doc come lui. Avevano studiato latino e greco insieme, poi quello aveva avuto la fortuna di andare all'Accademia di Modena, mentre papà era stato costretto ad arruolarsi come volontario per sfuggire alle grinfie di un padre padrone che lo voleva contadino a dirigere la loro azienda agricola.

Per farla breve, a mio padre gli venne offerta la possibilità di scegliere fra Porto Ercole, una cittadina deliziosa nel promontorio dell'Argentario, la città di Grosseto o Foligno in Umbria.

Lui scelse Foligno, sia perché lo avrebbero promosso sottotenente sia perché aveva pensato a noi e alla possibilità di mandarci in una buona università, come quella che offriva la vicina Perugia.

Grosseto fu scartata perché ci eravamo già fatti 4 anni di Follonica prima di approdare a Ponte a Moriano.

Quindi, cari lettori, come potete vedere, anche il nostro caro pretino di montagna meriterebbe un riconoscimento per essere stato, pur non volendo, uno degli dei ex machina – oltre alla *pensione Nenè* e alla mia adorata Bonnie – che mi hanno permesso di essere chi sono adesso e dove sono adesso.

Eh! Valla a capire la vita con tutti i suoi diabolici intrecci!

7. The Priest's Son

The ways of the Lord are infinite, mysterious and often unpredictable. Twists of fate are at times incomprehensible. You can't do anything but accept them; it's useless being recalcitrant.

One morning in May of 1969, Mom came running down the stairs of our house. She'd never done this before. She told me it was urgent: that day, I absolutely had to be home for lunch, because Dad wanted to tell us something extremely important. I told her to relax, I would not be late.

That morning I hitchhiked to Viareggio as I used to every single day, good or bad weather, rain or shine. My family was convinced I was taking the 6:30 train, for which they gave me money to buy a monthly pass. Instead I used that money to buy cigarettes, which I smoked at least a pack a day -a bad habit and on top of that an expensive one too.

That day I found an excuse to get out of school a little earlier than usual, and I hitchhiked home with the usual thumbs up. I was home by two for lunch and our family reunion.

Dad told us with tears in his eyes that he'd been transferred to Foligno, a small town in Umbria where he would command a larger and more important police station. A promotion in short, but he was happy in Ponte a Moriano and knew we were all happy there too. He'd even bought us a nice plot of land in a beautiful hilly area, surrounded by olive trees and vineyards, where a few days before the bulldozer had already arrived and started digging. It was there he had chosen to build the home of his dreams. He understood well how difficult it would be for us all to move for the umpteenth time: after Brindisi, Gorizia, Tarvisio, Tolmezzo, Follonica, Ponte a Moriano and now Foligno, but there was little he could do.

These were the orders... however, there was still a "but" on which he wanted our opinion, a vote. Dad loved this area. By now it was almost the end of his career, and he really loved the land. He had a special rapport with Mr. Petrucci, the owner of the Pastificio, who held him in great esteem, and had made my father a remarkable offer as not to lose him. Dad could take off his uniform and become the head farmer of Mr. Petrucci's enormous commercial farm which needed a strong man who loved the land.

He gave us a week to think about it. We could move from the barracks where we lived to a beautiful farmhouse, three times more spacious than our current apartment.

It was a difficult week for everyone, especially for me. I did not want to leave Lucca, and I definitely didn't want to leave Viareggio. I wanted to finish my high school there. I did not want to lose my friends. I definitely did not want to lose *'the sweet creature that more beautiful nature could not create'*. She was fifteen years old, and her name was Maura Cantucci. The very thought of having to leave my Carducci classical high school, made me shudder.

In chorus, my brothers said they'd rather move than see Dad take off his uniform to become a farmer, or even worse, a peasant. Mine was the only vote against it.

Dad accepted the choice of the majority of us. He would go ahead to Foligno, and we would join him at the end of the school year.

I decided that I would rebel, that I wouldn't leave. I would find a way to stay. I talked about it with my mother, who was a saint. I even confided to her the feeling that bound me to the *'sweet creature'*... and she rightly advised me not to mention it to Dad. I had to make myself self-sufficient in order to stay in Viareggio for the summer as well as the following school year because there wasn't much money in the house and barely enough to keep the show going. In the meantime, she would talk about it to papa Vincenzo. I would need to get busy finding a job and a place to live from October onwards. Difficult days followed, in which I demonstrated determination and incredible tenacity.

Dad would not give in, and neither would I.

In the end, in a moment of infinite generosity-and also in the knowledge I would not give up at any price- he capitulated and accepted my proposal. In fact, he took it upon himself to help me facilitate my decision. Through a former Marshal of the Carabinieri, he found me a job as a waiter in Viareggio at a small hotel called Pensione Nenè on Via Amerigo Vespucci, just steps from the promenade and the beach, not far from the clock tower.

He even found me even a place to live in Viareggio with Mrs. Nicole, a widow and former math teacher. She was of Jewish descent and Dad had saved her from the barbarity of the Nazis when he was on duty in Zara. She loved all the Tempesta family, and since she lived alone, was happy to have me live with her.

In short, I found a way to stay in Viareggio.

Then came that fateful Monday, August 18, 1969.

It was two o'clock in the afternoon, and I'd just finished serving lunch to the regular customers of Pensione Nenè. I had prepared the room for the evening with my coworker Dante, a great guy from Frontone, who, like me, was here for the season. It was so terribly hot that afternoon that it was hard to breathe. I decided to get a breath of fresh air at the entrance of the small hotel, where at least there was a sea breeze.

I had just lit a cigarette - one of the many I gave my lungs, which were becoming rotten if they weren't already- when, suddenly I saw three people walking from the left in my direction: a mother, father, and daughter. That was the first time my eyes met Bonnie's. I had never seen anything so beautiful, exotic, fascinating. I was struck. She was 16 years old. A true Angel on earth. That fateful gaze changed our lives for ever.

She raised her eyes, read the name of the hotel: Pensione Nenè, turned to her parents and said: "Let's stay here!"

After that encounter, I forgot the sweet creature for whom I'd fought so hard to stay in Viareggio and decided to leave Italy to join Bonnie in California.

I thank you for everything, dearest Bonnie, especially for the precious gift you gave me our sweet Daniela. When I think of You, beloved Bonnie, only one attribute jumps clearly to mind: SUBLIME

And that is also the title of the poem I dedicate to you:

> *SUBLIME*
> *Not*
> *Without*
> *A reason*
> *I miss you now*
> *And I will miss you*
> *Atrociously*
> *Forever.*
> *You were,*
> *You still are,*
> *Forever you will be,*
> *And have made me feel:*
> *SUBLIME*

It was painful to leave my family. I believe it was also not easy for my parents and brothers to accept my departure. Certainly, if we had remained in Ponte A Moriano, I would never have met Bonnie, or maybe even if I had met her, I would have tried to convince her to remain with me in Italy. Who knows…Foligno, certainly unlike Lucca or Viareggio was not as charming of a town and did not offer any attractive prospects for life. That is why I had decided to change life and leave for America.

For many years I wondered what would have happened if my father had chosen to be a farmer in Tuscany instead of accepting to be transferred to Foligno. The reasons why they had sent him far from the region he loved so much was a mystery for which I was never able to give an explanation.

In the summer of 1990 however, unexpectedly and without me even asking him, my father decided to reveal the arcane reason why he had been transferred thirty years prior.

I had just arrived to Foligno a few days prior to spend my usual month of vacation at my family home. One morning, I had just gotten up and still felt kind of drowsy from the jetlag, which I've always suffered. Dad called me into his room and asked me to sit on the bed because he had a long story to tell me.

His words astounded me. I wanted to scream with the rage that possessed me. Dad realized it and serenely invited me to calm down. "By now it's water under the bridge," he kept saying, "Water under the bridge!"

"It was February of 1969…", my beloved Dad had begun saying, his voice painfully grieved.

A tall and handsome young man with a nose that looked more like a proboscis, showed up at the police station in Ponte A Moriano. His name was Giorgio Chiavistelli and was from a little village in the mountains on the way to Abetone: Brancoli or Brancoli Alto, in short one of the many Brancoli. (There are about ten!) He wanted to apply to enlist in the Carabinieri -not an easy thing to do at least in those days. Brigadier Pozzuoli took all his information and told him they'd let him know something within the next three weeks.

The next day, my father got in the police van with officer Poddu, a Sardinian in word and deed who would be torn to pieces for my father. Dad's most trusted man, as well as his personal driver.

"Let's go to Brancoli!" my Dad exclaimed.

They had to make sure that the candidate to become a Carabiniere had all the right credentials to enlist in the Arma Benemerita. The rules in those days were that the criminal record of the person who wanted to enlist had to be immaculate. Not only his but also that of all the members of his family for three generations. On top of that, no family member could be enrolled in the Communist Party.

Dad had a dear friend who lived in Brancoli. His countryman, a distant relative, a certain Pasquale Barile, also from Terlizzi in the province of Bari. They grew up together picking almonds, olives and Muscat grapes together at harvest time

"Why did Pasquale end up in Brancoli?" you might ask. It's love, always love. Always He, *'the sweet, bitter, indomitable snake that breaks within oaks and loosens and agitates the limbs'* as the great Sappho said about Eros, so many centuries ago.

Pasquale Barile had met a local girl during his military service, fell madly in love with her and left everything he had in the South to move to this little village of a hundred souls to become a tailor. He was a tailor, and his wife Teresina was a seamstress. They lived frugally, but they were happy. Every so often, when the *lampascioni* onions or *cacchitieddi* arrived from Terlizzi, my father and Pasquale would meet up to celebrate and keep the memory of their native land alive.

Dad went to pay him a visit and thought it would be a good idea to ask him about Giorgio Chiavistelli. Pasquale said he knew the young man well; everyone in the village knew and respected him as a good youth and hard worker. He was a bricklayer.

"But Vincenzo," he added in a soft voice, "and this of course remains between us, in the village there are rumors that he is the son of the priest, and he might not be the only one!"

Dad was startled.

"Are you sure, Pasquale?"

"I would not bet on it, but here in this town there is chatter… By the way, Vincenzo, entering the village didn't you see the big white writing on the wall?"

"Of course, I saw it. In fact, I wanted to ask you about that too."

"GO AWAY, WOLF AMONG THE LAMBS!"

"Yes, exactly, that writing is directed to him, our dear priest…Bartali, as they call him in the village, for his big nose that makes him look like Gino Bartali, the great bicycle racer of war times, the eternal second, Fausto Coppi's eternal rival."

"And who might have written it?"

"Some pissed and cuckolded husband, my dear Vincenzo." Then he added: "Here I say it, and here I deny it…By the way, all well in the family?"

"All well, and yours?"

"It's going along. We are the only tailors in the area, therefore we make ends meet."

"Thank you, Pasquale, you really were of great help to me and you know it always gives me pleasure to see you. Now I really have to go."

"See you soon, Marechal! When a package from Terlizzi arrives with lampascioni, I will phone you, and you, don't forget to bring a bottle of your good muscatel. It's so good! I dream of it at night!"

Dad wanted to be sure of what he heard, so he went with Poddu to the local barber, Marcello Paoletti, who was also a close friend. He confirmed the same story: Giorgio Chiavistelli was the son of Bartali, one of Bartali's sons.

"Can you believe this priest?!" was Poddu' s reaction. He was incredulous, bewildered too.

Dad also knew the local mayor. They went to visit him and he also could not do anything but confirm: son of Bartali!

"Vox populi, vox dei," said Papa Vincenzo as they were driving back home.

"What did you say, Marechal?" Poddu asked.

"Nothing, I was just thinking out loud." Dad replied.

Dad of course had to have the report sent to his superiors, and he couldn't lie. But maybe he should have.

Who would have said that such an insignificant mountain priest could have so much power!

The young man was not accepted into the Arma Benemerita, but when the lousy priest of the little village came to know how things had unfolded, papa Vincenzo, within two months, received the news of his transfer.

Where to? CALTAGIRONE! The police station of Caltagirone!

Sicily, my dear friends! The lowest point they could send him because Libya was no longer ours!

At the end of the story dad reminded me of the famous family reunion where he announced to us his move to Foligno, naturally without going into details and telling us the truth.

Leave the uniform or become a farmer? That was the dilemma.

But how was he able to avoid going to Sicily?

Dad, after the initial shock, would not give up hope, because he knew a few important people and decided to do everything in his power in order not to cede to this little shitty mountain priest.

In fact, it was truly absurd that he, the Marshal who was friends with all the priests in the area, had been deceived by one of them. Every Sunday, there was invariably always one of them at our house for lunch, to the great disappointment of my mother Antonietta who already had difficulties feeding seven of us... "Even zu papa", which is how she, sarcastically, referred to all priests, "had to come every Sunday! They eat like pigs for more than three persons!" she would complain to my father - in her dialect of Brindisi - when they were finally alone.

Luckily, both of the friends who Dad contacted, intervened and did all they could to save us from that trip to the waters of Scilla and Cariddi.

Maria Concetta Gardini, a well-known Senator from Lucca, who adored Dad, intervened immediately, but it was not enough.

Dad called on the help of the general of the Carabinieri Ignazio Mendola, also a Terlizzese himself who'd studied Latin and Greek with him, but was lucky enough to go to the Academy of Modena while Dad had been forced to enlist as a volunteer in the Army to escape the clutches of his domineering father, a real 'padre padrone,' who wanted him to be in charge of their farm.

In short, Dad was given the choice among Porto Ercole, a delightful town in the Argentario peninsula on the coast of Tuscany, or the city of Grosseto, or Foligno in Umbria.

He chose Foligno, both because they would promote him to lieutenant there and because he'd thought of our need to go to a good university, like the one that the nearby city of Perugia had to offer.

Grosseto was discarded because we'd already spent four years in Follonica, in the same province, before coming to Ponte a Moriano, in the province of Lucca.

Then, dear readers, as you can see, even our lousy mountain priest would deserve to be thanked for being, without wanting to, one of the *dei ex machina* - besides Pensione Nenè and my beloved Bonnie- that allowed me to be who and where I am now.

Eh! Life and all its evil plots. Life is unpredictable! Don't even try to understand life!

8. Pippo e Birbone

Pippo e Birbone erano due pesciolini rossi che avevo vinto alla fiera di Santa Rosa tirando le palline nei vasetti.

Il primo pensiero quando li ebbi fra le mani fu di regalarli a qualche mio amico, ma nessuno li aveva voluti. Decisi così di portarli a casa. In fondo, ero orgoglioso di quel premio, perché prima di allora non avevo mai vinto niente a nessun gioco.

Non me l'ero sentita di gettarli nel primo secchio della spazzatura o nel primo ruscello trovati lungo la strada, anche se forse – col senno di poi – sarebbe stata la cosa migliore.

Se Nostro Signore me li ha fatti vincere, pensai, vuol dire che da adesso sono responsabile del loro destino.

Dopo aver scartato l'ipotesi del disfacimento, mi recai presso un negozio specializzato in pesci ed acquari e ne uscii con una bella vaschetta rotonda. Una volta arrivato a casa, riempii il contenitore d'acqua e, dopo aver aperto il sacchetto di plastica in cui li avevo ricevuti, ci svuotai dentro i due pesciolini. Pensai fosse giusto dargli anche un nome. I primi che mi saltarono in mente furono Pippo e Birbone.

Appoggiai la vaschetta sul tavolo della sala da pranzo, quindi andai in cucina per prepararmi un piatto di penne con pomodoro fresco, aglio e basilico. Era la salsetta che mamma Antonietta mi aveva insegnato. Lei l'aveva nominata 'salsa sciamblata sciamblata', che nel suo dialetto significava 'semplice semplice'.

Basta aggiungere abbondante formaggio parmigiano e buon appetito Giovanni!

Per contorno, una bella insalatina fresca fresca del mio balcone, appena raccolta e lavata bene, con aggiunta di rucola selvatica, di quella piccantina come piace a me.

Mi sedetti al tavolo in quella fredda giornata ventosa di fine marzo, con la pioggia che dopo giorni aveva appena smesso di venir giù a dirotto – anche se va detto che quella pioggia era stata benedetta da tutti, a causa della brutta siccità durata anni che l'aveva preceduta – e mentre mangiavo con gusto le mie penne belle al dente – o piuttosto, come dicono a Napoli, 'come le corde della chitarra', perché così piacciono a me, quasi crude insomma – lo sguardo mi cadde sui due pesciolini.

Oddio! Pensai. *Mi sono scordato di comprare del cibo speciale per loro, quelle foglioline rosse che ho visto negli acquari tenuti in casa dai miei amici.*

Non avevo voglia di uscire e così mi arrangiai con quello che avevo. Presi un po' di briciole di pane e le buttai nella vaschetta, ricordandomi che, quando vivevo a Lucca e andavo a pescare nel fiume Serchio, in mancanza di altro, mettevo il pane misto a formaggio come esca sull'amo.

Pippo e Birbone si fiondarono voraci su quelle briciolette e le fecero fuori in un battibaleno.

Versai anche del formaggio parmigiano grattugiato ed anche quello sparì immediatamente.

Che bello, mi dissi, d'ora in avanti mangeranno quello che mangio io. E fu proprio così.

Pippo e Birbone, volenti o nolenti, tutti i giorni si sedevano a tavola con me.

Incredibile, ma vero, apprezzavano tutto quello gli buttavo nell'acqua all'ora di cena: pezzettini di manzo, pesce o pollo, uniti a delle briciole di pane o del formaggio diventarono il loro piatto preferito, per non parlare della frutta e del dolce.

Ogni tanto, per ringraziarli della loro preziosa compagnia, mettevo nell'acqua anche delle gocce di vino bianco e brindavo alla loro salute.

I giorni e i mesi passavano e i pesciolini crescevano felici a vista d'occhio.

Sapevo che non potevo tenerli nella stessa acqua sporca dei loro bisogni, così gli cambiavo l'acqua ogni sera dopo cena e pareva che loro apprezzassero le mie attenzioni e le mie cure.

In primavera come in estate, Pippo e Birbone apprezzavano molto i pezzettini di frutta fresca di stagione che gli servivo. Andavano chiaramente matti per le fragole, per non parlare delle more, per cui spesso pareva litigassero per chi volesse mangiarne di più.

Un giorno, mentre ero sul balcone e mettevo a posto i vasetti con le mie erbe aromatiche che crescevano ilari e gioiose, scorsi un verme ancora vivo. *Ah*, pensai, *questo devo darlo a Pippo e a Birbone.* Rientrai in salotto con il verme ancora vivo in mano e lo buttai nella vaschetta.

Non lo avessi mai fatto!

Entrambi si gettarono sul povero verme e cominciarono a mangiarselo, chi da un lato chi dall'altro. Forse quello fu il pasto migliore della loro giovane vita.

Bravo Giovanni, mi avranno detto, *era ora che tu ci dessi un vermicello ancora vivo!*

Era il mese di giugno ed i due pesciolini erano ormai diventati due pescioloni che scoppiavano di salute.

Quando tornavo a casa la sera, andavo in sala da pranzo, li salutavo scuotendo un po' il vaso e loro erano felici di vedermi. Sapevano che almeno qualche briciola di pane gliela avrei sempre servita.

Quell'anno avevo organizzato due tour in Italia, uno a metà giugno e uno per i primi di settembre. Generalmente, alla fine del tour, prima di fare ritorno negli Stati Uniti, mi fermavo in Italia un paio di settimane per stare con la mia famiglia.

Caterina, la sorella del mio caro amico Nando, si prendeva felicemente cura della casa durante la mia assenza. Dico felicemente perché, vivendo ancora con i genitori, non vedeva l'ora che io le chiedessi di trasferirsi nel mio appartamento, dove poteva avere la sua indipendenza e godere di piscina e palestra tutti i giorni.

Le avevo chiesto di fare solamente due cose che andavano aldilà delle ordinarie mansioni domestiche: annaffiare le verdure e i pomodori almeno ogni due giorni – per evitare che si seccassero – e abbellire sempre la casa con dei fiori. Per far fronte a quest'ultima richiesta, le avevo lasciato dei soldi, così che potesse acquistare i gladioli freschi una volta alla settimana.

Naturalmente, le ricordai anche di dare da mangiare ai miei due cari amici pesciolini.

Era tutto chiaro. Di lei mi fidavo ciecamente. Era onesta e pulita, ed erano ormai alcuni anni che lo faceva.

Partii con l'anima in pace.

Al mio ritorno dall'Italia, Caterina venne a prendermi all'aeroporto come era sempre solita fare.

Quando le chiesi informazioni sullo stato delle cose, lei mi raccontò che a casa era tutto normale: il balcone era rigoglioso, cominciavano a spuntare i primi pomodori, l'insalata cresceva bene e di basilico ce n'era in abbondanza. C'era solo una nota negativa, qualcosa che di sicuro non mi avrebbe fatto piacere. I due pesciolini erano morti due giorni dopo la mia partenza.

"Ma come!" esplosi furioso, "erano in ottime condizioni quando sono partito".

"Giovanni, non so proprio cosa dirti. Che siano morti di malinconia per la tua partenza? Non lo capisco neanche io".

"Il giorno che sei partito sono andata a comprare il cibo per i pesci, visto che tu ti eri dimenticato di lasciarmelo. Avevo messo nel vasetto quello che il commesso mi aveva consigliato di dargli. Quelle foglioline rosse che si danno a tutti i pesci. Ho notato che non le mangiavano, anzi, quasi le scansavano."

"Ma no!" esclamai sconfortato, "ma quali foglioline rosse, ma che cibo per i pesci! Che errore madornale ho fatto! Mi sono dimenticato di dirti che questi due pesciolini mangiavano esattamente quello che mangio io: pasta, carne, pesce, pane e formaggio!"

"Erano pesci viziati male!" commentò lei, che non sapeva se ridere o compatire la mia tristezza.

"Poveri Pippo e Birbone! *Mea culpa, mea culpa, mea maxima culpa!*"

8. Pippo and Birbone

Pippo and Birbone were two goldfish I'd won from throwing balls into glass jars at the Santa Rosa Fair.

My first thought when I had them in my hands was to give them away, but no one wanted them. So, I decided to take them home. I was very proud of that price after all, because I had never won anything at any game before.

I did not feel like chucking them into the first trashcan or stream I came across, although maybe – in hindsight -it would have been for the best.
If Our Lord had me win them, I thought, it means that from now on I am responsible for their destiny.

After discarding the idea of getting rid of them, I stopped by an aquarium store and I came out with a little round tank. As soon as I got home I filled the tank with water and emptied into it the two goldfish still in their plastic bag. I then thought they needed names. The first that came to mind were Pippo and Birbone.

I placed the little tank on the dining room table, then went into the kitchen and prepared myself a nice plate of penne al pomodoro fresco with garlic and basil. It was a sauce that Mama Antonietta had taught me to make. She called it *"salsa sciamblata sciamblata"*, which in her dialect meant *simple simple.*
You only need to add a bunch of parmesan cheese and buon appetito Giovanni!
As a side dish, I had a nice salad freshly picked from my balcony, washed well and thoroughly tossed with wild rocket, -*piccantina*, just the way I like it.

I sat at the table on that cold windy day in late March. After many days, the rain had finally stopped coming down in torrents -a delight to all after a bad drought that had lasted years - and while I enjoyed my beautiful *penne al dente*, - or, as they say in Naples, *like the strings of a guitar,* (because that's how I like it: almost raw) my gaze fell upon the two goldfish.

Oh God, I gasped, *I forgot to buy that special food for them, those little red flakes that I have seen in my friends' fish tanks.*

I did not feel like leaving the house, so I did my best with what I had in the house. I found some bread crumbs and sprinkled them in the little tank, remembering that when I lived in Lucca and went fishing in the Serchio river, I used bread and cheese as bait when I didn't have anything else.

Pippo and Birbone threw themselves voraciously at the crumbs, which were gone in a flash. I then threw in some grated Parmesan cheese, and even that disappeared immediately.

How nice, I thought to myself, *from now on, they will eat what I eat. And that's how it was.*

From then on, Pippo and Birbone sat at the dining table with me every day, willingly or not. Incredible but true. They enjoyed everything I put in their water at dinner time. Little pieces of meat, fish, chicken, and crumbs of cheese and bread became their favorite meal, not to mention fruit and dessert.

Every once in a while, to thank them for their precious company, I'd even put a few drops of white wine into their water and toast to their health, why not?

As days and months passed, the two goldfish grew visibly happy. I knew that I could not keep them in the same water, dirty with their poop, so I changed their water every evening after dinner. It seemed like they appreciated my attention and care.

Spring ended and summer arrived. Now Pippo and Birbone greatly appreciated the little pieces of fresh seasonal fruit that I served them. They clearly went crazy for strawberries, not to mention blackberries - they constantly fought for the bigger pieces.

One day, when I was on my balcony organizing all the little pots in which my aromatic herbs grew happily, I saw a worm, still alive.
Ah, I thought, *I must give it to Pippo and Birbone!* I headed directly for the fish tank with a live worm in hand, and dropped it in.

I wish I'd never done it.

They both darted to the poor worm and began devouring it, one from one side the other from the other side. It was perhaps the best meal of their young lives. *Bravo Giovanni*, they probably told me, *it was about time you gave us a live worm!*

By now it was June, and the little two goldfish had become two big fish full of vitality. When I returned home in the evenings, I would go to the dining room and greet them by shaking the jar a bit. They were happy to see me. They knew I'd serve them at least a breadcrumb.

That year I had organized two tours of Italy, one in mid-June and the other in early September. What great times those were! Generally, at the end of the tour, I would stay in Italy for a couple more weeks to spend time with my family, before returning to the United States.

Caterina, the sister of my dear friend Nando, very happily took care of my house while I was gone. Very happily, I say, because she couldn't wait for me to ask her to move into my apartment where she could have her independence, a break from living with her parents, and daily use of my complex's pool and gym.

She had only two things to do for me: water my vegetables and tomatoes at least every other day so they didn't wither, and make sure there were always flowers in the house. I left her money to buy fresh gladioli once a week. Naturally, I also asked her to feed my two little friends, the goldfish.

All was clear. I trusted her completely. She was honest and tidy and she had taken care of my house in years when I was gone. I parted for Italy with my soul at peace.

On my return from Italy, Caterina picked me up at the airport as she always had.
When I asked her about my place, she told me that everything was normal, that the balcony was lush, the first tomatoes were beginning to appear, the lettuce was growing well, and there was an abundance of basil.
There was, however, a negative note, something that would surely not make me happy. The two goldfish had died two days after my departure.

"But how?!" I screamed furiously. "They were in excellent condition when I left".

"Giovanni, I just don't know what to say. Maybe they died of melancholy from your departure? I don't even understand it myself.

The day you departed I went to buy fish food at the store because I realized you'd forgotten to leave me some. I gave them what the clerk had advised me to give them: those red flakes they give all fish. I noticed they didn't eat them; in fact, they avoided them!"

"But no," I exclaimed, disheartened, "What red flakes, what fish food! What a terrible mistake I've made! I forgot to tell you that those two goldfish ate exactly what I eat: pasta, meat, fish, bread with cheese!"

"They were spoiled rotten, those fish!" she commented, not knowing if to laugh or pity my sadness.

"Poor Pippo and Birbone! Mea culpa, mea maxima culpa!

9. U Scarpare

Luciano me lo aveva detto e ripetuto più volte che Clint Eastwood era un habitué del *Caffè Sport* di San Francisco dove lui lavorava ormai da anni, ma non gli avevo mai creduto. Era difficile credere a tutto quello che diceva, soprattutto dopo quanto mi aveva fatto il giorno stesso che lo avevo conosciuto.

Io, allora, ero appena stato assunto al ristorante *Quando mai!* e lui, avendo più esperienza di me, aveva ricevuto il compito di affiancarmi nel periodo di prova come cameriere.

Quella sera, durante il mio primo servizio ai tavoli, nei momenti di pausa tra una comanda e l'altra, iniziò col raccontarmi vari aneddoti su tutti i regolari del locale presenti a cena. Mi disse che per essere un bravo cameriere e guadagnare delle belle mance bisognava saper cogliere con discrezione l'intimità di ciascun cliente. In quel modo l'ospite si sarebbe sentito coccolato e in cambio avrebbe lasciato una generosa ricompensa. Per non farsi sfuggire la gallina dalle uova d'oro era quindi importante sapere chi fosse la persona più ricca all'interno del locale e avere un occhio di riguardo soprattutto per quella.

"Vedi quello?" mi disse prendendomi da parte. "Quel tizio seduto da solo, al tavolo di sinistra. Beh, quello è un miliardario gay."

"Non si direbbe dall'aspetto", commentai.

"Non vuole darlo a vedere perché ha moglie e figli, ma con me si è confidato."

"Davvero!?" replicai sorpreso.

"Sì. Non me lo ha mica detto subito alla prima sera, ma dopo averlo servito tre o quattro volte, quando ha capito che io avevo capito e che di me si poteva fidare, alla fine si è confidato."

"Però…"

"Da quando siamo diventati amici vuole che lo saluti con un altro nome."

"In che senso?"

"Lui in realtà si chiama Gary, ma in privato preferisce essere chiamato Patrizia."

"No, non ci credo!"

"Te lo giuro su mia sorella."

"Sarà… E quindi che mi suggerisci di fare?"

"Ora tu, quando vai a portargli il conto, cerca di trattarlo come una vera signora."

"Tipo?"

"Sorridigli come se fosse una bella donna."

"E poi?"

"E poi gli chiedi se è stato bene, cose di questo tipo. Inventati qualcosa di carino."

"Ho capito. Ma devo chiamarlo signore o signora?"

"Se vuoi accattivarti le sue simpatie, devi chiamarlo signora Patrizia."

"Ma sei sicuro che non si arrabbi? In fondo, a me non mi conosce."

"Vai tranquillo, non preoccuparti. So com'è fatto. Apprezzerà."

Ci tenevo a far bella figura. Volevo dimostrare al proprietario e ai clienti del locale che meritavo quel posto da cameriere, così eseguii alla lettera i consigli di Luciano. Mi avvicinai al tavolo e, porgendo la ricevuta, chiesi gentilmente: "Il servizio è stato di suo gradimento, signora Patrizia?"

L'uomo si alzò di scatto dalla sedia e mi prese con forza per il collo della camicia. Io rimasi immobile, confuso e spaventato.

"Mi scusi, io...", cercai di giustificarmi, con voce tremante.

"You fucking idiot! You both, are fucking idiots!" gridò lui, indicando con lo sguardo Luciano, che alle mie spalle era appoggiato al bancone del bar e rideva a crepapelle.

Il cliente uscì dal locale sbattendo la porta d'ingresso e senza pagare il conto.

Ancora frastornato per quanto accaduto, pretesi spiegazioni dal mio collega.

"Tranquillo, quello stava sulle palle a tutti, anche al boss. Era l'unico cliente che non lasciava mance."

"Quindi non è vero che è miliardario?"

"Sì che è vero, ma è un anche un gran tirchio."

"Ed è anche vero che è gay?"

"No, quello me lo sono inventato io", rispose ridendo.

"Bello scherzo di merda! Per poco non mi picchiava... per non parlare della figura che mi hai fatto fare davanti a tutti gli altri clienti."

"Macché, li hai fatti ridere tutti!"

"Beh, a me non mi hai fatto ridere per niente, invece."

"Ragazzo mio, ci sono già tante cose tristi nella vita, che se non facciamo qualcosa per stare allegri, allora è meglio che ci buttiamo da un ponte! Dai, che per farmi perdonare, finito di lavorare, ti porto a ballare. Secondo me, insieme facciamo una bella coppia!"

Con quella battuta mi strappò un sorriso e la rabbia cominciò a scemare.

Da allora diventammo una coppia di amici inseparabili e scanzonati, come Gianni e Pinotto o Stanlio e Olio.

La giocosità di Luciano era contagiosa, ma era meglio essere suo complice piuttosto che vittima delle sue marachelle. La sua innata verve comica aveva come unico intento quello di divertirsi e di far ridere la gente. Era il tipico veneziano sempre pronto alla battuta, sempre con una nuova barzelletta da raccontare. Non c'era nulla di malizioso in ciò che faceva e diceva, per questo strappava sempre una risata a tutti. Di altezza ne aveva poca, ma di saggezza da vendere. Per dimostrare a tutti che la statura serve a poco se non per giocare a basket, aveva iniziato a corteggiare una ragazza bellissima e alta più di lui di almeno venti centimetri – quel flirt non era una semplice sfida; di Loretta era veramente innamorato, e poco tempo dopo riuscì a portarla anche sull'altare.

Io e la mia Lynn ne abbiamo passate tante insieme a lui.

C'è stato un momento della nostra vita coniugale che eravamo, per così dire, assuefatti a Luciano. Ovunque andassimo, in vacanza o a qualsiasi festa, lo portavamo sempre con noi. Non potevamo farne a meno.

A casa di amici, a Los Angeles, a Disneyland e a Yosemite, e nei vari casinò di Las Vegas e Lake Tahoe, dove Luciano adorava andare. Gli piaceva giocare d'azzardo, ma perdeva regolarmente tutto quello che aveva guadagnato con tanto sudore. Col tempo era diventato un vizio pericoloso e una dipendenza difficile da curare. In tanti ci avevamo provato a levarglielo, ma senza successo. Fra noi amici si sussurrava che l'ultimo piano del casinò *Harvey* di Lake Tahoe era stato costruito con i soldi persi da Luciano in tutti quegli anni di gioco sfrenato. Lui ci rideva sopra e per sdrammatizzare una situazione economica realmente disastrata si metteva a raccontare barzellette. Era talmente simpatico, che anche se raccontava sempre le stesse, noi ridevamo come se le ascoltassimo per la prima volta. Erano anni meravigliosi quelli, perché vivevamo spensierati. Dominavamo il mondo senza avere un soldo in tasca. Forse, l'unico di noi che ne aveva era proprio Luciano. Da quando aveva cambiato ristorante aveva triplicato il suo stipendio da cameriere.

Caffè Sport – il locale dove lavorava – era diventato nel giro di pochi anni il ristorante italiano più noto di San Francisco. C'erano clienti che, una volta alla settimana, venivano in aereo a San Francisco solo per poter mangiare e gustare i piatti squisiti che preparava lo chef Tonino.

Antonio – per i compaesani Tonino e per gli Americani Tony – era figlio di immigrati siciliani, aveva cominciato giovanissimo a lavorare al porto come garzone ed era riuscito a mettere da parte i soldi necessari a realizzare il proprio sogno, quello di aprire un ristorante italiano. Non avendo abbastanza soldi per pagare altro personale, però, si era limitato ad offrire un servizio di bar-caffetteria – da cui anche il nome *Caffè Sport*. All'inizio faceva solo dei panini per i suoi clienti più affezionati – che frequentavano il suo locale per bere un vero espresso e per farsi una partita di biliardo o di biliardino –, ma quando vide che la richiesta di mangiare italiano cresceva di pari passo al numero sempre maggiore di frequentatori, comprò una cucina nuova e assunse dei camerieri. La tipicità del suo menù erano i piatti della tradizione siciliana, in cui primeggiavano l'aglio e il pesce fresco, che lui stesso andava ogni mattina al porto ad acquistare. Chili di aglio venivano puliti e serviti ogni giorno ai clienti, che credevano nelle proprietà benefiche di quegli spicchi. In pochi mesi, si era sparsa la voce in tutta San Francisco e nell'intera Penisola. Se volevi mangiare pesce fresco e ti piaceva l'aglio in abbondanza, *Caffè Sport* era il ristorante ideale.

Per tutti coloro che lavoravano come camerieri erano davvero tempi d'oro. All'epoca, quasi nessuno pagava con la carta di credito; anzi, presso *Caffè Sport* le carte di credito non venivano neanche accettate: o pagavi in contanti o niente. E il contante girava in abbondanza. Luciano riusciva a portare a casa ogni sera dai 400 ai 500 dollari. Neanche gli avvocati facevano tutti quei soldi.

Un pomeriggio mi telefonò. Mi disse che per la cena avevano prenotato un tavolo per otto persone a nome di Clint Eastwood.

"Perché non vieni a farti una bevuta con Lynn? Vi sedete al bancone, chiacchierate con Delio e poi io vi porto al tavolo e ve lo presento. Magari, dopo, alla fine della serata andiamo a fare due salti in discoteca. Dai, che vi aspetto!"

"Luciano! Ma a chi la vuoi dare a bere! Come se non ti conoscessimo!" fu la mia reazione più immediata. "Comunque verso le 10 io e Lynn facciamo un salto in città, così quando finisci andiamo a fare una bevuta insieme. Ci vediamo più tardi al ristorante!"

Appena Lynn ritornò da lavoro, le feci la proposta di andare a San Francisco e lei accettò immediatamente, perché dire Luciano significava utilizzare la parola magica. Anche lei, come me, se non di più, amava passare ore rilassanti e spensierate con il piccolo veneziano. Non feci accenno alla possibile presenza di Clint Eastwood, perché io stesso non ci credevo e non volevo darle una delusione.

Si fece una doccia, preparò una cenetta leggera e poi trascorse almeno un paio d'ore davanti allo specchio, a provarsi gli abiti che lei stessa si era cucita. Quando andava in città voleva fare una bella figura. Per me, si fosse messa stracci addosso, sarebbe stata sempre bellissima, ma si sa come sono fatte le donne.

Erano i primi anni del nostro matrimonio. Eravamo innamoratissimi ed affiatatissimi. Non ricordo uno screzio o un momento di incertezza. Eravamo felici e completamente spensierati. Il mondo ci poteva cadere addosso e non ci avrebbe nemmeno lambito. Eravamo inseparabili, sorretti da un sentimento che non aveva barriere e che ci faceva sentire gli eletti, i predestinati dell'Amore.

Quel sabato sera, per arrivare da San Mateo a North Beach impiegammo a malapena 20 minuti. Il traffico, allora, non era mai intenso come adesso, e l'autostrada arrivava fino a Broadway Street, a due passi dal quartiere italiano. Che tempi d'oro! Per non parlare poi della facilità di trovare un posto dove lasciare la macchina. A ripensarci, mi sembra che prima fosse tutto così semplice e meno stressante di oggi, ma è anche vero che quando si è giovani non si è mai ossessionati dal tempo che passa.

Trovammo un posto per la nostra lunga e grande Chevrolet proprio davanti al *Caffè Sport* e facemmo il nostro ingresso al ristorante, che a quell'ora si stava lentamente svuotando. Ci sedemmo al bancone come facevamo sempre, e Delio, che era forse segretamente innamorato di Lynn, ci offrì immediatamente un bicchiere di vino della casa.

"Ma una sera, per cena, ci onorerete della vostra presenza? Ci teniamo. Tonino sarebbe felicissimo!"

Non fece in tempo a nominarlo, che lo chef siciliano, con l'immancabile grembiule unto e bisunto di olii e salse speziate, uscì dalla cucina per venirci a salutare. Abbracciò Lynn affettuosamente e le fece i soliti complimenti.

"Bedda! Beddissima! Fortunato fu chiddu ca t'avi arrubbàri!" esclamò sorridendomi.

Lynn contraccambiò l'abbraccio trattenendo il respiro, perché Tonino, anche se le stava molto simpatico, puzzava di aglio lontano un miglio.

Poco dopo arrivò Luciano.

"Venite che voglio presentarvi un paio di clienti a cui ho parlato di voi. Vieni Lynn. Vieni!"

Le prese la mano e la portò al tavolo dove erano sedute otto persone.

"Oh my God!" esclamò Lynn, "ma quello è Clint Eastwood! Non posso crederci! È proprio lui in persona!"

Luciano ce lo presentò.

Anch'io non credevo ai miei occhi. Avrei voluto sprofondare dalla vergogna e dal nervosismo.

Lynn gli si sedette accanto, mentre Luciano continuava come suo solito a scherzare e a far ridere i commensali, come se Clint fosse un suo vecchio compagno di scuola.

Mentre l'attore parlava amabilmente con la mia Lynn – anche lui ammaliato dalla sua bellezza –, Luciano mi prese da parte e mi portò al tavolo a fianco, dove due signori sulla quarantina erano seduti in compagnia di due belle ragazze che sembravano uscite da qualche film di Hollywood. Me li presentò. Si vedeva che avevano bevuto, perché ridevano e scherzavano a voce alta.

"Tu sei il famoso Giovanni!", esclamò uno di loro in perfetto italiano. "Assettate Giuvà, e bevete nu bbucquìere che nù!" aggiunse poi con uno stretto dialetto pugliese.

"Come no!" risposi felice.

Con dei conterranei mi sentivo sicuramente più a mio agio, ma con la coda dell'occhio tenevo sotto controllo il tavolo di Clint, dove Lynn era ormai diventata il centro dell'attenzione.

"Giuvà, Luciano mi ha detto che anche tu sei pugliese! Io mi chiamo Pasquale e sono di Corato, e tu?"

"Be' io, veramente, vengo da Perugia, ma mio padre è nato a Terlizzi."

"Madòo! Tu si propio de Tirizz'!? Mò vedi ca è vecine a Corato!"

"Sì, mi ricordo quando, da bambino, mio padre mi portava in campagna da quelle parti."

"Luciano mi dicèva con orgoglio che si professore a Stenfòrd."

"Sì, è così."

"E bravo Giuvà! E tu sai che faccio io?"

"No", risposi incuriosito. "Luciano mi ha detto solo che sei arrivato oggi da Los Angeles. Per caso sei proprietario di un famoso ristorante italiano?" provai ad indovinare.

"Ma ci ristorante, Giuvà!"

"Allora non lo so", replicai imbarazzato.

"E prova, mè!"

"Fai l'attore? Con quella bella faccia pugliese che hai alla Rodolfo Valentino!"

"Ma ci attore e attore, Giuvà!", e nel frattempo, mentre giocava sulla propria identità, mi si buttava addosso, riuscendo a malapena a reggersi sulla sedia a causa di tutto il vino che aveva tracannato quella sera.

"Tu l'accanósce a Miscel Faiffer?"

"Certo che la conosco, è bellissima. Non dirmi che è la tua fidanzata?!"

"Ma ci fidanzata e fidanzata, Giuvà!"

"Tu l'accanósce a Demì Murr, a Miasara e a Bruc Sciltz?"

"Eccome se le conosco. Brooke Shields è la mia attrice preferita… detto tra noi, farei qualsiasi cosa per conoscerla di persona!"

"E a Molli Rinvolt? E a Gennifer Grei, l'accanósce, Giuvà?"

"Non bene come Brooke Shields, ma le ho sentite nominare."

"Giuvà, tu a da v'nìjr a Los Angels, che io tutte te le presento!"

"Sì, magari! Ma che sei un Casanova, un Latin Lover?"

"Ma ci Casanova e Latin Lover, Giuvà! I' so u parrucchiere delle star di Ollivudd! Vegnene tutte da me. Capisce!? Tutte da me! I capille loro, solo io li posso attoccà, solo io Giuvà!"

"Ammazza che fortuna, Pasquà!" fu la mia reazione.

"E lo vuoi sapere ci faceve in Italia, a Corato, prima di venire in America?"

"Scommetto che facevi il barbiere, che altro potevi fare?"

"Ma ci barbiere e barbiere! Giuvà, sendi bbene a me! A Corato i' faceve u scarpare!"

9. The Shoe Peddler

Luciano had told me time and time again that Clint Eastwood was a regular at the San Francisco restaurant *Caffè Sport*, where he'd by then worked for years, but I never believed him.

It was hard to believe anything Luciano said, after what he'd done to me the very first night I met him. I had just been hired at *Quando Mai* restaurant and since he had more experience than I, he had received the task to train me as a waiter during the training period.

That evening, during my first experience serving tables, whenever there was a pause between one order and the other, he began telling all kinds of anecdotes about all the regular clients who were there for dinner. He told me that to be a good waiter and receive good tips one had to know how to capture with discretion the intimacy of each client. That way the guest would feel cuddled and in exchange would leave a healthy tip. To make sure one would not let go the hen with golden eggs, it was therefore important to know who was the richest person in the restaurant at that time and make sure you would make him feel special.

"Do you see that guy? He said taking me aside. "That guy sitting by himself at that table on the left. Well, that guy he a gay millionaire."

"By looking at him he does not give me that impression" I commented.

"He does not want to show it because he has a wife and children, but he confided on me."

"Really!?"

"Yes. He did not tell me that immediately the first night, but after I served him three or four times, when he understood that I had understood and he could trust me, he finally confided in me."

"So, strange…"

"Since the time we became friends he wants me to greet him with another name."

"What do you mean?"

"His real name is Gary, but privately he prefers to be called Patrizia."

"No, I don't believe it!"

"I swear it on my sister."

"It might be… So what do you suggest me to do?"

"Now when you go to bring him the bill, try to treat him like a true lady."

"Meaning what?"

"Smile at him as though he were a pretty woman."

"Then what?"

"Then ask him if he was happy with everything, things of this type. You know what I mean. Just make up something charming."

"I understand. But should I call him gentleman or madam?"

"If you really want to curry favors with him you should call him Mrs. Patrizia."

"But are you sure he will not get mad at me? After all, he doesn't know me."

"Don't worry about it. I know well how he is. He will appreciate it."

It was important for me to make a good impression. I wanted to show the owner and the customers of the restaurant that I deserved that job as a waiter, therefore I followed Luciano's advice. I approached the table and, as I handed the bill, I kindly asked: "Was my service to your liking, Mrs. Patrizia?"

The gentleman got up suddenly from the chair and took me by the neck of my shirt. I was motionless, confused, and scarred.

"I apologize, I..." I tried to justify myself, with a trembling voice

"You, fucking idiot! You both fucking idiots!" he shouted, pointing to Luciano, who was leaning on the bar counter behind me and slitting his sides laughing.

The customer left the place banging the main door and without paying the bill.

Still bewildered for what had happened, I demanded my colleague to give me an explanation.

"Don't worry about it, no one can stand that guy, not even the boss. He is the only customer who never leaves a tip."

"So, it's not true that he is a millionaire?"

"Yes, it's true, but he is also very stingy."

"Is it true that he is gay?"

"That I made it up myself", he replied laughing.

"What a shitty joke! He almost beat the shit out of me...no to speak about the bad impression I made in front of the other customers."

"What bad impression! You actually made them all laugh!"

"Well, as far as I am concerned, you didn't make me laugh at all."

"My boy, there are already so many sad things in life, that if we don't do anything to stay happy, then it's better if we all jump from a bridge. Come on, so that you can forgive me, once we finish our shift, I'll take you dancing. I think together we make a good pair!"

With that witty remark, he was able to get a smile out of me and my anger started diminishing.

Since that evening we became a couple of inseparable and easy-going friends like Gianni and Pinotto o Stanlio and Olio.

Luciano playfulness was contagious, but it was better to be his accomplice rather than the victim of his pranks. His innate comic verve had as the only purpose that of having fun himself and to make people laugh. He was the typical Venetian, always ready to crack a joke and always with a new joke to tell. There was never anything malicious in what he did and said, that is why he always stirred up a laughter from everyone.

His height was little but his wisdom endless. To show everyone that height mattered little outside of basketball, he started courting a gorgeous young lady who stood at least twenty centimeters above him. He fell madly in love with Loretta and a short time later he was even able to take her to the altar.

With Luciano, my wonderful Lynn and I'd seen a lot together. There was a time in our married life we'd become, so to say, addicted to Luciano. Wherever we went, on vacation, or to any party, we would always take him along. We could not do without him.

To some friends of ours in Los Angeles, Disneyland and Yosemite, and to the many casinos in Las Vegas and Lake Tahoe, where Luciano adored to go. He liked to gamble, but he lost regularly all he earned with so much sweat. With time, it had become a dangerous vice and an addiction difficult to cure. Many of us tried to help him get rid of it, but never with much success.

Among us friends it was rumored that the top floor of the Harvey casino in Lake Tahoe was constructed with the money Luciano lost over all those years of unrestrained gambling. But Luciano laughed it over and, to play down a really disastrous economic situation, he would start telling jokes. He was such an incredible guy that even though he would always tell the same jokes, we laughed as if he'd told each of them for the first time.

Those were wonderful years; we were so carefree. We ruled the world and yet we didn't have a penny in our pockets. Perhaps, the only one who had some money was Luciano. Since he had changed restaurant he had tripled his waiter salary.

Caffè Sport - the place where he worked - had become in a few years the most renowned Italian restaurant in San Francisco, and there were customers who flew into San Francisco once a week just to be able to taste the delicious dishes prepared by the chef Tonino.

Antonio – for his paesani Tonino and for Americans Tony, was the son of

Sicilian immigrants, who he'd begun at an early age working at the harbor as an apprentice and had been able to save the necessary money to realize his dream, which was to open an Italian restaurant. However, since he did not have enough money to pay for other employees, in the beginning he had limited himself to offer the service of a coffeehouse – that is why he called it *Caffè Sport*.

He made sandwiches for his loyal customers –who went to his place for an espresso and for a billiard game or a foosball game-, but when he realized that the request for Italian cuisine was growing as well as the number of customers, he purchased a new kitchen and hired some waiters. His menu was made of typical dishes of the Sicilian tradition, using mostly garlic and fresh fish that he himself went to buy every morning at the harbor. Pounds and pounds of garlic were cleaned and served every day to customers who believed in the nutritional benefits of those cloves. In a few months, the rumor had spread in San Francisco and all over the Peninsula. If you wished to eat fresh fish and you enjoyed eating garlic in abundance, *Caffè Sport* was the ideal restaurant.

Those were truly the golden days for waiters. Hardly anyone paid with credit card; actually, at *Caffè Sport* credit cards weren't even accepted: either you paid all in cash or got nothing. And the cash came in abundance. Luciano took home anywhere from $400 to $500 a night. Not even lawyers made that much money. Imagine professors!

Luciano called me one afternoon on the restaurant telephone, and told me there was a reservation for eight people under the name of Clint Eastwood for that evening.

"Why don't you and Lynn come and have a drink? You can sit at the counter; have a chat with Delio, then I will come and get you and bring you to his table and introduce you to him. Then at the end of the evening we'll go dancing at some club. Come on, don't disappoint me!"

"Ah Luciano! But who is going to believe you? As if we didn't know you!" was my immediate reaction. "Anyway, Lynn and I will be in SF around 10 and we'll be waiting for you to go and have a drink. See you later then at the restaurant!"

As soon as Lynn got back home from work, I proposed we go to San Francisco, and she agreed immediately because mentioning Luciano was like using the magic word. Even she, if not more than me, loved spending relaxed, carefree hours with the little Venetian. I did not mention the potential presence of Clint Eastwood because I didn't really believe myself that he'd come and didn't want to disappoint her if he wasn't there.

She took a nice shower, prepared a light dinner, then some time spent in front of the mirror trying on the clothes she herself had sewn because she wanted to make a good impression. For me, even if she were dressed in rags, my Lynn would always be gorgeous! But you know how women are.

Those were the early years of our marriage, and we were deeply in love and extremely close. I can't even remember a disagreement or moment of uncertainty between us in those days. We were happy, completely carefree. The world could have crumbled down upon us, and we wouldn't have even noticed. We were inseparable, supported by a feeling that had no barriers and made us feel like predestined lovers.

We got into North Beach from San Mateo that Saturday night in less than 20 minutes. Traffic was never as intense as it is now, and the highway ran all the way to Broadway Street, a short distance from the Italian district. What a heyday! Try to get to the same place now, and you'll see what I'm talking about! And that's not even talking about finding parking. Thinking back, it was all so simple and less stressful back then, but it is also true that when we are young we are never obsessed with the passing of time.

We found a place for our long and big Chevrolet, right in front of the restaurant, and made our entrance into the place which had slowly emptied out being it now ten o'clock. We sat at the bar as always, and immediately Delio, who was maybe secretly in love with Lynn, offered us glasses of house wine.

"One of these nights you two must honor us with your presence and have dinner with us! That would be so great! Tonino would be extremely happy!"

He barely mentioned his name and the Sicilian chef, with his usual apron greasy with the oils and the sauces prepared in the evening, came out of the kitchen to greet us. He hugged Lynn affectionately and paid her his usual compliments.

"Bedda! Beddissima! Lucky the one who will steal you away!" he exclaimed smiling at me.

Lynn returned the hug holding her breath, because she really liked Tonino but he smelled like garlic one mile away.

A short time later Luciano arrived.

"Come, I want to introduce you to a couple of customers to whom I've already spoken of you. Come Lynn. Please come!" He took her hand and brought her to the round table where eight people were sitting.

"Oh my God," Lynn exclaimed. "But that's Clint Eastwood! I can't believe it! It's truly him!"

Luciano introduced us to him.

I couldn't believe my eyes either. I wanted to sink into the floor from the shame and nervousness.

Lynn sat next to him while Luciano continued to laugh and make others laugh as usual as if Clint was an old schoolmate of his.

While the actor was speaking amiably with my Lynn – he also captivated by her beauty –, Luciano took me aside and brought me to the next table, where there were two men in their forties and two beautiful girls who looked like they came out of some Hollywood movie. Luciano introduced me to them. It was clear they were drunk by how loudly they were laughing and joking around.

"So, you are the famous Giovanni!" exclaimed one of the men in perfect Italian and then, in the Apulian dialect, he added: "Assettate Giuva, e mbiviti nu bbuchiere che nu" (transl. *Have a seat Giovanni and join us for a glass of wine*)

"Of course," I replied happily.

With fellow countrymen, I felt more at ease, all the while watching with one eye what was happening at the Clint's table, where Lynn had by now become the center of attention.

"Luciano told me you're also Apulian, Giuvà! I'm Pasquale, and I'm from Corato. And you?"

"Well, I'm really from Perugia, but my father was born in Terlizzi,

"Madòo", he said. "You're from Terlizzi? And thus, a stone's throw from Corato!"

"Yes, I remember when, as a child, my father brought me to a farm near your town."

Luciano told me with pride you're a professor at Stenfòrd.

"Yes, it is true."

"Bravo, Giuvà! And do you know what I do?"

"No," I said, my interest piqued. "Luciano told me that you came today from Los Angeles. Are you, by any chance, the owner of some popular Italian restaurant?" I tried to guess.

"But what restaurant owner, Giuvà!"

"Try to guess, come on!"

"Then I don't know" I replied quite embarrassed.

"Are you an actor? With that beautiful Apulian face you have, like Rodolfo Valentino!"

"But what actor and actor, Giuvà!", and in the meantime, while he was playing the guessing game, he'd thrown himself on me and could barely sustain himself on the chair because of all the wine he'd guzzled that evening.

"Tu l'accanósce a Miscel Faiffer?" (*Do you know Michelle Pfeiffer?*)

"How could I not, she's gorgeous. But, by any chance, is she your girlfriend?!"

"But what girlfriend and girlfriend, Giuvà!"

"Tu l'accanósce a Demì Murr, a Miasara e a Bruc Sciltz?" (*Do you know Demi Moore, Mia Sara and Brooke Shields?*)

"Of course, I know them! Brooke Shields is my favorite actress… between us, I'd do anything to meet her in person!"

"E a Molli Rinvolt? E a Jennifer Grei, l'accanósce, Giuvà?" (*And Molly Ringwalt and Jennifer Grey, do you know them, Giuvà?*)

"Not as well as Brooke Shields, but I've heard of them."

"Giuvà, come to Los Angeles and I'll introduce you to them all!"

"Yes, that would be great! But then you are a Casanova, a Latin Lover?"

"What Casanova and Latin Lover, Giuvà! I am the hairdresser of the stars of Hollywood. They all come to me. You understand? All come to me! Only I can touch their hair, only me, Giuvà!"

"Wow! What luck, Pasquà!" was my reaction.

"And do you want to know what I did in Italy, in Corato, before I came to America?"

"I bet you were a barber, what else could you be?" I tried, guessing again.

"But what barber and barber! Giuvà, listen to me well! In Corato I' faceve u scarpare!" (*I was a shoe peddler!*)

10. Le Emorroidi

Francesco aveva bisogno di un lavoro. Non voleva più dipendere dai suoceri, che oltre a offrirgli vitto e alloggio gratis a casa loro gli pagavano anche le spese dell'università. Voleva fargli capire che iniziava a sentirsi a disagio, anche se sapeva che per loro aiutarlo non era un peso ma solo un piacere.

Aveva cominciato a giocare a calcio per una squadra di seconda categoria di South San Francisco, allenata da un italo-americano, un certo Antonio Petruzzi, una persona squisita che era ben disposto verso gli Italiani e faceva di tutto per aiutarli nel caso di bisogno.

Antonio era nato in California da genitori di origine italiana, per essere precisi, di Barga, un paesetto a nord di Lucca, che Francesco conosceva bene, avendo giocato spesso a calcio contro la squadra locale.

La maggior parte della popolazione di Barga si era trasferita negli Stati Uniti. Moltissimi di loro, dopo lo sbarco sulla costa dell'est, avevano preferito continuare da veri pionieri per arrivare nella bella California immortalata dal loro illustre compaesano Giacomo Puccini nell'opera La fanciulla del West.

Petruzzi era anche il preside e cofondatore di una scuola di lingua e cultura italiana che offriva corsi ogni sabato mattina dalle 10 alle 12:30. L'obiettivo dell'istituto era quello di diffondere la lingua e soprattutto di far conoscere la bella cultura ai Californiani innamorati del Belpaese e in primo luogo agli italo-americani.

In quel periodo, Antonio era anche il presentatore di un programma televisivo che andava in onda ogni lunedì sera alle 20:30 sul canale 26, una specie di notiziario in italiano che riusciva in qualche modo a far sentire meno la nostalgia ai nuovi emigranti come Francesco. Non mancavano naturalmente le notizie sportive con i risultati del calcio italiano.

Appena lo conobbe, gli fece subito un'impressione positiva e lo vide ben disposto ad aiutarlo. Quando Antonio venne a sapere che, in Italia, Francesco aveva giocato a calcio, gli propose di entrare nella propria squadra – che in quel momento aveva bisogno di un'ala sinistra – e che lo avrebbe anche aiutato a trovare un lavoro.

Per prima cosa gli chiese di presentarsi un sabato mattina a South San Francisco, presso la scuola di lingua e cultura italiana che si trovava in Via Orange. Lo avrebbe presentato al corpo insegnante, che secondo lui aveva bisogno di nuova linfa, di persone giovani appena arrivate dall'Italia.

Lo assunsero subito al posto di un professore ottantenne che non vedeva l'ora di poter essere sostituito. Francesco non aveva mai insegnato prima di allora, ma riuscì subito ad integrarsi e a farsi volere bene sia dagli allievi che dai colleghi.

Fu proprio in quella scuola che ebbe il piacere di conoscere due studenti, marito e moglie, Jordan e Isabel. Erano persone di straordinaria istruzione e gentilezza, ai quali era difficile non affezionarsi. Divennero presto suoi amici, un fratello e una sorella su cui poter contare anche nei momenti difficili.

Dopo aver accettato l'impiego scolastico, Francesco cominciò anche ad allenarsi con la squadra allenata da Petruzzi ed esordì la domenica seguente segnando due gol.

Sebbene fosse uno sportivo, fumava come un turco. Era già arrivato al secondo pacchetto al giorno e l'allenatore, scherzando, gli chiedeva di non fumare almeno durante la partita – cosa che a volte faceva durante i quindici minuti di intervallo fra il primo e il secondo tempo.

Un sabato sera fu invitato ad una festa di compleanno. Poco dopo essere arrivato, la padrona di casa, una sua cara amica, gli disse ironica: "Francesco, sapevo che eri tu prima ancora di voltarmi. Ho sentito arrivare l'odore acre di tabacco. Solo tu puzzi così tanto di fumo!"

Quelle parole gli rimasero impresse nella mente tutta la sera e gli rimbombarono in testa fino al mattino dopo – ma furono la sua salvezza o per lo meno la salvezza dei suoi polmoni. Dopo essersi alzato, aprì l'armadio della camera da letto e infilò la testa nei vestiti impregnati di fumo. Nauseato si voltò verso lo specchio e notò con disgusto che sia i peli della barba sia le dita delle mani avevano assunto un colore giallognolo. Capì che il suo brutto vizio era diventato qualcosa di antisociale. Prese il pacchetto di sigarette e lo gettò nel secchio della spazzatura. Fu così che decise di smettere.

In squadra con lui, nel ruolo di ala destra, giocava un ragazzo marchigiano, un bel giovanotto, allegro e solare e sempre pronto allo scherzo. Trovarono subito la giusta intesa, sia in campo sia fuori. Si chiamava Vincenzo.

Alla fine della prima partita, rimasero a fare due chiacchiere, parlando della loro esperienza americana. Li accomunava una grande nostalgia per la loro bella Italia.

Vincenzo aveva raggiunto il fratello, che era un ottimo meccanico ed aveva aperto un'officina a San Francisco, dove aggiustava automobili europee di lusso, tipo Ferrari, Lamborghini e Alfa Romeo. Lui, invece, lavorava da sei mesi in un ristorante italiano nel paesetto di San Bruno, ma con l'aiuto di un suo amico parigino, un certo Jacques, aveva da poco trovato un'opportunità migliore presso un ristorante francese. Si trattava del famoso Chez

Maurice – che negli anni 70 era uno dei migliori ristoranti di San Francisco. Era il locale frequentato dall'élite della società. Là avrebbe guadagnato il doppio, se non il triplo, solamente di mance.

"Lo sai quanto prendono i camerieri là? Spara una cifra!"

"100 dollari al giorno?" provò a rispondere Francesco.

"Dai 250 ai 300 dollari al giorno!"

"Incredibile!"

"Hai capito!? È quanto prende mio padre in un mese in Italia!"

"Non pensavo si guadagnasse così bene. Servirebbero anche a me quei soldi. Mi basterebbe la metà."

"Ma tu lo sai fare il cameriere?" gli chiese Vincenzo.

"L'ho fatto per un'estate a Rimini, prima di trasferirmi qui in California."

"Allora perché non prendi il mio posto a San Bruno? Ti presento al titolare, si chiama Alfonso Petardo, è un napoletano, un tipo un po' strano, ma vedrai che ti piacerà e anche tu piacerai a lui."

L'idea gli pareva buona, ma al pensiero che il suo inglese non era ancora fluente per poter parlare con i clienti di un ristorante andò subito in paranoia. Vincenzo gli fece coraggio. Con quel poco di inglese che conosceva ce l'avrebbe fatta senza problemi. Per convincerlo, lo avrebbe presentato a un suo carissimo amico, Mariano Ricciardi, un veneziano che lavorava con lui e il cui inglese non era certamente migliore del suo. Quel tipo lo avrebbe aiutato e gli avrebbe fatto un po' di training per qualche giorno.

Se Francesco voleva essere indipendente finanziariamente, senza più pesare sui suoceri, non poteva rinunciare.

Si presentò al ristorante il lunedì pomeriggio, dopo i suoi corsi di lingua inglese. Dopo il primo scambio di battute, gli sembrò che il titolare lo avesse già preso in simpatia. Gli dette una giacca azzurra della sua taglia e gli chiese di presentarsi alle 5, con pantaloni e scarpe neri, camicia bianca e una bella cravatta. Mariano gli avrebbe fatto il training per i primi giorni.

Alle 4 e 45, Francesco era già lì, nervosissimo. Ricciardi gli andò incontro per presentarsi e notò subito il suo stato d'ansia – messo ancor più in evidenza da un tic all'occhio destro che gli veniva sempre fuori nei momenti difficili. Il cameriere veneziano si mostrò gentile ed accogliente. Gli fece domande che potessero metterlo a suo agio. Volle sapere di dove fosse e che cosa lo avesse portato in California. Gli promise che si sarebbe messo a sua disposizione e lo rassicurò che in un paio di giorni sarebbe stato in grado di prendere gli ordini da solo. Se lo poteva fare lui con il suo inglese maccheronico, ci sarebbe riuscito chiunque altro. Nel suo primo giorno di lavoro avrebbe dovuto solo seguirlo tavolo dopo tavolo e osservarlo mentre prendeva le ordinazioni. Essendo un lunedì, non sarebbero stati troppo occupati, quindi avrebbe potuto osservare e apprendere tutto con calma.

"Roba da niente, vedrai. Io ho cominciato prima in cucina. Ho fatto il lavapiatti per un anno e poi, poco a poco, dopo che se n'è andato via un cameriere, mi hanno dato la possibilità di servire ai tavoli e guadagnare molti più soldi", gli spiegò Mariano.

L'ultima domanda che gli fece prima di entrare in azione e di gettarlo nell'arena suonò alquanto bizzarra.

"Senti un po', ma tu te ne intendi di emorroidi?".

"Le emorroidi?!" ripeté Francesco meravigliato.

"Sì, quelle che ti vengono dietro, dentro insomma…"

Pensò che una risposta ragionevole avrebbe accattivato le simpatie di Mariano, che dal tono di voce sembrava realmente interessato all'argomento.

"Beh… sì. Una volta le ho avute anch'io. In effetti danno molto fastidio. Mi avevano consigliato di provare con il ghiaccio, ma a volte non basta. Io, per esempio, ho dovuto prendere delle pillole apposta."

Mariano parve soddisfatto della spiegazione. Lo ringraziò e non tornò più sul discorso.

Quando cominciarono il servizio ai tavoli, Francesco notò immediatamente che quasi tutti conoscevano bene e scherzavano con il suo collega. Si trattava di clienti affezionati che chiedevano di lui e che lo trattavano come uno di famiglia. La sua risata sonora era contagiosa e riecheggiava per tutto il ristorante. La sua comicità, poi, gli ricordava i personaggi della commedia dell'arte veneziana.

Mariano prendeva l'ordine e presentava Francesco ai clienti, facendolo sentire così a suo agio. Il suo nervosismo iniziale cominciò piano piano a dileguarsi. La serata passò senza troppi intoppi, avanti e indietro, fra sala e cucina.

Il cuoco era il fratello del titolare e si chiamava Pasquale Petardo. Gli era stato detto che era un tipo piuttosto irascibile, che perdeva facilmente la pazienza con i camerieri, specialmente negli orari più affollati, ma con lui si comportò in maniera molto educata e gentile, senza mai alzare la voce e senza mai farlo sentire a disagio.

A servizio avevano anche una donna, che si occupava di pulire i tavoli quando i clienti se ne andavano e di prepararli per quelli successivi. La cosiddetta bus girl era Rosetta Petardo, moglie del più piccolo dei tre fratelli Petardo, che si dimostrò subito molto affabile nei suoi confronti, facendogli un mucchio di domande e rivelandogli anche alcune confidenze sulla propria vita personale e coniugale che lo stupirono un po'. Era evidente che la signora non era molto felice in America e che il rapporto con il marito e i due cognati non era fra i migliori. Era piccolina, con un seno prorompente, che mise in mostra con piacere quando si trovarono da soli in sala.

Il marito, Carmelo Petardo, faceva il pizzaiolo. Francesco si rese subito conto che era davvero un maestro. Gli promise che alla fine della serata quella sarebbe stata la sua cena. Una bella pizza margherita fatta dalle mani di un napoletano vero.

Le ore di lavoro passarono veloci tra una risata e l'altra grazie alla comicità di Mariano, che verso la fine della serata chiese a Francesco di prendere le ordinazioni da solo. Lui lo avrebbe osservato all'opera.

Si trattava di un tavolo di tre persone: madre, padre e figlia sui vent'anni. Francesco, nonostante lo spauracchio della lingua, prese l'ordine senza nessun intoppo.

Dopo aver servito le bevande e un'insalata per antipasto, la signora lo chiamò e gli chiese di portarle uno straw, parola che non aveva mai sentito prima. Visto che davanti agli occhi aveva l'insalata, pensò che gli avesse chiesto la pepiera e gliela portò. Lei lo guardò confusa.

"I asked for a straw!" e per aiutarlo a comprendere, prese la coca cola in mano e disegnò con le mani una cannuccia.

Bella figura di merda! pensò fra sé.

Come primo avevano ordinato una pizza in tre. Francesco entrò in sala con la pizza margherita preparata da Carmelo e tre piatti in mano.

Mariano, che fino a quel momento lo aveva seguito con la coda dell'occhio, gli andò dietro fino al tavolo e mentre Francesco, tremando per paura di sbagliare, tagliava la pizza per i clienti, mollò una scorreggia – una di quelle silenziose e puzzolenti, che il suo caro nonno Ciccio chiamava una "Melffffi", per la vulgata una loffia, da non confondere con una "Trrrapani", una di quelle rumorose dalle quali puoi almeno difenderti meglio allontanandoti dopo averla udita.

L'allegro veneziano, fatta la puzza, si allontanò come se niente fosse. Il fetore salì lentamente alle narici dei clienti, che guardarono subito Francesco con disgusto ed imbarazzo, tappandosi il naso con un gesto discreto della mano.

"Are you ok?" gli chiesero. "It's your first day, is it not?"

"I'm fine, thanks" rispose lui e si allontanò, tutto rosso in volto.

Cosa doveva fare? Andare a litigare con quel mascalzone al suo primo giorno di lavoro? Rimase zitto in un primo momento e, mentre quello ridacchiava con Pasquale e Carmelo, gli lanciò un'occhiataccia di rimprovero. Si voltò verso la cucina e vide che anche il lavapiatti calabrese di nome Gaspare si era affacciato per assistere divertito allo spettacolo. Tutti ridevano di lui.

"La prossima volta che 'del culo fai trombetta', per dirla con Dante Alighieri, avvertimi prima!" reagì infastidito Francesco, mentre rientrava in cucina.

La serata fra puzze e pizze giunse fortunatamente alla fine. Quando anche l'ultimo cliente lasciò il locale, lui e Rosetta prepararono la sala per il giorno dopo.

A lavoro finito, raggiunsero gli altri in cucina, si sedettero al tavolo per mangiare insieme a loro. Mariano stava contando i soldi fatti di mancia. Non erano molti, ma gli disse che li avrebbe divisi con lui. Francesco li rifiutò, dicendo che aveva fatto ben poco per guadagnarseli, ma lui insistette che li prendesse, così accettò. Settanta dollari come primo giorno, perlopiù un lunedì, non erano poi così male. In Italia quei soldi li avrebbe fatti in una settimana, se fosse andata bene.

Si fermarono a parlare del più e del meno, soprattutto di calcio, e di Vincenzo, che per il dispiacere e l'invidia di tutti, li aveva lasciati per andare a lavorare in un ristorante di gran lusso. Da come ne parlavano si capiva quanto gli fossero affezionati e quanto sentissero già la sua mancanza.

Francesco gli disse che giocavano a calcio insieme e invitò tutti alla partita della domenica seguente al campo di South San Francisco.

Alfonso, il titolare, ringraziò tutti i suoi collaboratori e gli fece intendere che era ora di ritornare a casa.

Francesco andò a cambiarsi nel camerino. Mentre si stava levando i pantaloni, entrò Mariano. Riprese a parlare di calcio e di sport in generale, finché non riportò il discorso sulle sue emorroidi. Gli chiese se, avendole avute, sarebbe stato in grado di riconoscerle a vista.

"Se tu le vedessi, saresti in grado di riconoscere che sono emorroidi?"

"Da quanto ne so, le riconosci per il gonfiore e l'arrossamento all'interno del sedere" rispose imbarazzato Francesco.

All'improvviso, Mariano si tirò giù i pantaloni e gli chiese se gentilmente avesse potuto chinarsi per dargli una diagnosi.

Per non deluderlo, accettò di aiutarlo e si inginocchiò. Anche Mariano si piegò sulle gambe, aprì le fauci del suo sedere e gli chiese di guardarci dentro. Fu proprio in quel momento che la porta del camerino si aprì e si sentì un boato di risate. Il cuoco, il pizzaiolo, il lavapiatti, la Rosetta, il padrone e un suo amico gridarono in coro "Bravo!" e applaudirono Francesco.

Fu così che anche lui cadde nella trappola tesagli da Mariano. Come venne a sapere più tardi, quello era lo scherzo di benvenuto che il veneziano riservava a tutti i nuovi arrivati al loro primo giorno di lavoro. Passato lo shock iniziale ci rise sopra anche lui, incredulo che ci fosse caduto come una pera marcia, e giurò che non sarebbe mai più successo.

Da quel momento, lui e Mariano diventarono migliori amici.

10. Hemorrhoids

Francesco needed a job. He no longer wanted to depend on his in-laws, who, besides offering him free room and board at their house, were extremely generous to pay for all his college expenses. He wanted them to know he had begun to feel slightly uncomfortable even if he knew that for them, helping him wasn't a burden but rather a pleasure.

He had started playing soccer for a second-division team in South San Francisco, coached by an Italian American, a certain Antonio Petruzzi, an exquisite man who was well disposed toward Italians and did all he could to help those in need.

Antonio was born in California to parents of Italian origin, more specifically from Barga, a small village north of Lucca, that Francesco knew well, since he'd often played soccer there against the local team.

Most of the people in the village had moved to the United States. Many, after arriving on the East Coast, had preferred to continue on, like true pioneers, to beautiful California, immortalized by their illustrious fellow countryman Giacomo Puccini in the opera La Fanciulla del West.

Antonio was also the dean and cofounder of a school of Italian language and culture that offered language courses every Saturday from 10 am to 12:30 pm.

The main objective of the Institute was to spread the Italian language and above all teach our beautiful and rich culture to Californians, especially to Italian Americans who were in love with the Bel Paese.

In those days, Antonio was also the host of a TV show that aired live every Monday evening at 8:30 on channel 26, an Italian news station that in some ways succeeded in diminishing the strong nostalgia new immigrants like Francesco felt. At the same time, they did not fail to show sports news with the results of Sunday's Italian soccer games.

Upon their meeting, Antonio immediately made a good impression on Francesco, and he found Francesco very willing to help.

When Antonio found out that Francesco played soccer in Italy, asked him to play for his team, which at the moment needed a left wing, and told him he'd also help him find a job.

The first thing Antonio asked him was to show up on Saturday morning in South San Francisco at the school of Italian language and culture, located on Orange Avenue. He would introduce him to the teaching staff, which he thought needed new teachers, younger people fresh arrived from Italy.

They hired him immediately to substitute an 80-year-old teacher who couldn't wait to be replaced. Francesco had never taught before then, but he immediately succeeded in integrating himself at the school and gaining the approval of both his students and his colleagues.

It was at that school that he had the pleasure of meeting two students, husband and wife, Jordan and Isabel: two people extremely educated and of extraordinary kindness whom it was difficult not to get attached to. They became two of his best friends, like a brother and sister he could count on difficult moments.

After accepting the teaching job at the school, Francesco began training with the new team coached by Petruzzi and he made his debut the following Sunday scoring two goals.

Although he was a sportsman, he smoked like a chimney in winter. He was going through two packs a day, and the coach jokingly asked him not to smoke at least during the game – which he sometimes did during the 15 minutes interval between first and second half.

One Saturday evening Francesco was invited to a birthday party and upon arriving there, the lady of the house, a dear friend, told him ironically: "Francesco, I knew you were coming even before I saw you. I could smell the acrid odor of tobacco. It's only you who stinks so much of smoke!"

Those words were imprinted in his mind the entire evening and they were running through his head the next day too - but they were his salvation, or at least for his lungs. After he got up, he opened the closet of his bedroom and put his head inside his clothes impregnated with smoke. He felt nauseated and turned to the mirror noticing with disgust that both his beard and his fingers and nails had assumed a yellowish color. He understood that his bad habit had become something antisocial. He took his packet of cigarettes and threw it in the garbage can. That's how he decided to quit cold turkey.

On his soccer team, there played right wing a guy from the Marché, a handsome young man always cheerful and joyful, who was always cracking jokes. They immediately started getting along well, both in the soccer field and outside. His name was Vincenzo.

At the end of the first game, they stuck around to chat a little, talking about their experiences in America. They shared a great homesickness for their beautiful Italy.

Vincenzo had joined his brother, who was a great mechanic and had opened a garage in San Francisco to fix European cars, mostly Ferrari, Lamborghini, and Alfa Romeo.

By contrast, Vincenzo had been working for six months at an Italian restaurant in San Bruno, but, with the help of a Parisian friend named Jacques, had just found a better opportunity at a French restaurant. It was the famous Chez Maurice, which in the '70s was one of the best restaurants in San Francisco. There you could find la crème de la crème of the San Francisco society. There he would also earn double, if not triple, of what he was earning now, just in tips.

"Do you know how much waiters make there? Just shoot!"

"100 dollars a day?" Francesco tried to answer.

"Between 250 to 300 dollars a day!"

"Incredible!"

"Do you understand!? That is what my father makes in a month in Italy!"

"I had no idea one could earn so much. I could certainly use that kind of money. I would be happy with half of that."

"Can you work as a waiter?" Vincenzo asked him.

"I had a short experience as a waiter in Rimini, the summer before I moved here to California."

"Then, why don't you take my place in San Bruno? I'll introduce you to the owner, Alfonso Petardo, a Neapolitan who's a little strange, but you see that you'll like him and he will also like you."

It seemed to him like a good idea, but just at the thought that his English wasn't yet fluent enough to speak with restaurant clientele, he immediately fell into a paranoia. Vincenzo insisted and gave him courage: With the little English Francesco knew, he would be able to do it without a problem.

To convince him, Vincenzo would introduce him to one of his dearest friends, Mariano Ricciardi, a Venetian who worked with him at the restaurant, whose English certainly wasn't any better than his, and he would take care of training him for a few days.

If Francesco wanted to be financially independent, without being a weight on his parents in law, he could not miss that opportunity.

Francesco showed up at the restaurant Monday afternoon after his English language courses, and the owner Alfonso Petardo seemed to take a liking to him. He gave him a blue jacket his size and asked him to show up at 5 o'clock with black pants and shoes, a white shirt, and a nice tie. Mariano would train him for the first couple of days.

At 4:45 Francesco was already there, extremely nervous. The Venetian waiter approached him to introduce himself and noticed immediately his anxiety, made more obvious by a twitch in his right eye that always came in difficult moments. He appeared kind and friendly. He asked Francesco questions that could make him feel at ease. He wanted to know where he was from, what brought him here to California. He promised he'd always be at his disposal and assured him that in a couple days he'd be able to take orders alone. If he could do it with his broken English, anyone else could do it. For the first day, he only had to follow him, table after table and watch him take orders. It was a Monday, and they wouldn't be too busy, therefore he could observe and learn everything very calmly.

"It's nothing, you'll see! I first started in the kitchen. I washed the dishes for a year and then, little by little, after a waiter left, they gave me a chance to serve tables and earn a lot more money", Mariano explained to him.

The last question Mariano asked him before going into action and throwing him into the arena, sounded to Francesco quite bizarre.

"Listen, Francesco, do you know anything about hemorrhoids?"

"Hemorrhoids?!" Francesco repeated quite shocked.

"Yes, those that come behind ... inside ... you know what I mean ..."

He thought that a reasonable answer, would gain Mariano's approval. By the tone of his voice he really sounded interested in the subject.

"Well...Yes. Once I had them too. In fact, they can really be a pain. They had advised me to soothe it with ice, but that did not seem to be enough. I, for example, had to take some special pills."

Mariano seemed satisfied with his explanation. He thanked him and changed the subject.

When they began to work, Francesco noticed immediately that almost all the customers knew his colleague well and were joking with him. They were regular customers who asked for him and treated him like family.

His laughter was contagious and echoed throughout the restaurant. His humor reminded Francesco a bit of the characters from the Venetian commedia dell'arte. He took orders and introduced Francesco to his clients, making him feel very at ease. Francesco's initial nervousness slowly began to disappear. The evening passed without too many hitches, between the dining room and the kitchen, the kitchen and the dining room.

The cook was the brother of the owner, and his name was Pasquale Petardo. Francesco was told that he was a rather irascible type, who easily lost his patience with the waiters, especially during busy hours, but he treated Francesco in a very polite and kind manner, never raising his voice or making him feel uncomfortable.

They also had a helper who cleaned the tables when the customers left, to prepare them for the new customers. The bus girl was Rosetta Petardo, the wife of the youngest of the three brothers, and she was immediately very friendly with him, asking him questions about his personal life and even confiding in him about her personal and marital life, which astonished him a bit. It was clear to Francesco she wasn't very happy in America, and that her relationship with her husband and two brothers-in-law was not the best. She was petite, with an irrepressible breast that she put on display when they found themselves alone together in the dining room.

Her husband, Carmelo Petardo, was responsible for making pizzas, and Francesco understood immediately he was a real master. Carmelo promised him that at the end of the evening, that would be his dinner: a beautiful Margherita pizza made by the hands of a true Neapolitan.

The work hours passed by quickly between one laughter and another, thanks to the great sense of humor of Mariano who, toward the end of the night, asked Francesco to take one order all by himself. He would observe his work from behind.

It was a table of three, a mother, a father, and their daughter, who was about 20 years old. Francesco took the order without a hitch, in spite of his language problems.

After he served their drinks and a salad as an appetizer, the lady called for him and asked him to bring her a straw, a word he'd never heard before. Seeing that before her eyes was a salad, he thought she'd asked for a pepper shaker, and he brought it to her. She looked at him confused.

"I asked for a straw!" and to help him understand, she took her soda in her hand and drew with her hands a straw.

What a shitty start! Francesco thought to himself.

They had also ordered a pizza for three, as the first course. Francesco entered the dining room with the pizza Margherita Carmelo had prepared and three plates in hand.

Mariano, who until that moment had observed him out of the corner of his eye, followed him to the table and while Francesco, trembling with fear of failing, was cutting the pizza for his customers, Mariano let out a vile fart, not loud but smelly – one of those farts his dear grandfather Ciccio would call a 'Melfffi,' not to be confused with a 'Trrrrapani,' one of those loud ones you can at least protect yourself by running away from it, upon hearing it.

The happy Venetian unleashed the smell and walked away as if nothing had happened. The stench reached slowly the nostrils of the customers who immediately looked at Francesco with disgust and embarrassment, holding their noses with a discreet gesture of their hand.

"Are you okay?" they asked him. "It's your first day, isn't it?"

"I'm fine, thanks," he responded and walked away blushing.

What did he have to do? Argue with that scoundrel on his first day on the job? He stood silent at first, and while Mariano giggled with Pasquale and Carmelo, he gave him a dirty look of disapproval.

Francesco turned toward the kitchen and noticed that even the dishwasher, a Calabrian whose name was Gaspare, had looked out to enjoy amused the spectacle. They were all laughing at him.

"Next time that 'you make a trumpet of your ass', to say it in Dante's words, warn me first!", Francesco reacted annoyed, as he was walking back into the kitchen!

Between farts and pizzas, the evening finally came to an end. When even the last customer left the place, he and Rosetta prepared the dining room for the next day.

After finishing their work, they joined the others in the kitchen, sat at the table with them and lit a cigarette.

Mariano was counting the money he'd made in tips.

It wasn't much, but Mariano told him he'd split the tips with him.

Francesco refused, saying he'd done too little to earn it, but Mariano insisted that he take it, so he accepted it. Seventy dollars for the first day, and a Monday at that, was not bad at all. In Italy that was the amount Francesco would make on a good week.

They chatted, especially about soccer. They also talked about Vincenzo, who, to the chagrin and envy of all, had left them to go work for a high-class restaurant. Just by the way they spoke about him, one could see how attached they were to him and how much they already missed him.

Francesco told them they were playing soccer together, and invited everyone to come watch them play in South San Francisco the following Sunday.

Alfonso, the owner, thanked all the employees and let them know it was time to go home.

Francesco went to the dressing room to get changed. He was taking off his pants when Mariano entered. He kept talking about soccer and sport in general, until he mentioned again his hemorrhoids. He wondered if, since he'd had them, he would be able to recognize them on sight.

"If you saw them, would you be able to recognize that they are hemorrhoids.

"For what I know, you recognize them by the swelling and redness inside your ass," Francesco replied, quite embarrassed.

Suddenly, Mariano pulled down his pants and asked him if he kindly could bend over to give him a diagnosis.

To not disappoint him, he accepted to help him and leaned on his legs. Mariano kneeled too, spread his cheeks, and asked him to look inside.

It was just at that moment that the dressing room door opened and a roar of laughter was heard.

The cook, the pizza maker, the dishwasher, Rosetta, the owner, and a friend shouted in chorus "Bravo!" and applauded Francesco.

And so, he fell into the trap set by Mariano. As Francesco found out later on, that was the welcoming prank the Venetian pulled on new workers on their first day. The initial shock passed, and even Francesco laughed about it, incredulous that he'd fallen for it like a rotten pear; he swore it would never happen again.

From that moment on, he and Mariano became best friends.

11. Una Sorpresa in Tasca

Guido Ottaviani era piombato a San Francisco quasi per miracolo. Ballerino del famoso gruppo di Don Lurio per la televisione italiana, aveva deciso di seguire le orme di un amico d'infanzia negli Stati Uniti, più che altro per fargli compagnia, ma anche per liberarsi da quell'ambiente corrotto nel quale lavorava già da qualche anno e per sfuggire al tedio di Roma, una città che cominciava a pesargli un po' troppo e a nausearlo.

L'amico, Pier Paolo De Iulis, era un cantante da quattro soldi, ma aveva un fisico incredibile. Alto 1 metro e 85, capelli scuri e occhi castani, con uno sguardo alla Marcello Mastroianni, era il tipico belloccio italiano che faceva stragi di donne ovunque andasse. Gli avevano offerto di aprire un grande evento a San Francisco, nientepocodimeno che il concerto di Domenico Modugno, alias 'Mr. Volare', come lo chiamavano oltreoceano.

Pier Paolo aveva accettato nonostante un cachet irrisorio. La possibilità di cantare all'estero con un mostro sacro della canzone italiana era sicuramente un'occasione che non poteva farsi sfuggire, ma sapeva bene che non sarebbe bastata quell'apparizione a spalancargli la porta del successo. Il motivo principale che lo aveva spinto ad accettare la trasferta era un altro: far visita a quel parente alla lontana che viveva in una piccola cittadina vicino a San Francisco e che aveva conosciuto in Italia.

Era uno zio di secondo grado da parte della mamma, omosessuale e molto abbiente. Aveva trascorso un periodo di vacanza a Roma e si era innamorato alla follia del 'nipotino'. Pier Paolo aveva capito che, se avesse giocato bene le sue carte, avrebbe avuto la possibilità di spillargli dei bei soldi.

Quando gli chiese di accompagnarlo, Guido non se lo fece chiedere due volte. Come non accettare un viaggio in America tutto spesato.

Domenico Modugno era sponsorizzato dal titolare del ristorante presso il quale lavoravo già da un anno.

Si chiamava Franco Belardo ed era un napoletano che viveva a San Bruno da molti anni, dove aveva ereditato dall'anziano zio il ristorante *Quando mai!* Era partito dall'Italia con poca istruzione. Aveva la quinta elementare ed era vissuto in un orfanotrofio, come molti napoletani della sua età appartenenti a famiglie numerose e poco abbienti. Era arrivato negli Stati Uniti per merito dello zio, che lo adorava, e si era affermato con successo nella ristorazione.

Belardo mi aveva offerto un lavoro – nonostante si fosse accorto che non avevo molta esperienza come cameriere – e mi aveva preso in simpatia.

La sera prima dello spettacolo, per cui era previsto il tutto esaurito, Domenico Modugno venne al ristorante insieme a tutto il suo entourage, per ringraziare Franco dell'organizzazione dell'evento.

Per l'occasione, sapendo che sarei stato io il loro cameriere, avevo invitato anche la mia adorata Bonnie e con lei avevamo scattato alcune foto insieme al grande 'Mr. Volare' (foto che ancora conservo con orgoglio).

Di quella serata memorabile ricordo specialmente un episodio, quando Modugno, seccato da tutti quegli amici e parenti di Belardo, che si avvicinavano al tavolo per scattare fotografie, mi chiamò da parte e, nel suo dialetto pugliese, mi chiese: "Ma cci so' tutti sti cristiani?"

"Sono i familiari del padrone" risposi.

"Eh, i parenti!" sospirò lui. "I parenti sono come le scarpe, più sono strette e più ti fanno male!" concluse sardonico.

Quella frase mi lasciò di sasso e da allora non l'ho più scordata. Come ogni detto popolare, nella sua semplicità, ci svela sempre una verità universale.

Lo spettacolo del giorno dopo andò a gonfie vele. 'Mr. Volare' aveva cantato meravigliosamente tutte le canzoni più note del suo ricco repertorio e aveva concesso anche un paio di bis. Io e la mia Bonnie eravamo tra la folla in estasi. Belardo mi aveva liberato senza riserve dal turno di lavoro, anche perché sapeva che ce ne sarebbe stato poco, visto che l'abituale clientela di *Quando mai!* era tutta all'auditorium.

Come da programma, la serata era stata aperta da un giovane cantante, Pier Paolo De Iulis. La sua esibizione fu accolta con dei timidi applausi. Per il pubblico era solo uno sconosciuto che faceva crescere l'attesa per l'arrivo di Modugno. C'era solo una persona che sembrava realmente interessata alla sua performance. Incuriosito mi avvicinai e feci la sua conoscenza.

Era il gennaio del 1974. Io e Guido diventammo subito amici. Avevamo molte cose in comune, in primo luogo le nostre origini pugliesi.

Pochi giorni dopo l'evento, Pier Paolo era sparito con una nipote bellissima dello zio omosessuale, non prima però di avergli rubacchiato un'ingente somma di denaro, come previsto dal suo piano iniziale. Guido era quindi rimasto solo, e per una settimana si era trasferito a casa mia. Sapevo che in Italia, pur di mandare avanti la baracca, aveva fatto anche il meccanico; così, grazie all'aiuto di alcuni amici, gli avevo trovato un lavoretto presso l'officina di un italo-americano.

Trascorsi alcuni mesi, di Pier Paolo non si seppe più niente. Giravano voci che si fosse trasferito in Colombia e che vivesse con la famiglia della ragazza di cui si era invaghito.

Guido non voleva neppure sentire parlare della possibilità di tornare in Italia. A fare cosa poi? Il lavoro come ballerino era saltuario e non lo pagavano da oltre un anno. Inoltre, da un po' di tempo frequentava una splendida ragazza.

Si chiamava Liberty Santoro e sognava di diventare attrice. Era già apparsa in alcuni film, ma in ruoli piuttosto piccoli, e attendeva la grande chance. Di talento ne aveva da vendere e la bellezza non le mancava. Era di origine italiana. I nonni venivano da un paesetto sperduto sulle montagne del Molise. Dopo quel viaggio della speranza andato a buon fine, non erano mai più tornati in Italia, dove avevano lasciato solamente tanta miseria. Il padre di Liberty parlava un po' di dialetto molisano e poco italiano, ma amava la terra da cui scorreva il suo sangue e sognava di poter vivere un giorno nel paese d'origine dei suoi genitori.

Liberty aveva letteralmente perso la testa per Guido, cosa non difficile grazie al suo fascino latino e alla sua innata gentilezza, uniti alla simpatia e al forte senso dell'umorismo. Lo invitò a casa sua per presentarlo alla famiglia. Guido accettò volentieri, anche perché sperava che i genitori della ragazza potessero aiutarlo a trovare un lavoro più sicuro, con uno stipendio che gli avesse permesso almeno di pagarsi un affitto. Sapeva che poteva stare con noi ancora qualche settimana, ma non di più.

Quel giorno era un po' nervoso, vuoi perché si vergognava del suo inglese maccheronico – non essendo riuscito a iscriversi a un corso di lingua come avevamo fatto tutti noi al nostro arrivo – vuoi perché i genitori di Liberty erano piuttosto abbienti e quindi di un ceto superiore al suo.

Voleva vestirsi in modo elegante, ma in valigia aveva solo una giacca nera e una camicia celeste. Per essere sicuro che facesse una bella figura, gli prestai una cravatta di seta firmata Valentino. Bonnie lo rassicurò che stava benissimo e che avrebbe fatto centro. Per assistere all'evento e augurargli l'in bocca al lupo erano arrivati via via anche tutti i nostri amici.

Liberty passò a prenderlo a casa nostra verso le 6 del pomeriggio. Era al volante di una BMW bianca nuova fiammante che impressionò tutti.

"L'hai trovata l'America!" gli gridammo in coro mentre saliva in macchina con un sorriso smagliante. Lei lo baciò appassionatamente e salutò tutti con un cenno della mano. "Non dimenticarti di noi! Tante volte ci fosse qualche buona opportunità, pensa anche a noi!" aggiunsi io, tra le risate ironiche di tutta la combriccola.

In realtà, c'era poco da ridere: io e Bonnie eravamo appena tornati dalle vacanze in Italia, dove avevamo trascorso tutta l'estate e avevamo speso tutti i soldi risparmiati durante un anno di duro lavoro. In quel momento non avevamo né soldi né lavoro. L'amore che ci univa era tutto ciò che ci restava, ma bastava quello a renderci felici. Potevamo vivere sereni e spensierati anche grazie al sostegno dei miei meravigliosi suoceri, che, con infinita generosità e senza mai farcene sentire il peso, erano sempre pronti a darci una mano.

La serata a casa Santoro cominciò meglio del previsto. Liberty, che capiva un po' di italiano, provò a fare da interprete. I suoi genitori erano persone affabili, benestanti ma tutt'altro che snob. Dopo l'aperitivo in salotto, si sedettero a tavola in un'ampia ed elegante sala da pranzo. Una domestica venezuelana, che era anche la cuoca personale della famiglia, avrebbe servito la cena.

All'improvviso, forse a causa dell'ansia accumulata fino a quel momento, Guido sentì delle fitte allo stomaco e chiese il permesso di assentarsi per andare al bagno che era al piano superiore.

Salì di corsa la rampa di scale, si slacciò in fretta e furia i pantaloni e, una volta seduto sul comodo, liberò due grossi stronzi, che volle subito eliminare tirando lo sciacquone.

Nonostante l'acqua venisse giù in quantità, gli escrementi rimasero a galleggiare tranquilli. Aspettò qualche secondo e tirò lo sciacquone una seconda volta, con più forza di prima, ma gli stronzi ritornarono caparbiamente in superficie.

Ma che cazzo! disse tra sé, in preda al panico. *Proprio adesso doveva rompersi lo sciacquone!*

Cominciò a sudare freddo.

Riprovò una terza volta, pregando in cuor suo di eliminare finalmente l'evidenza della sua seduta. Non poteva lasciare quei due testimoni a galleggiare in quel modo. Lanciò lo sguardo fuori dalla finestra e si accorse con gioia che c'era un giardino ricco di piante e fiori.

Adesso li prendo, pensò, *li butto dalla finestra e chi si è visto si è visto.* Provò ad aprirla, ma era bloccata dall'esterno.

Ma che cazzo, pure la finestra che non si apre! Che cosa faccio adesso? Provò di nuovo con lo sciacquone, ma niente.

Doveva trovare subito un'alternativa. Di certo non poteva rompere la finestra, ma non poteva nemmeno restare ancora troppo tempo in bagno. Finalmente ebbe un'illuminazione.

Srotolò una lunga striscia di carta igienica e l'avvolse intorno alla mano, afferrò i due stronzi maledetti e, non vedendo alcun secchio della spazzatura, se li mise in tasca, pensando che al momento opportuno se ne sarebbe sbarazzato; quindi, uscì dal bagno e ritornò tra i commensali.

"Are you ok, honey?" chiese Liberty preoccupata.

"Sì, tutto bene. Solamente un po' di mal di pancia. Sarà stato quel pesce che ho mangiato oggi per pranzo" rispose lui sorridendole.

Nel frattempo, a tavola, la cuoca venezuelana continuava a servire cibo: insalata di barbabietole condita con olio d'oliva e aceto balsamico, ravioli di zucca fatti in casa, per finire poi con un succulento agnello scottadito. Il tutto accompagnato con dell'ottimo vino italiano, un Brunello di Montalcino d'annata.

La cena volgeva al termine e Guido, mezzo ebbro, sentiva di avere finalmente superato tutte le sue paure iniziali. I genitori della ragazza sembravano entusiasti per la scelta della figlia e si erano complimentati per il garbo e la simpatia del loro ospite. Al momento dei saluti, poi, lei ringraziò i genitori per la cena squisita, mentre Guido, da vero gentiluomo italiano, salutò la mamma di Liberty con un baciamano – un gesto che la signora apprezzò molto, perché non lo aveva mai ricevuto in tutta la sua vita. Guardò il marito come per dire: "Caspita! Che gesto elegante e premuroso!"

La notte proseguì in discoteca, dove i due giovani amanti fecero le ore piccole ballando come scatenati, e si conclude passionalmente a letto.

Guido e Liberty continuarono a vedersi anche nei giorni successivi. Lei lo portava con sé alle feste organizzate dai suoi amici nei quartieri più ricchi della città. Lui, purtroppo, non aveva ricambi con sé e possedeva solamente una giacca, la stessa che indossava tutti i giorni, sia che facesse caldo o freddo. Liberty lo convinse che non aveva alcun motivo per vergognarsi del proprio aspetto, perché con il suo fascino latino e lo charme da gentleman nessuno avrebbe criticato il suo abbigliamento. Così Guido superò l'imbarazzo e continuò ad indossare spensieratamente la sua bella giacca, con il sacchetto di merda che si era messo in tasca a casa Santoro e che ormai aveva certamente cominciato a fermentare. Lui, ormai, dopo essersi dimenticato di buttarlo, si era abituato all'odore – così come succede a chi non è avvezzo a lavarsi e abitua il proprio olfatto all'olezzo del proprio corpo. Liberty, invece, cominciò a infastidirsi.

Al quarto giorno, mentre erano seduti a casa di amici, non potendo più sopportare il puzzo emanato dal suo partner, gli chiese confusa: "Are you sure you are ok? You smell sick."

"Certo che sto bene, non capisco che odore senti", rispose lui mentre si toglieva la giacca per appoggiarla su una sedia.

Liberty, incredula ma sicura che ci fosse qualcosa che causava quell'odore acre, andò a sedersi sulla sedia dove Guido aveva riposto la giacca e sentì sotto di sé qualcosa di insolitamente viscido. In quello stesso istante, l'odore nauseabondo si sprigionò più forte attraverso le narici.

La ragazza si alzò di scatto dalla sedia e toccò il retro dei pantaloni con la mano destra. Quando vide che era ricoperta di merda puzzolente, cominciò a gridare inorridita: "You are sick! You've got shit in your pocket! What is wrong with you!"

Corse al bagno e ne uscì disgustata.

"My father was right not to trust an Italian. Go to hell!"

Quella fu l'ultima volta che Guido vide Liberty.

Lei sparì completamente. Non rispose più al telefono e si trasferì a Los Angeles per cercare fortuna a Hollywood.

Guido imparò una triste lezione: non bisogna mai dimenticarsi quello che ci si mette in tasca, sia dolce o salato, sia merda o cioccolato!

11. A Surprise in the Pocket

Guido Ottaviani was thrown into San Francisco almost miraculously. A dancer of the famous Don Lurio group on Italian TV, he decided to follow in the footsteps of a childhood friend who'd moved to the United States, mostly to keep him company, but also to get out of that corrupt environment he'd worked in for several years, and perhaps to escape the tedium of Rome, a city that was beginning to weigh on him a bit too much and nauseate him.

That friend, PierPaolo De Iulis, was a four- penny singer, but he had an unbelievable physique. He was 1.85 meters tall, dark hair and brown eyes, looking a lot like Marcello Mastroianni. He was the typical Italian beauty, who had women fall crazy in love with him wherever he went.

He was asked to be the opening act for San Francisco's headliner, who was no other than Domenico Modugno, 'Mr. Volare' as they called him overseas.

PierPaolo had accepted although he had been offered a paltry sum. The possibility to sing abroad with one of the greatest if not the greatest Italian singer was surely a chance he could not let escape, but he knew well that would not be enough to open the door to success. The main reason that had convinced him to accept the offer was another: to pay a visit to that distant relative of his who lived in a small town near San Francisco whom he had met in Italy.

He was a second-degree uncle on his mother's side, homosexual and very wealthy who had come to Rome on a vacation and had fallen madly in love with the 'young nephew'. PierPaolo had understood that if he played his cards right, there was an opportunity to milk a lot of money out of him.

When asked to accompany him to America, Guido did not need to be asked twice. How could he refuse a trip paid in full by his friend?

Domenico Modugno was sponsored by the owner of the restaurant where I had worked for a year. His name was Franco Belardo, a Neapolitan who'd lived in San Bruno for many years and had inherited the restaurant Quando mai! from his uncle who'd retired because of old age. An emigrant from Italy with little education. He'd attended the fifth-grade max and lived in an orphanage like many other Neapolitans of his age whose parents hadn't been able to keep them because their families were too large.

He came to the United States thanks to an uncle who adored him, established himself in the dining industry and carried on Quando mai! successfully.

He offered me a job although he'd noticed I didn't have a lot of experience as a waiter and took a liking to me.

The evening before the show, which was almost sold out, Domenico Modugno came to the restaurant with all his entourage to thank Franco Belardo for organizing the event in San Francisco.

For the occasion, knowing that I was going to be their waiter, I had also invited my beloved Bonnie, and we took some photos with the great 'Mr. Volare', photos I still keep with pride.

Of that memorable evening, I especially remember an episode when Mr. Modugno, annoyed by all these friends and relatives who approached his table asking to take a picture with him, called me aside and asked me in his Pugliese dialect: "Who the hell are all these people?"

I replied, "They're relatives of the owner."

"Eh, relatives…" he replied sardonically. "Relatives are like shoes; the narrower they are, the more they hurt you!"

That phrase left me dumbfounded and since then I've never forgotten it. Like every popular saying, in its simplicity, it always reveals a universal truth.

The next evening, the show was a booming success. 'Mr. Volare' sang marvelously all his best-known songs with his rich repertoire and also gave a couple encores. My Bonnie and I were among the crowd in ecstasy. Mr. Belardo had given me the night off, especially because he knew that business would be very slow, since the regular customers of Quando mai! would all be at the show.

As in the program, the evening had been opened by a young Italian singer, PierPaolo De Iulis.

It was January of 1974. Guido and I immediately became friends. We had a lot in common, firstly our Pugliese origins.

A few days after the event, PierPaolo had eloped with a beautiful niece of the gay uncle, but not before he pilfered a large sum of money from him, as was his plan from the start.

Guido was left alone and moved to my house for a week. I knew that in Italy, to keep the money flowing, he had even worked as a mechanic; so, with the help of some friends we'd found him a job as a mechanic in the shop of an Italian-American.

A few months went by and from PierPaolo we never heard anything. There were rumors he'd moved to Colombia and was living with the family of the girl he was infatuated with. Guido did not even want to hear about returning to Italy. And to do what? Working as a dancer was not a steady job, and he hadn't been paid for a year. Besides that, for a short time he had been seeing a splendid young lady.

Her name was Liberty Santoro and her dream was to become an actress. She had already appeared in some films in fairly small roles but she was waiting for the moment to make her big break.

She had plenty of talent and certainly wasn't lacking in beauty. Liberty was of Italian origin. Her grandparents came from a village lost in the mountains of Molise. After that journey of hope that helped them realize their dreams of a better life, they had never returned to Italy, where they had left only poverty. The father of Liberty spoke a little Molise dialect and even less Italian, but he loved the land of his ancestors and dreamed of being able to live one day in his parents' native town.

Liberty fell in love with Guido, which was not difficult with his Latin charm and innate kindness, along with his affability and good sense of humor. She invited him to her home to meet her family and he gladly accepted the invitation, especially because he hoped her parents would help him find a more secure job, with a salary that would at least allow him to pay his rent. He knew that he could stay with us for a few weeks and no more.

He was a bit nervous that day, either because he was ashamed of his macaroni English - as he'd failed to enroll in an English course as we'd all done upon our arrival – or, because Liberty's parents were quite well-off, a level above him.

He wanted to get dressed very elegantly for the occasion but in his suit-case he only had a black jacket and a light blue shirt. To make sure he would make a great impression, I lent him a Valentino silk tie. Bonnie assured him he looked quite good, that he would blow them away. In the meantime, some of our mutual friends had also arrived at our house to wish Guido good luck.

Liberty picked him up at our house at around 6 in the afternoon. She was driving a shiny white new BMW that impressed everyone.

"You've found America!" we all shouted to him in chorus as he climbed into the car with a dazzling smile. She kissed him passionately and said goodbye to us shaking her hand.

"Don't forget us, if there is any opportunity to help us, also think of us!" I added, while the whole gang was laughing ironically.

In reality, there was little to laugh about: Bonnie and I had just returned from our vacation in Italy where we'd spent the whole summer, as well as all the money saved after a year of hard work. Now we had neither money nor work. The love that united us was all we had left but it was enough to make us happy. We could live serene and carefree also thanks to the support of my wonderful in-laws who were very generous and always ready to help us out.

The evening at the Santoro's house began better than expected. Liberty, who understood a little Italian, did her best to act as an interpreter. Her parents were affable people, they were wealthy but they weren't snobs. After an aperitif in the living room, they moved to the table in a large, elegant dining room. Dinner was going to be served by a Venezuelan maid who was also the family's personal chef.

Suddenly, probably because of the great tension of the moment, Guido felt twinges in his stomach and asked permission to be excused to go to the bathroom, which was located at the top of a side staircase.

He ran up the stairs, hurriedly pulled off his trousers, sat on the toilet and took a nice big dump: two big turds that needed to be flushed immediately. He pulled the handle, and although the water came down profusely, the two turds remained there, floating peacefully.

He waited a few seconds and flushed the toilet a second time with more force than before, but the turds stubbornly returned to reappear in the water.

"What the hell!" he exclaimed, panic-stricken "The toilet breaks down now of all times!"

He began to be in a cold sweat.

He tried a third time praying in his heart it would finally destroy the evidence of his presence. He couldn't leave those two big turds floating there like that. He looked out the window and saw with joy there was a garden with various plants and flowers.

Now I'll take them, he thought, *and throw them out the window, and who gives a damn.* He tried to open the window, but it was locked from the outside.

"What the fuck, even the window won't open! What do I do now?" He tried to flush it again, nothing.

He had to find an alternative. He certainly could not break the window, but he couldn't stay too long in the bathroom either. He finally had a flash of inspiration. He took a bunch of toilet paper, rolled it up in one hand, placed the two damned turds in it, and not seeing a garbage pail, put them in his pocket thinking that at the appropriate time he would get rid of them throwing them in the trash or out of the car window. He then came out of the bathroom and joined the table companions.

"Are you ok, honey?" Liberty asked quite worried.

"It's all right. I'm ok. Only a little stomach ache. It must be that fish I ate for lunch today", he replied smiling.

In the meantime, at the table the Venezuelan cook kept serving food: beet salad dressed with olive oil and balsamic vinegar, homemade pumpkin ravioli, to end with excellent lamb chops prepared to perfection, all accompanied with excellent Italian wine, Brunello di Montalcino of considerable vintage.

The dinner was coming to an end and Guido, half-inebriated, felt like he had finally overcome the initial fears. The girl's parents seemed enthusiastic about their daughter's choice and complimented their guest for his charm and politeness.

As they were living the beautiful home, the girl thanked her parents for the delicious dinner, and Guido, as a true Italian gentleman, kissed her mother's hand, a gesture much appreciated because she'd never received a kiss on her hand her entire life. She looked at her husband as if to say, "Wow! What an elegant and thoughtful gesture!"

The evening continued in a discotheque, where the two young lovers danced wildly into the early hours and ended passionately in bed.

Guido and Liberty kept seeing each other even in the days to follow. She took him along to parties organized by her friends in the wealthiest neighborhoods of the city. He, unfortunately, only possessed one jacket, the same that he wore every day, whether it was warm or cold. Liberty convinced him that he had no reason to feel ashamed of his look, because with his Latin charm no one would criticize his attire. So, Guido overcame the embarrassment and continued to wear carelessly his beautiful jacket with the little sack full of shit that he had put in his pocket at the Santoro's home and that by now had certainly begun to ferment. He, by now, having forgotten to throw it away, had gotten used to the smell – as it normally happens to those who are not used to wash and get their sense of smell used to the odor of their bodies. Liberty, on the contrary, began to get irritated.

On the fourth day, as they sat at some friends' home, not being able to stand any longer the stench emanated by her boyfriend, she asked him confusedly, "Are you sure you're ok? You smell sick."

"I'm really fine, I don't understand what you're smelling", Guido replied, while taking his jacket off and placing it on a chair.

Liberty, still incredulous and sure there had to be something causing that acrid stench, went to sit in that same chair on top of which Guido had placed his jacket and felt something unusually slimy underneath her. In the same instant, the nauseating odor burst out with more force through her nostrils. She suddenly got up from the chair and touched the back of her pants with her right hand. When she noticed that it was covered with stinking shit, she began to shout horrified: "You're sick! You've got shit in your pocket! What's wrong with you?"

She ran to the bathroom and came out disgusted.

"My father was right not to trust an Italian. Go to hell!"

That was the last time Guido saw Liberty.

She disappeared completely. She wouldn't answer the phone and moved back to Los Angeles, looking for luck in Hollywood.

Guido learned a sad lesson: you should never forget what you put in your jacket pocket, be it sweet or salty, be it poop or chocolate!

12. Il Futuro Dottore

Avevo quattro anni quando cominciai a scorrazzare per la casa recitando con orgoglio *"sum, es, est, sumus, estis, sunt… rosa, rosae, rosa, rosam, rosa, rosa"*. Non sapevo ancora bene cosa dicessi esattamente, ma la musica delle parole mi piaceva.

A 6 anni, subito dopo l'inizio della scuola elementare, papà mi portò dal suo amico parroco di Tolmezzo − il paesetto di montagna, in provincia di Udine, dove ci eravamo trasferiti da poco, dopo cinque anni trascorsi a Tarvisio, al confine con l'Austria − e gli chiese che mi prendesse come chierichetto. Ero il più piccolo e insistette che imparassi a servire la messa in latino come era d'uso a quei tempi: *'Et introibo ad altarem Dei, eccetera eccetera… '*.

Io presi la cosa sul serio e piano piano diventò un'ossessione.

La domenica mattina, per poter servire la messa delle sei da solo − visto che nessuno voleva alzarsi così presto − senza che nessuno mi vedesse mentre mi allontanavo di casa, scendevo in strada saltando dalla finestra della mia stanza, che era a 5 metri da terra se non di più, rischiando spesso di farmi del male. Correvo in chiesa e per un'ora ero l'attore principale. Che bellezza! Che gioia! Solamente io e il parroco senza dover dividere i vari compiti con altri chierichetti. L'idea di servire il prete durante la messa, di aprirgli il messale e di versargli da bere acqua e vino mi attirava in maniera particolare. Più che a un rito, mi sembrava di partecipare a uno spettacolo, con i credenti presenti alla messa a fare da pubblico.

Dopo i primi mesi di messe all'alba, mio padre iniziò a preoccuparsi. Era orgoglioso di me, ma temeva anche per la mia salute − già di per sé cagionevole.

"Perché non vai alla messa delle 9? È l'unico giorno che puoi dormire un po' di più e poi è meno freddo fuori a quell'ora del mattino. Se continui così rischi di prenderti una bronchite" mi disse.

"No, tanto non ho sonno e poi mi piace vedere la prima luce del giorno", risposi io serafico.

Lui annuì meravigliato.

"Non vorrai mica diventare prete?" mi chiese sospettoso.

"Bo… forse. Non ti piacerebbe? Ci tieni tanto che impari le lingue antiche".

In effetti, nonostante le sue preoccupazioni, mio padre continuava a insegnarmi frasi in latino, tipo 'Cogito ergo sum', 'De gustibus non est dispu-

12. The Future Doctor

I was four years old when I began running around the house, reciting proudly, *"Sum, es, est, sumus, estis, sunt... rosa, rosae, rosa, rosam, rosa, rosa"* I didn't know exactly what I was saying, but the words were music to my ears.

When I was six, just after the start of elementary school, Dad brought me to church to meet his friend, the priest of Tolmezzo, a mountainous village in the province of Udine, where we had just moved after five years spent in Tarvisio, a small town, bordering Austria, and asked him to take me in as an altar boy. I was the youngest, and he insisted I learn to serve mass in Latin as was the custom those days. *"Et introibo ad altarem dei etc, etc..."* I took it seriously, and slowly, it became my obsession.

Every Sunday morning, in order to be able to serve the 6 AM mass all by myself – since no one wanted to get up so early – to make sure no one would see me leaving the house, I would jump down to the grass, risking injury, from my second story bedroom window, nearly 5 meters above the ground if not even more, and ran to church. For an hour, I was the star. How beautiful! What a joy! Only me and the priest, no need to divide the various tasks with other altar boys. The idea of serving the priest during mass, of opening the missal and pouring water and wine to drink appealed to me particularly. For me it was more than a ritual; it was a show, and the parishioners who came to mass were my audience.

After the first few months of masses at dawn, my father began to get worried. He was certainly proud of me, but he also feared for my health – which was already quite frail.

"Why don't you go to the 9 o'clock mass? Sunday is the only day you can sleep a little more and then it is not as cold outside at that time. If you continue this way, you really risk getting a bronchitis," he said to me.

"No, I can't sleep anyway and then I enjoy seeing the first light of the day," I replied innocently.

He nodded in amazement.

"Don't tell me you want to become a priest?" he asked me incredulously.

"Dunno...Maybe. Wouldn't that make you happy? You care so much about my learning the ancient languages."

In fact, despite his concerns, Dad continued to indoctrinate me with smatterings of Latin, such as *'Cogito ergo sum', 'De gustibus non est disputandum', 'Carpe diem', 'Dum vivimus, vivamus!',* and even some Greek words – all things

I've never forgotten and even now I often recall with pride, even if only few people here in America understand them.

Why did he do all this? *Well, for sure to get me accustomed to the priestly life*, I thought.

Instead no! His plans for me were others. I would go to a classical high school and become the family doctor. More than with Latin, being an altar boy had to help me familiarize with death.

A short time after, in fact, and for a long period of time, whenever there was a car wreck where someone had died or experienced some serious injury - still because of his fixation with my becoming a doctor – if I was not in school, he would call mom on the house telecom and ask for me. "Send Giovanni down immediately, there's been an accident!"

Basically, he wanted me, from an early age, to come into contact with injured people, so that I would get used to seeing blood, in a few words, I had to be ready for the worst, maintaining the lucidity of a good doctor.

When he realized that either blood or seeing lifeless bodies would not terrorize me at all, he became convinced that the training path he had chosen for me, was leading to his expected results.

After all, as an altar boy, I was already used to it because every time there was a funeral, the priest took me to pick up the dead from his house. Usually, in those days, the body of the deceased was lying on the marble table in the kitchen, waiting to be laid in the coffin. Despite the fact that all the relatives were gathered in prayer and the atmosphere was not the most joyful, I was always able to attract the compassionate smile of some old lady, who would never let me leave without having first given me some candies or a piece of cake. Perhaps that was the reason death did not scare me, because I associated it to something sweet.

My father himself had taught me the beautiful phrase '*Cum mors est, non sumus*', then why would I be afraid of death? '*When death is, we are not.*'

After having showed him my cold blood, Dad started proudly to introduce me to his friends as the future doctor, the future surgeon who would operate without fear.

Then came that fatidic Sunday. I was about 9 years old. It was ten in the morning, and I had just returned home after serving the 6 o'clock mass, all alone, and the 9 o'clock mass with the rest of the crew. The telecom rang. It was Dad.

"Antonietta, is Giovanni back? Send him to me right away; there was a fatal accident. "

"But Vincenzo, he has just returned from church!"

"I told you to send him immediately!"

I went down to his office and drove off right of way in the police car.

We turned onto a small country road. The accident had occurred between Tolmezzo and Cavazzo Carnico. A woman had either been hit by a train or thrown herself under it, we did not know exactly what had happened. We arrived and found an ambulance and other police cars. Dad left me alone while he talked with various officers who had gotten there before us. The train was still stopped on the tracks.

I walked away in the surrounding countryside. I suddenly saw something that stuck out of the grass. It was a human arm, covered in blood.

I took it in my hand, and without a moment's hesitation, I presented it to Dad and all the others simply saying, "Dad, look what I found!" Then, with the coldness of an expert legal doctor, I handed him the still bleeding arm.

An officer fainted, another screamed something unintelligible, and my father couldn't stand the sight of it and threw up, all while a nurse shouted at me to throw the arm back on the ground. He would take care of it.

Everyone looked at me in confusion.

Moral of the story?

From that day on, Dad did not call me anymore when there were accidents, and also the idea of Giovanni the doctor began to fade.

13. Il Grande Polipo Vivo

Dopo aver chiesto il trasferimento dal famigerato – quanto odiato – liceo classico di Lucca a quello di Viareggio, Massimiliano aveva riscoperto la passione per le lettere grazie al professor Carlo Bianchi, che aveva saputo cogliere in lui un'innata predisposizione per le lingue latina e greca e, valorizzandolo, lo aveva stimolato ad uno studio costante e produttivo. Tra i due era nato un rapporto di stima e simpatia reciproco.

Un giorno, verso la fine dell'anno scolastico, il docente lo chiamò alla cattedra e gli consegnò una copia del libro che lui stesso aveva scritto e di cui andava molto fiero. Era una traduzione dei versi del poeta Catullo, di cui era un fervente ammiratore sin dai tempi del liceo. Prima di consegnarglielo tra le mani, scrisse una dedica affezionata sul frontespizio e glielo firmò. Gli disse che se lo meritava, perché nelle sue versioni non aveva mai dovuto metter mano alla penna rossa. Volle chiarire come quel libro fosse solo un segno d'amicizia; il vero riconoscimento all'eccellenza e alla costanza dello studente sarebbe arrivato con il voto finale in pagella.

"Bravo Balducci! Devi sapere, che nella mia carriera di insegnante di liceo, di dieci in latino ne ho dati pochissimi, ma tu li hai davvero meritati! Continua così e diventerai un bravo professore!"

Massimiliano lo ringraziò emozionato. Non si aspettava che uno dei migliori professori di latino e greco d'Italia gli facesse un regalo e spendesse per lui quelle parole di elogio.

Bianchi gli sorrise amichevolmente e lo invitò a sedersi.

Ancora stupito da quanto accaduto, Massimiliano tornò verso il suo banco, dove il suo compagno Traffanti volle subito sapere cosa fosse successo.

"Ma che l'è?!"

"Una copia del libro scritto dal nostro professore, con tanto di dedica!"

"Ma se la Trocheo, a Lucca, ti dava sempre tre o quattro!"

"La Trocheo era una bisbetica meschina e senza cuore. Gli stavo antipatico, così come stavo antipatico alla Scodelli, quella scorbutica vecchia megera e comunista da due soldi che ci insegnava storia dell'arte. Tu ne sai qualcosa, Albano! Quelle due streghe ci hanno costretto a scappare da Lucca! E adesso dobbiamo fare il sacrificio di alzarci ogni mattina alle 5 e 30 per venire fin qui a Viareggio… ma lo sai che ti dico, almeno qui riconoscono il nostro valore!"

La signorina Trocheo era una povera disgraziata, infelice dalla nascita, antipatica e misantropa: non ce l'aveva solamente con Massimiliano, ma con il mondo intero. Il Signore l'aveva fatta nascere con una gamba più corta dell'altra, così gli studenti le avevano affibbiato il nome di Trocheo. Si erano ispirati alla figura retorica che nella metrica greca e latina indica un piede formato da una sillaba lunga e da una breve. In realtà, il suo vero cognome era Traspari.

"Se soltanto sapesse i voti che ho quest'anno, quella vecchia bagascia!" disse orgoglioso rivolgendosi a Traffanti.

"Ti ricordi quella volta che avevo preso otto nella versione di latino e, visto che lei si era convinta che avessi copiato da qualcuno – quando in realtà ero io che passavo sempre le mie versioni a tutti gli altri –, alla verifica successiva mi aveva ordinato di andare a sedere alla cattedra?! Ti ricordi o no cosa feci?"

"Cazzo, certo che mi ricordo! Sei stato davvero un grande a sfidarla in quel modo!"

Il giorno della verifica, schiumante di rabbia, Massimiliano andò alla cattedra con l'intenzione di lasciare il foglio in bianco. La Trocheo gli passò davanti più volte per controllare che non copiasse e quando vide che lui giocherellava con la penna senza mai aprire il vocabolario lo rimproverò di mettersi a lavorare, così lui per ripicca iniziò a scarabocchiare il foglio. Quando le due ore passarono e si vide consegnare il compito in bianco, la professoressa andò in escandescenza.

"Adesso contatto tuo padre e poi vedremo!"

"Lei contatti chi le pare, non mi fa mica paura!" rispose lui, in tono di sfida.

Lei gli lanciò un'occhiataccia e fece il sorriso sprezzante di chi pregusta già la vendetta.

Il padre di Massimiliano, il signor Balducci, le andò a parlare. Le disse che forse era stata un po' troppo severa a infliggere quella punizione a suo figlio e le chiese di concedergli un'altra possibilità.

Alcuni giorni dopo la Trocheo riportò le versioni corrette. Massimiliano si era beccato zero come da previsione, ma la brutta iena dovette riconoscere a malincuore che, senza il Balducci tra i banchi, le sufficienze date la volta precedente erano improvvisamente sparite; quindi, in conclusione, erano stati gli altri a copiare da lui e non il contrario come da lei supposto.

Da allora aveva cominciato a rispettarlo, ma lui aveva già fatto la scelta di fuggire da quell'inferno di liceo.

Quanto può incidere un professore nella vita di uno studente! pensò Massimiliano fissando il libro che teneva stretto fra le mani.

In quel momento si ripromise di raccontare la storia della Trocheo al suo caro professore. Era convinto che lui lo avrebbe compreso e gli avrebbe dato ragione. E, in effetti, andò così.

Carlo Bianchi era una persona saggia, ma soprattutto era un uomo sensibile, dote rara nella sua categoria. Purtroppo aveva un difetto d'udito e per questo doveva portare l'apparecchio acustico, così gli studenti, da vere canaglie, appena ne avevano l'occasione, si prendevano gioco di lui.

A quei tempi giravano le monete da 500 lire d'argento, che se venivano lanciate in aria, a contatto con il pavimento, emanavano un suono forte e stridulo.

Visto che ogni tanto il professore si dimenticava di mettersi l'apparecchio, spettava a quei ribaldi adolescenti scoprire se lo indossasse o meno. Appena lui arrivava in aula, cominciavano a volare in aria le monete da 500 lire. Massimiliano lo faceva raramente perché, a differenza dei tanti figli di papà presenti nella sua classe, di 500 lire, lui, ne vedeva una all'anno, quand'era fortunato.

Se Bianchi diceva nel suo accento napoletano "ma ca' è o' rummore ca' sento?!" significava che aveva l'apparecchio, ma se, alla terza o quarta moneta caduta a terra, lui non reagiva, in classe scoppiava il finimondo. C'era chi gridava, chi cantava, chi recitava Catullo in dialetto romano, chi leggeva frasi in greco dotate di senso ma che suonavano ridicole, del tipo "Kai Kikero efe: un me fate kaka!", che in effetti significa "E Cicerone disse: voi non dite sconcezze!". Insomma, era una vera e propria baldoria!

Il bieco scherzo era un gioco prettamente maschile. Le ragazze non partecipavano e guardavano i colpevoli con riprovazione e gli facevano cenno di smetterla, ma i ragazzi non ne volevano sapere. Per loro era festa e dovevano festeggiare!

Uno studente si alzava e faceva cenno che voleva andare al bagno e il professor Bianchi gli faceva cenno di andarci. Cinque minuti dopo, si alzava un altro studente e, indicando sempre la porta, chiedeva ad alta voce: "Professor Bianchi, posso andare a letto con sua moglie?"

Così, il povero Bianchi rispondeva: "Aspetta Garibotti, adesso ci sta un altro!"

E tutta la classe scoppiava a ridere, comprese le ragazze.

A volte si superava davvero il limite della decenza, con il suono di trombe e clacson vari che alcuni studenti tenevano nascosti sotto i banchi nel caso si fosse presentata l'occasione. Allora, Massimiliano, preso da un senso di rimorso e compassione per un professore che stimava e che non meritava di essere trattato in quel modo, chiedeva agli altri di smettere. Se glielo avesse chiesto qualcun altro non lo avrebbero ascoltato, ma lui era il più vecchio della classe, "il ripetente", e oltre all'età anche il suo aspetto gli conferiva rispetto e incuteva timore.

Quella bella barba che lo faceva sembrare saggio e maturo agli occhi dei compagni era anche il motivo che lo faceva litigare quotidianamente con suo padre – secondo il quale era solo un segno di sciatteria – e che faceva impazzire le ragazze, tutte attratte dallo stile di bel tenebroso.

A Viareggio si respirava davvero un'altra aria. Un leader per i compagni di classe, un adone per le ragazze, ma ciò che lo rendeva più felice era l'ottimo rendimento scolastico e il rapporto con i professori. Erano tutti persone in gamba e validi insegnanti, fatta eccezione per uno.

Il professor Sigismondo Recchioni aveva la cattedra di biologia. Non si sa come fosse approdato a Viareggio e per giunta in un liceo classico. Probabilmente aveva delle buone raccomandazioni.

Era un *mammone* grassoccio, sempre sudaticcio e con degli occhiali mastodontici che lo facevano apparire ancora più stolto di quanto non lo fosse già. Se il caro professor Bianchi era mezzo sordo, il professor Recchioni era mezzo cieco.

Forse per un complesso d'inferiorità, il 'bambinone' non sopportava i ragazzi, in particolare quelli che avevano successo con le ragazze.

Massimiliano e i suoi due compagni di classe preferiti, il Verunelli e il Montali, con lui non riuscivano mai a prendere la sufficienza – tanto bene, proprio loro tre che avevano un bel giro di pollastrelle.

Erano convinti che li avrebbe rimandati e gli pareva assurdo doversi rovinare l'estate per preparare l'esame di settembre. Dovevano assolutamente escogitare la maniera per farlo saltare e, pensa che ti ripensa, alla fine fu lui stesso a suggerirgli l'espediente giusto.

Una mattina, infatti, il Montali si presentò a scuola con un sacchetto di plastica dentro al quale c'era un polipo enorme mai visto prima, per giunta ancora vivo.

Senza che nessuno li vedesse, i tre 'mascalzoni' aprirono il primo tiretto della cattedra dove il professor Recchioni teneva libro e registro di classe e ci misero dentro il mollusco.

Dietro alla cattedra c'era una finestra che dava sulla via principale, Viale Carducci, dove si era appostato un loro carissimo amico delle magistrali.

Alle 8 e 30, puntuale come sempre, arrivò il Recchioni, si sedette alla cattedra e aprendo il tiretto si mise a gridare: "Un polipo, un polipo vivo! Chi ce lo ha messo?! Mascalzoni! Questa volta ve la faccio pagare cara!"

Si alzò sconvolto e corse verso le scale per andare direttamente nell'ufficio del preside.

Nel frattempo, Massimiliano si avvicinò alla cattedra, mise il polipo in un sacchetto, pulì bene tutto per non lasciare traccia, e lo gettò dalla finestra, dove il complice lo afferrò al volo e sparì di corsa.

Dopo cinque minuti, il Recchioni rientrò in aula in compagnia del preside.

"Ma si può sapere che avete fatto adesso?! Cosa è questa storia del polipo vivo nel cassetto?"

Nessuno fiatava.

Il dirigente aprì il cassetto per verificare, ma all'interno vide solamente dei libri e il registro di classe.

"Le giuro, signor preside, che qui dentro c'era un polipo, un polipo vivo!" intervenne il Recchioni.

"Ma dove? Io non vedo niente qui dentro, professore. Lei se l'è sognato questo polipo!"

"Ma no, glielo giuro su mia madre. L'ho visto con i miei occhi!"

"Allora dovrà farsi cambiare gli occhiali!"

"Mi creda, era lì fino a qualche istante fa!"

"La prego non insista. Venga in presidenza con me."

Morale della favola, il Recchioni fu espulso dalla scuola e nel giro di due o tre giorni fu sostituito da una bellissima signorina appena laureata. Naturalmente, tutti si innamorarono di lei e cominciarono ad apprezzare maggiormente la materia che insegnava.

13. The Big Live Octopus

After asking to be transferred from his high school in Lucca, notorious as it was hated, to one in Viareggio, Massimiliano rediscovered his passion for the classics, all thanks to a professor named Carlo Bianchi. Professor Bianchi was able to evoke an innate predisposition for Latin and Greek from Massimiliano, and having shown him his full potential, pushed him to be more studious. So, began a rapport of mutual admiration between the two.

One day, near the end of the school year, the professor called Massimiliano to his desk and handed him a copy of the book he'd written himself, which he was very proud of. It was a translation of verses by the Roman poet Catullus, whom the professor had studied fervently since high school. Before handing the book over, he wrote an affectionate dedication just inside the title page; he told Massimiliano he deserved this gift, as no other student had made him use the red marker so little when correcting exams. It was just a symbol of their friendship; the professor's true opinions of Massimiliano would come in the excellent grades on his report card.

"Great work, Balducci! You should know that in my long career as a high school teacher, I've given out very few A+'s, but you've deserved every one! Keep on like this, and you'll become a great teacher!" Massimiliano never could have guessed one of the best Latin and Greek teachers in Italy would give him such a gift, or such praise. Professor Bianchi smiled at him before dismissing him back to his desk. Still astonished, Massimiliano sat back down, where his classmate Traffanti immediately inquired what had happened.

"What's that?"

"A copy of the book written by our instructor, and with a nice dedication!"

"No way! Miss Trocheo in Lucca would never give you more than a D- or an F!?"

"Miss Trocheo was a heartless harridan. She simply didn't like me, and neither did Miss Scodelli, that cantankerous shrew and two-penny Communist who taught us Art History. You know all about it, Albano! Those two witches forced us to run away from Lucca! And now we have to sacrifice ourselves and get up at 5:30 every morning to come all the way to Viareggio... but at least here they recognize what we're worth!"

Miss Trocheo was a poor wretch, unhappy since the day she was born. A rude misanthrope, in short: she didn't just dislike Massimiliano, but the entire world. The Lord had her being born with one leg shorter than the other, so her students had named her Trocheo, inspired by the rhetorical figure 'trocheo' that in Greek and Latin is a metrical foot formed by one long and one short syllable. Her real last name was Traspari.

"If that old bag only saw the grades I got this year!" Massimiliano said proudly turning to Traffanti!

"Remember that time I got a B+ in the Latin to Italian translation? She was so convinced I'd copied off someone else - when actually it was me helping everyone else -, that on the day of the following exam she had ordered me to sit at her desk?! Do you remember or not what I did?"

"Of course, I remember! It was pretty cool how you challenged her."

Foaming at the mouth, Massimiliano had approached Trocheo's desk that day with only one intention: leaving a blank page. She passed him a couple times to make sure he wasn't cheating, and when she noticed he was just playing with his pen, never opening the dictionary, she snapped at him to get back to work. He spitefully began scribbling all over the page. When the two hours came to an end and Massimiliano handed Trocheo a blank, scribbled exam, she went berserk.

"I will contact your father immediately, then we'll see!"

"You can contact whomever you want, then we'll see! You do not scare me!" he retorted.

Trocheo threw him a dirty look and a contemptuous smile, anticipating her revenge.

Mr. Balducci, Massimiliano's father, came to school to talk to her. He explained that maybe she'd been a little too strict inflicting such embarrassing punishment on his son and asked her to give him a second chance.

A few days later Trocheo returned the graded exams. Massimilano got an F, as expected, but the ugly hyena had to grudgingly concede that, without Balducci sitting where he normally did, all the passing grades had suddenly disappeared; therefore, it was clear that the others had cheated off him, not vice versa, as she originally thought.

Since that day she began to respect him, but by then he'd already decided to escape from that hell of a high school.

A teacher can change the life of a pupil! Massimiliano thought to himself, staring at the book he held tightly in his hands. In that moment, he promised himself he'd tell the story of Trocheo to his beloved teacher. He was convinced he would understand him and be on his side. And indeed, that is how it went.

Carlo Bianchi was a wise man, but most of all, a sensitive man, which happens rarely in his field. Unfortunately, he had a hearing problem, for which he required wearing a hearing aid; so, the students, as true rogues, would make fun of him whenever the occasion arose.

In those days, 500 lire silver coins were in circulation. If you threw them up in the air, they made a loud, shrill sound when they hit the ground. From time to time, Professor Bianchi would forget to wear his hearing aid, and it was up to those young rascals to figure out if he'd forgotten it or not. So as soon as he'd enter the room, those 500 lire coins would go up flying in the air. Massimiliano rarely participated because, unlike the other rich kids in class, he'd see maybe one 500 lire coin in a year if he was lucky.

If Bianchi reacted in his Neapolitan accent, "Ma ca' è o' rummore ca' sento?!"(*But what's this noise I'm hearing?!*), it meant he was wearing the hearing aid, but if after the third or fourth coin had dropped he did not, all hell broke loose.

Some students shouted, some sang, some recited Catullus in the modern Roman dialect, some read Greek phrases that made sense but sounded ridiculous, like "Kai Kikero efe: un me fate kaka!" (*And Cicero said: don't say obscenities.*)

This dark comedy was mostly a boys' game. The girls didn't participate and watched the perpetrators with disapproval, asking them to stop. But the boys would have nothing to do with them. It was a party, and they had to celebrate.

A student would signal he wanted to go to the bathroom, and Professor Bianchi would signal him to go. Five minutes later, another student would get up and, still pointing at the door, ask in a loud voice: "Professor Bianchi, may I sleep with your wife?" And poor Professor Bianchi would respond, "Wait Garibotti, someone else's there now!" Then the whole class would burst into laughter, even the girls.

At times, the class would go past the limits of decency, some students keeping trumpets and horns hidden under their desk just in case the opportunity presented itself. Then Massimiliano, feeling a sense of remorse and compassion for the teacher he held in such high regard - and who certainly didn't deserve this treatment - would ask the others to stop. If anyone else had asked, they wouldn't listen, but he was the oldest in class, "the one who was repeating a grade." And besides age, his appearance demanded respect, aroused fear.

The beautiful beard that made him look wise and mature to his classmates was also the reason he fought everyday with his father, who had denounced it as slovenly. But the novelty of it made all the girls go crazy; they liked that tenebrous look.

In Viareggio, there was truly a different air. Massimiliano was a leader to his male classmates, an Adonis, but what pleased him most was his academic performance, his rapport with his teachers. They were all great and fair teachers, with the exception of one: Professor Sigismondo Recchioni, Biology. God knows how he had landed that job, especially at a Classical High School. He must have had some help.

He was a definite *mammone*, big and fat, always sweating under huge glasses that made him look more stupid than he already was. If dear Professor Bianchi was half-deaf, Professor Recchioni was half blind.

Perhaps due to an inferiority complex, the *mammone* couldn't stand his male students, especially those who were popular with the ladies.

And the most popular with the ladies, Massimiliano and his two favorite classmates, Verunelli and Montali, were never able to pass Biology.

They were convinced they'd fail and lamented how absurd it would be to have their summers ruined, forced to study in preparation for September exams. They had to devise a plan to get rid of Recchioni. And after much scheming, they finally got it.

One morning, Montali showed up to school with a big plastic bag containing one enormous octopus. Not only was it the biggest octopus he'd ever seen, but it was still alive.

When no one was around, the three "rascals" crept into Recchioni's room, opened the first drawer of his desk, where he kept his text book and grade book and left the mollusk inside.

Behind the desk was a window that looked onto the main street, Viale Carducci, where a friend of theirs from another school awaited.

At 8:30, as punctual as always, Recchioni arrived in class, took a seat, and opened his drawer. He started screaming. "An octopus, a live octopus! Who put this here?! You rascals! I'll make you pay dearly!" He ran towards the stairwell, directly for the principal's office.

Meanwhile, Massimiliano ran back to the teacher's desk, put the octopus in a bag, cleaned the drawer as to leave no trace, and threw it out of the window, where his accomplice caught it and disappeared.

Five minutes later, Recchioni re-entered the classroom extremely agitated, followed by the principal.

"What the hell did you do this time? What's this story of a live octopus in the drawer?!"

No one breathed a word.

The principal opened the drawer to check inside, but all he saw were biology and attendance books.

"I swear, Mr. Principal, there was an octopus in here, a live octopus!" Recchioni screamed.

"But where? I see nothing, professor. You must have been dreaming!"

"No, it was here. I swear on my sister. I saw it with my very eyes!"

"Then you need new glasses!"

"Believe me, it was here a few seconds ago!"

"Please stop! Follow me to my office!"

Moral of the story: Recchioni was expelled as a teacher, and a few days later he was replaced by a gorgeous young lady who'd just graduated from college. Naturally, all the boys fell in love with her and began to appreciate more the subject she was teaching.

14. Padre Provolone

Amilcare era tra gli studenti dell'ultimo anno invitati a partecipare alla festa organizzata dai membri del Dipartimento di Lettere Moderne. I suoi professori erano quasi tutti sacerdoti, ma la maggior parte di loro quella sera indossava abiti civili. Mentre sua moglie Linda si era allontanata per andarsi a riempire il bicchiere di vino, si avvicinò al suo amato professore di letteratura francese.

Padre Tordelli, nato negli Stati Uniti da genitori liguri, era uno dei pochi sacerdoti che egli ritenesse serio e carismatico – il fatto che fosse l'unico della sua cerchia a indossare l'abito ecclesiastico non era un particolare da poco conto.

Amilcare aveva colto l'occasione per ringraziarlo di persona per i quattro anni di insegnamento e volle ricordargli uno dei momenti in cui aveva capito di avere a che fare con una persona speciale. Lui, studente al primo anno di università, era intervenuto durante una lezione correggendo padre Tordelli, che aveva tradotto la parola marmotte con "marmora" (un pesce). Prima di iniziare la lezione successiva, il sacerdote lo aveva chiamato alla cattedra per ammettergli il proprio errore. "Avevi perfettamente ragione tu, una marmotta non è un pesce, è un roditore!" Da quel giorno, il sacerdote era diventato il suo professore preferito. Non è facile ammettere di avere sbagliato. Lui lo aveva fatto e si era conquistato la grande stima del suo allievo.

Amilcare attese che Linda tornasse con il suo drink per presentarla al suo caro professore. Parlarono insieme a lui ancora qualche minuto, dopodiché decisero di lasciare la festa per rientrare a casa. Si era già fatto tardi ed avevano una bella mezzoretta di macchina da fare.

Durante il viaggio in auto, Linda aveva spiegato ad Amilcare che uno dei padri, che dalla descrizione sembrò subito corrispondere a padre Provolone, le aveva fatto una corte sfrenata, dicendole che era bellissima e che lui, benché fosse un sacerdote, se ne intendeva di belle donne. Padre Provolone era un bel tipo, un sacerdote che invece di essere la spada della Chiesa e di Cristo si presentava piuttosto come la spada del Diavolo.

Amilcare reagì dicendole di lasciarlo perdere. Era un vecchio depravato e ubriacone. Le raccontò che il latin lover e altri tre professori, anche loro sacerdoti, almeno due venerdì al mese andavano a cena al ristorante francese Chez Gaspard, dove lui lavorava già da qualche mese per pagarsi l'università, e chiedevano sempre di una piccola stanza privata, dove mangiavano e bevevano senza limiti. Alla fine di quelle serate riuscivano a malapena a barcollare e a salire su un taxi che li riportava all'università.

"Ma non temevano che tu potessi sparlare di loro?" chiese sorpresa Linda.

"Io lo sapevo, ma non mi facevo mai vedere, anche perché entravano ed uscivano sempre dalla porta posteriore. Non volevo che loro sapessero che io lavoravo a Chez Gaspard"

Il loro cameriere di fiducia era Ari, uno splendido ragazzo armeno che aveva preso Amilcare a benvolere e con il quale era sempre stato molto gentile. Anche Ari lavorava per pagarsi gli studi. Entrambi avevano scelto un ristorante francese per poter parlare la lingua con i cuochi e con il padrone in modo da esercitarsi un po'.

Gaspard era il padrone ed era un pied noir come la maggior parte dei titolari dei ristoranti francesi negli anni settanta: ebrei nati in Marocco che si erano trasferiti prima in Francia e poi negli Stati Uniti. La maggior parte di loro finì la propria vita in miseria, come si dice "dall'altare alla polvere". Avevano raggiunto il successo, ma poi, purtroppo, erano caduti quasi tutti nella trappola della cocaina, che li aveva letteralmente rovinati. Potevi vederli alcune sere della settimana, quando, dopo aver chiuso i propri ristoranti, si ritrovavano a Chez Gaspard a fare baldoria, con alcool, donne e cocaina.

Gaspard, a differenza dei suoi colleghi connazionali, era un uomo integerrimo, poteva anche essere severo quando ce n'era bisogno, ma alla fine della serata si congratulava sempre con i suoi ragazzi (cuochi e camerieri) per l'ottimo lavoro svolto e insisteva perché si sedessero tutti a una grande tavola e mangiassero insieme.

Ari aveva confessato ad Amilcare che un venerdì aveva sentito parlare i sacerdoti delle loro avventure con le prostitute che incontravano almeno una volta al mese.

Durante il suo ultimo trimestre universitario, Amilcare si era iscritto a un corso di letteratura medievale francese, il cui insegnante era proprio lui, il Don Juan vestito da prete, padre Provolone. Come professore non era poi così male. Il suo francese lasciava un po' a desiderare – quello di Amilcare era migliore – ma era sempre utile per fare della pratica e non dimenticarlo. Tutti i lunedì, mercoledì e venerdì, alle 10, il sacerdote arrivava a lezione sempre vestito in abiti civili.

Un lunedì, Amilcare e gli altri sette studenti iscritti al corso aspettarono invano fino alle 10:30, ma di padre Provolone neanche l'ombra. Si presentò il coordinatore del dipartimento di francese per dargli la spiacevole notizia della morte improvvisa del professore, avvenuta la sera prima, di domenica, verso le ore 20. Amilcare lo aveva visto entrare nel ristorante il venerdì precedente e aveva notato che era uscito sempre nella stessa condizione: ubriaco fradicio.

Di solito i quattro si scolavano varie bottiglie delle migliori annate di Chataunef du Pape e finivano sempre svuotando una bottiglia del migliore scotch. Solamente di liquore spendevano la media di 600 o 700 dollari a sera, che a quei tempi era una cifra da capogiro.

Monsieur Germaine disse agli allievi che per il momento non sapevano chi avrebbe sostituito padre Provolone, ma glielo avrebbero fatto sapere quanto prima, certamente non più tardi di mercoledì.

Quella sera stessa, Amilcare ricevette una telefonata proprio dal coordinatore dipartimentale, che lo aveva in gran simpatia e lo riteneva un ragazzo in gamba e un ottimo studente con un futuro sicuro. Gli chiese senza tanti preamboli se se la sentiva di poter sostituire il professore appena deceduto, almeno fino a quando non avessero trovato la persona giusta per prendere il suo posto fino alla fine del semestre. Amilcare ascoltava confuso e le gambe cominciarono a tremargli. Linda, che gli stava vicino, lo vide impallidire e gli faceva gesti per cercare di capire chi fosse la persona con cui stava parlando in francese.

Dopo aver riattaccato il telefono, Amilcare si sedette e cominciò a respirare profondo. Aveva ricevuto la sua prima offerta di lavoro quando meno se lo aspettava. Avrebbe preso il posto del suo professore. "Non ci posso credere! Linda, ti rendi conto, io professore!" esclamò il giovane estasiato. Lei lo abbracciò commossa e cominciarono tutt'e due a saltare di gioia. Aprirono una bottiglia di champagne e brindarono in lacrime.

Mercoledì Amilcare avrebbe cominciato la sua nuova carriera. "Ma ci pensi", diceva euforico, "i miei compagni di classe diventeranno i miei alunni!". Sarebbe stato difficile, ma giurava che ce l'avrebbe messa tutta per fare una bella figura. Corse subito nel suo studio, prese il libro e cominciò a prepararsi per la prima lezione: "La chanson de Roland".

Amilcare stupì tutti superando ogni aspettativa, l'università decise di fargli finire il semestre e lo assunse anche per quello seguente, sia per il corso di letteratura francese che per un corso di lingua per principianti.

Nel frattempo, qualche settimana dopo l'improvvisa scomparsa, nel campus si era sparsa la voce che padre Provolone era stato colto da un infarto mentre stava a letto con l'insospettabile professoressa di filosofia, una certa Deborah Koldwell – che tra l'altro era stata per un semestre la professoressa di Amilcare.

Dopo la sua laurea, l'università decise di rinnovare il contratto al giovane professore italiano – anche se ancora come precario – per altri corsi di lingue e letterature straniere. Gli studenti lo amavano, il capo del dipartimento lo elogiava ed egli sperava che un giorno sarebbe stato assunto a tempo pieno.

Nel frattempo però, Amilcare stava anche battendosi per salvare il dipartimento di italiano, in sfacelo a causa soprattutto dell'indolenza e del disinteresse di un professore che era ormai pronto alla pensione, un vecchio impenitente che prima di andarsene aveva deciso di distruggere tutto; voleva in poche parole che l'italiano venisse eliminato prima del suo pensionamento.

Il settembre dopo, per la prima volta nella storia dell'università, nessun corso di italiano fu offerto sul catalogo dei corsi. Un'università con un'alta percentuale di studenti di origine italiana aveva eliminato la lingua di Dante dal suo curriculum, mantenendo tutte le altre lingue, spagnolo, francese, tedesco, latino, benché la richiesta di iscrizione a quel corso superasse un centinaio di studenti.

Amilcare non riusciva ad accettare la mala sorte destinata alla sua amata lingua e decise di intervenire. Contattò il consolato italiano della città, ma l'istituzione non parve molto interessata alla causa. "Ma che cosa possiamo mai fare noi se non scrivere una lettera di protesta?" gli risposero seccamente.

Lui non si diede per vinto e raccolse quasi cinquecento firme di studenti dell'università che richiedevano che la lingua italiana ritornasse sul catalogo dei corsi. Telefonò ad un suo caro amico conosciuto durante i suoi primi anni negli Stati Uniti che lavorava per il canale televisivo 7. Questi gli voleva un gran bene e decise di aiutarlo. Il giorno dopo si presentò sul campus con penna, blocco notes, telecamere e microfoni e fece varie interviste. La sera stessa la notizia apparve in televisione durante il notiziario.

Il giorno dopo lo scoop mediatico, con volantini di protesta che giravano da settimane per il campus, affissi un po' da per tutto, Amilcare riuscì a fissare un appuntamento con il presidente dell'università, padre Giuseppe Della Torre. Alla sua destra sedeva il vicepresidente, padre Pasquale Corruga.

Amilcare lo guardò fisso negli occhi e gli disse che se la scelta di sopprimere il corso di italiano fosse arrivata da un qualunque padre Smith l'avrebbe accettata più facilmente, ma da un padre Giuseppe Della Torre non se lo sarebbe mai aspettato.

Il presidente lo fece finire e poi molto freddamente rispose: "E allora se io fossi svedese, dovrei offrire i corsi di svedese alla nostra università?!"

Amilcare sorrise sarcastico e se ne andò senza fiatare.

Il giorno dopo, il decano lo fece chiamare in ufficio e gli disse senza troppi preamboli che l'Università aveva deciso che non voleva avere a che fare con un professore scontento e riottoso e che quindi aveva preso la decisione di licenziarlo anche come professore di francese.

Amilcare se ne andò con la coda fra le gambe. Non proferì parola con alcun collega e una volta giunto a casa scoppiò in un pianto dirotto.

Linda cercò di consolarlo con tutto il proprio amore. "Non è a nudda!" gli ripeteva nel dialetto brindisino che la nonna del suo amato usava per sdrammatizzare nei momenti difficili. "Non è a nudda! Ci sono qui io per te. Abbiamo l'un l'altro!"

Amilcare aveva ricevuto una spietata lezione di vita: una formica non può lottare contro una montagna. Sarà senza alcun dubbio calpestata e annientata. "Ma perché?!" gridò, facendo uscire tutta la frustrazione che s'era tenuto dentro.

Decisero di andare ad un ristorante francese vicino e di berci sopra.

"Passerà anche questa" si dissero e passò anche quella, perché qualche giorno dopo si aprì una nuova porta con ottime prospettive.

Amilcare fu assunto da un piccolo college non lontano di casa non per una classe ma per ben due classi serali. Non era più sul lastrico come aveva pensato dopo il licenziamento.

Era stata comunque una bella esperienza, ma la cicatrice sarebbe rimasta per un po'.

Fu solamente una decina di anni più tardi, nel novembre del 1991, che il pensiero di Amilcare ricadde indirettamente su padre Provolone. Stava leggendo il giornale del posto, cosa che faceva raramente, quando i suoi occhi caddero su un articolo che attirò la sua attenzione: FIGLIA ACCUSATA DI PRENDERE A MORSI LA MAMMA. Ex-professoressa universitaria arrestata per aver tentato di ammazzare a colpi di morsi la mamma con cui viveva!

Lo lesse e lo rilesse. Ma era proprio lei: Deborah Koldwell! La professoressa di filosofia nel cui letto il suo professore di francese, padre Provolone, era morto per infarto. La donna accusata di tentato matricidio dava la colpa al Prozac per quella reazione incomprensibile nei confronti della madre. La polizia, chiamata dai vicini allarmati per le grida strazianti, era giunta a casa della Koldwell e l'aveva trovata in uno stato confusionale, con il sangue che le colava ancora dalla bocca e pezzi di carne sparsi un po' dappertutto.

La sua camicia da notte era tutta intrisa di sangue fresco. La madre di 88 anni era stata "cannibalizzata" dalla figlia, ispirata alla violenza dall'antidepressivo.

Amilcare allora ricordò di aver letto su una rivista di medicina che il Prozac era stato riconosciuto come causa di suicidi e di atti di violenza in molte persone. Nonostante questo, negli Stati Uniti veniva ancora prescritta a circa 4 milioni di pazienti depressi.

L'ex-professoressa era stata arrestata per tentato omicidio, mentre la mamma era in condizioni critiche all'ospedale, con morsi al volto e sulle braccia, sulla faccia e sulle braccia, alcuni molto profondi che arrivavano addirittura fino all'osso. Mentre la portavano in carcere continuava a gridare: "Mi faceva impazzire, mi faceva impazzire. Non ce la facevo più! È tutta colpa del Prozac!".

Amilcare rimase pensieroso per un po' e cercò di immaginarsi sia la scena dell'infarto che aveva ammazzato quel viscido prete sia quella in cui la professoressa Koldwell, proprio l'amichetta di padre Provolone, prendeva a morsi la vecchia madre.

Ah la vita! La vita non fa altro che serbarci una sorpresa dopo l'altra, pensò. Chiuse il giornale e decise di conservarlo.

14. Father Provolone

Amilcare had been invited to the faculty party because he was a last year student in the Department of Modern Languages. That evening almost all the faculty members were there, the majority of whom were priests dressed in civilian clothes. While his wife Linda had left to refill her glass of wine, he started speaking with his beloved professor of French Literature.

Father Tordelli, born in the United States to parents from Liguria, was one of the few priests he considered serious and charismatic. The very fact that he was the only one in ecclesiastical attire that evening, was an important detail.

Amilcare had taken the opportunity to thank him in person for four years of outstanding teaching, reminding him of one of the moments he realized his professor was above the norm. He was a first-year student and during a lesson had intervened to correct Father Tordelli, who had translated the word *marmotte*, groundhogs in English, *a fish*. Before the next lesson, Father Tordelli had called Amilcare to his desk and admitted his error: "You were absolutely right; une *marmotte* isn't *a fish*, it's a rodent!" Since that day, the priest had become Amilcare's favorite professor. It's not easy to admit to a mistake. He had done it and won his pupil's great esteem.

On Linda's return, Amilcare introduced her to his dear professor. They spoke with him for a little while, then decided to leave the party to return home. It was already late, and they still had a good half-hour left of driving.

While driving home, Linda told Amilcare that one of the Fathers - who from the description, immediately resembled Father Provolone - had courted her fervently, telling her she was extremely beautiful and that he, although he was a priest, was a connoisseur of beautiful women. What a real character was Father Provolone! He was a priest who, instead of being the sword of the church and Christ rather seemed to be the sword of the Devil!

Amilcare reacted telling her to forget about him. He was an old man, depraved and drunk. He added that the Latin Lover Provolone and three other professors, who were also priests, at least two Fridays a month dined at the French restaurant Chez Gaspard, where he had been working for several months to pay for the University's high tuition. They always asked for a private room, where they feasted. At the end of the evening they could barely stagger and would stumble into a taxi that took them back to the university.

"But weren't they afraid you would bad-mouth them?" Linda asked surprised.

"I knew it," Amilcare replied, "but I made sure they would not see me, also because they entered and exited through the back door. I didn't think it was a good idea for them to know I was waiting tables at Chez Gaspard."

Their favorite waiter was Ari, a wonderful Armenian guy who'd befriended Amilcare and had always been very kind to him. Ari also worked to pay for his studies. They had chosen a French restaurant to be able to speak the language with the chefs and owner, to practice their French.

Gaspard was the owner, a *pied noir* like most of the French restaurant owners in the seventies: Moroccan-born Jews who'd first moved to France then to the United States. Many of their lives ended in misery, "from the altar to the dust" as they say. They achieved success but almost always fell into the trap of cocaine that had literally ruined them. You could see them some evenings throughout the week, when, having closed their own restaurants, they all met at Chez Gaspard to party with alcohol, women and cocaine.

Gaspard was different than his fellow countrymen. He was a man of integrity. He could be stern when he needed to, but at the end of the evening, he always praised his employees (cooks and waiters) for their excellent work and insisted they all sit down at a grand table to eat together.

Ari had confessed to Amilcare that one Friday night he'd heard the priests talking of their adventures with prostitutes, with whom they met at least once a month.

During his last semester of university, Amilcare had enrolled in a course of French Medieval Literature, whose teacher was no other than the Don Juan dressed as a priest, Father Provolone. As a professor, he was not that bad. His French left little to be desired. Amilcare's was better, but he'd decided to enroll anyway in order to practice the language so he would not forget it. Every Monday, Wednesday and Friday at 10 the priest came to class, always dressed in civilian clothes.

One Monday, Amilcare and the other seven students enrolled in the class waited until 10:30, but there was no sign of Father Provolone. The French Department Coordinator eventually showed up with the unfortunate news of the sudden death of their professor the evening before, at about 8 PM on a Sunday. Amilcare had seen him entering the restaurant the Friday before and noticed he had left the place in the same condition: blackout drunk.

Usually the four began by emptying various bottles of the best Chateauneuf-du-Pape vintages and ended with a bottle of the best scotch. On liquor only they would spend an average of $600 or $700 a night, which in those days was a staggering figure.

Monsieur Germaine told the students that for the time being he didn't know who would replace Father Provolone but would let them know as soon as possible, certainly no later than Wednesday.

That same evening, Amilcare received a call from the language coordinator, who had taken a liking to him. He considered him a bright young man, a student with a solid future. He asked Amilcare straight away if he felt able to replace the recently deceased Father, at least until they found the right person to take his place to the end of the semester.

Amilcare listened confused, and his legs began to tremble. Linda, who was next to him, saw him turn pale and made gestures trying to understand who was the person he was speaking to in French.

After he hung up the phone, Amilcare sat down and began to breathe deeply. He had received his first job offer, when he least expected it. He would take the place of his professor. "I can't believe it is true! Linda, do you realize I will be a professor!" exclaimed the ecstatic youth. She became emotional and hugged him and they both began to jump for joy. They opened a bottle of champagne and toasted in tears.

Amilcare would begin his new career on Wednesday. "But can you believe it?" he exclaimed euphoric, "The same group of students who were my classmates will now be my pupils?"

It was going to be difficult, but he swore he would do his best to make a good impression. He immediately ran to his study, took the book and began to prepare his first lesson: "La chanson de Roland."

Amilcare surprised everybody surpassing all expectations, and the university decided to let him finish the semester, and also hired him for the next semester to teach both the French Literature course and a beginning French class.

In the meantime, some weeks after his sudden death, a rumor spread throughout campus that Father Provolone had had a heart attack while he was in bed with the unsuspected Philosophy professor Deborah Koldwell. She had been Amilcare's Professor for a semester. Suddenly she had taken a two-week leave of absence.

After his graduation, the University decided to renew the contract for the young professor – still as a part timer- for more literature and language courses. The students loved him, the head of the department praised him, and he hoped one day he'd be hired full-time.

Amilcare, however, was also fighting to save the Italian Department, which was in grave disrepair due to the depravity and neglect of a professor who was close to retirement. An old fool, who, before leaving the institution, had decided to destroy everything. In short, he wanted to make sure that the Italian Department would be eliminated before his retirement.

In September, for the first time in the university's history, no Italian language courses were offered on the catalog. A university with a high number of students of Italian origin had eliminated the language of Dante keeping all the other languages, Spanish, French, German, Latin, although there were more than hundred students ready to sign up for Italian classes.

Amilcare could not accept the bad fate destined to his beloved language and decided to intervene.

He contacted the Italian consulate of the city, which didn't seem very interested in that cause. "What on earth can we do but submit a letter of protest!" was their harsh response.

He did not give up and collected nearly 500 signatures from university students, demanding that Italian reappear on the course catalog. He telephoned a close friend met during his early years in the United States who worked for channel 7. His friend liked him a lot and decided to help. The next day he showed up on campus with a pen, notepad, cameras and microphones and made several interviews. That same evening the news appeared on television.

The next day the university was all abuzz, with leaflets of protest circulated throughout campus. Amilcare managed to make an appointment with the president of the University, Father Giuseppe Della Torre. To his right sat the Vice President, Father Pasquale Corruga.

Amilcare looked the President straight in the eye and told him that if the removal of Italian had come from a Father Smith it would be easier to take. But coming from a Father Giuseppe Della Torre, he would never expect it.

The president let him finish, then very coldly replied: "So if I were Swedish, I would have to offer Swedish courses at our university?!"

Amilcare smiled sarcastically and walked away without a word.

The next day, the dean summoned him to his office and told him without much preamble that the university had decided it did not want to deal with a disgruntled professor and therefore decided to fire him, also as a French teacher.

Amilcare left with his tail between his legs. He said nothing to any of his colleagues, and once he arrived at home burst into tears. Linda tried to comfort him with all her love.

"*Non è a nudda!*" She repeated in the Pugliese dialect his beloved grandmother would use to play down difficult times. "*Non è a nudda!* I'm here for you. We have each other!"

Amilcare had received a hard lesson of life. An ant cannot fight a mountain. It gets utterly trampled and crushed. "But why?" he yelled, releasing all the frustration he'd kept inside

They decided to go to a French restaurant nearby and drink some good wine to forget.

"This too shall pass" they told themselves. And it did. Someday down the road a new door opened to him with great prospects: Amilcare was hired by a small college not far from home, not just to teach one class but two evening classes. He was no longer on the streets as he had predicted after his dismissal.

It had certainly been an awful experience, and the scar would remain for a while.

It was only ten years later, in November 1991, that Amilcare's thoughts fell upon Father Provolone indirectly. He was reading the local newspaper, something he rarely did, when his eyes fell upon an article that caught his attention: "*DAUGHTER CHARGED WITH BITING HER MOTHER. Former university professor arrested for attempting to bite to death her mother, with whom she lived!*"

He read it and reread it. But it was really her: Deborah Koldwell! The philosophy professor in whose bed his French professor, father Provolone, had died of a heart attack. The woman, accused of attempted matricide, blamed Prozac for that incomprehensible reaction against her mother.

The police that arrived at the home of the ex-professor, called by the neighbors alarmed by the sounds of heart wrenching screaming, had found her in a daze with blood still dripping from her mouth and pieces of flesh scattered everywhere. Her nightgown was soaked in fresh blood. The mother of 88 years had been "cannibalized" by her antidepressant inspired daughter

Amilcare then remembered having read in a medical journal that Prozac had been recognized as a cause of suicide and violent acts in many people. Despite all this, it was still prescribed to about 4 million depressed patients in the United States.

The ex-professor was arrested for attempted murder, while the mother remained in critical condition in the hospital, with bites all over her face and arms. Some were so deep they came down to the bone. While they brought her to prison she kept shouting, "She drove me crazy, absolutely crazy - I could not take it anymore! It's all because of Prozac!

Amilcare was thoughtful for a while and tried to imagine both the scene of the heart attack which had killed that poor disgusting priest and the act in which professor Koldwell, Provolone's sweet lover, was biting her old mother to death.

"Ah life! Life does nothing but serve us one surprise after another," he thought to himself.

He closed the newspaper and decided to keep the article.

15. Tu di Qui non ti Muovi!

Papà aveva appena finito di domandare a Carlotta di leggere un suo pensiero scritto durante la giornata. Aveva prima provato invano con il più piccolo, Corradino, che mezzo assonnato, stropicciandosi gli occhi, gli aveva risposto in tono secco: "Dai, uffa, non ho voglia, papà!"

"Stai attento tu", aveva reagito mio padre, "che te la faccio pagare cara! Imbecille! Tu non hai mai voglia di fare niente e poi ritorni a casa con la pagella piena di quattro e cinque! Su, Carlotta, leggilo tu, che leggi bene".

Mia sorella, a malavoglia, posando lo straccio che teneva in mano – con il quale stava asciugando i piatti e le posate che mia madre nel frattempo le passava – cominciò a leggere.

"La virtù dell'uomo…", ma fu interrotta dallo squillo del telefono.

La mamma saltò per l'emozione, facendo cadere nel lavandino un piatto ancora tutto insaponato, si asciugò in fretta le mani col grembiule e, con un sorriso raggiante sul volto, si mise a correre verso il corridoio.

"Vado io, rispondo io!" esclamò. "Questo è il generale che telefona da Modena per dirmi che è arrivato. Figghiu miu!"

Carlotta, nel frattempo, terminò di leggere quanto papà aveva scritto sulla virtù dell'uomo e lui, come faceva sempre, chiese ad ognuno di noi il proprio parere.

Nessuno osò dirgli la verità. Ognuno fece capire timidamente di avere afferrato il concetto e di condividerlo. Non bisognava mai contraddirlo, specialmente a tavola, per evitare grida inutili. Ormai avevamo imparato la lezione e, anche se le sue idee erano diametralmente opposte alle nostre, preferivamo lasciar perdere e non discuterne, perché lui voleva avere ragione, sempre e comunque.

Ma in fondo è un brav'uomo, pensai fra me, non vedendo l'ora che il dolce o la frutta fossero serviti a tavola, per potermi finalmente alzare e fare due passi con mia moglie, che – vuoi perché, per ragioni di lingua, non capiva la maggior parte di ciò che papà diceva, vuoi perché considerava completamente sbagliate le sue idee – se ne stava seduta a testa bassa, annoiata, accarezzandomi la mano, tirandomi le unghie, dandomi ripetutamente calci agli stinchi. Quel suo linguaggio corporeo tradotto in parole significava: *Ma perché stai sempre zitto? Perché non gli dici esattamente ciò che pensi? E dire che, prima di arrivare in Italia, mi avevi promesso che avresti finalmente sputato il rospo, che non avresti più fatto la parte del succube come hai fatto per tanti anni, prima che io entrassi nella tua vita e ti prelevassi da questo incubo quotidiano, da questa prigione assurda. Su, parla!*

Io tacevo o se ci provavo era solo per spostare la conversazione su qualcosa magari di meno filosofico.

Papà aveva le sue idee e non voleva tenersele dentro, a differenza di noi figli, che invece non avevamo il coraggio di palesargliele. Lui esternava i suoi pensieri in ogni dove e in ogni modo, e non solo a voce. Tutta la casa era piena dei sui appunti, compreso il gabinetto. Non c'era parete che non avesse appesi almeno una decina di manoscritti che riportavano le sue massime e i suoi insegnamenti. Era la prima cosa che gli ospiti notavano quando mettevano piede in casa nostra. La passione di papà di imbrattare i muri (e non soltanto) era diventato un motivo di conversazione per tutti i curiosi. La maggior parte erano scritti in italiano, in una calligrafia spesso illeggibile, ma ve ne erano alcuni in latino ed altri in greco. Utilizzava le lingue antiche per esprimere quei pensieri che non voleva condividere con il resto della famiglia, dimenticando che io le avevo studiate e sapevo tradurle. A richiesta dell'ospite, come ad una visita guidata in un museo, si faceva il giro della casa partendo dalla camera da letto, dove neppure il comodino, l'abatjour e l'appendiabiti erano stati risparmiati dalla sua grafomania. Sì, perché lui, se si svegliava a tarda notte con un pensiero in testa e non aveva la carta a disposizione dove annotarlo, scriveva dove poteva, anche sul muro; cosicché, mamma doveva regolarmente far imbiancare le pareti della camera per eliminare i segni di una notte di grande ispirazione. "Giancarlo, hai letto ciò che ho scritto oggi sulla porta del gabinetto? Va' a leggerlo e poi dimmi cosa ne pensi! Giacomo, va' in camera tua e vedi quello che ho scritto sopra al tuo letto! Quello è per te, Violetta!"

"Sei una santa donna, amore mio, sei una donna meravigliosa!" esclamava mamma, mentre leggeva con una risata ironica il foglietto giallo appeso sopra il caminetto della cucina. "Ma lo vedete, questo scemicello, alla sua età, ancora mi scrive *Violetta ti adoro!*"

Mio padre diventava rosso dalla vergogna come un bambino e mia madre gli si avvicinava per abbracciarlo.

"Fammi fare una tirata della tua sigaretta!" gli diceva.

"Ma come", replicava papà, "tuo figlio ti ha portato tre stecche di Marlboro dall'America. Dove sono andate a finire? Fuma le tue!"

Così qualcuno le dava una Marlboro e lei cominciava a fumare alla sua maniera goffa: non aspirava neppure, teneva in bocca il fumo per un po' e poi lo rimandava fuori come una ciminiera. Quando fumava era un buon segno. Voleva dire che era felice.

Erano passati dieci minuti da quando mia madre tutta felice era andata a rispondere al telefono, ma tornò in cucina mostrando un volto che indicava burrasca.

"Chi era, Violetta?" chiese papà, che nel frattempo si era voltato per spegnere la sua sigaretta nel caminetto e non aveva notato il volto rabbuiato di sua moglie.

"Nessuno" rispose lei, e aggiunse: "Carlotta, vieni un attimo di là che ti devo far vedere qualcosa".

Tutti capimmo che la gatta ci covava ed attendemmo il ritorno delle due, curiosi di sapere che cosa fosse successo. Si riaffacciarono alla porta della cucina con un soprabito addosso, pronte ad uscire.

"Mamma, dove andate?!" chiesi preoccupato.

"Violetta, dove vai a quest'ora? Sono le dieci di sera!" aggiunse perentorio papà.

"Era la mamma di Antonio, l'amico di Giacomo che lavora con lui a Riccione come cameriere. Dice che lei e il marito sono appena ritornati da una visita fatta al figlio e hanno qualcosa per noi da parte di Giacomo."

"Ma vacci domani, no? Perché proprio stasera? Fa anche freddo fuori!"

Lei non rispose, ma si morse la mano in segno di disperazione, rivolgendomi uno sguardo complice. Capii che voleva parlarmi. Mi alzai e l'accompagnai al portone di casa.

"Ma che c'è di così serio, mamma?"

"Figlio mio, è grave la cosa, è grave! Tuo fratello Giacomo…"

"Che ha combinato adesso?!"

Mamma cominciò a lacrimare, ma si trattenne per non far capire nulla a papà e, soprattutto, alla suocera di mio fratello, considerata la gazzetta del paese, pettegola e maligna, che certamente doveva essere tenuta all'oscuro di tutto.

"Ma insomma, parla mamma!"

"I genitori di Antonio", esordì Carlotta, "vogliono parlare con la mamma. Dicono che si tratta di una cosa urgente, ma preferiscono dirglielo di persona… Giacomo è nei guai!"

"Che tipo di guai? Ti hanno fatto capire cos'ha combinato?" chiesi, con il cuore che mi cominciava a battere forte. "Quell'imbecille ha forse rubato e lo hanno beccato?"

"Madonna mia, non lo so, figlio mio, ma non credo… Mi hanno fatto capire che è meglio che ce lo andiamo a prendere al più presto… Carlotta, andiamo adesso."

"Ma, mamma, tu sei pallida come una cera! Si vede che non ti senti bene! Rimani a casa. Andiamo io, Carlotta e Linda. Calmati. Vedrai che non è niente di grave."

"No, devo andare io, la signora mi ha detto che vuole parlare con me. È una cosa di donne!"

"Avrà messo incinta qualcuno!" esclamai, nella speranza che si trattasse proprio di un guaio simile, che in fin dei conti non era poi la fine del mondo e poteva essere riparato.

"E se così fosse, si sposa e basta!" reagì nervosa la mamma.

"Ma insomma, è inutile stare qui a fare congetture e a farneticare", intervenne Carlotta con risolutezza.

"Sì, hai ragione, figlia mia, è meglio che andiamo, ci stanno aspettando. Torniamo presto... Mi raccomando Giancarlo, mi raccomando tuo padre, non deve sapere niente. Quel povero sant'uomo... continua a scrivere sulle pareti lui, povero illuso!"

Mamma e Carlotta uscirono di casa simulando un sorriso che celava la crescente agitazione.

Nel frattempo, papà, che non si era accorto di nulla o faceva finta di essere all'oscuro di tutto, stava dialogando con la signora Mafalda, essendo lui l'unico che la sopportasse e con la quale andasse addirittura d'accordo. Nessuno in famiglia riusciva a digerirla, falsa e bugiarda com'era. Un giorno ti diceva una cosa in faccia e quello dopo andava a coprirti di ingiurie. Parlava sempre male della nostra famiglia e, in primo luogo, di mio padre, che considerava un incapace e un rimbambito. Nel passato, più di una volta mia madre aveva avuto discussioni con lei, ma, per l'amore di mio fratello che aveva sposato la figlia, l'aveva sempre riaccolta in casa a distanza di qualche giorno. Noi avevamo sempre fatto buon viso a cattivo gioco. Nessuno la calcolava, eccetto mio padre, che non credeva nella cattiveria umana. Non pensava che lei fosse come noi la giudicavamo. Anche se le prove contro erano più che schiaccianti, lui era sempre pronto a perdonare chiunque e per qualsiasi cosa. Per questo motivo, a casa era stato deciso che, anche e soprattutto in presenza di mio fratello Vito (suo genero), se non volevamo che il giorno dopo diventassero notizie di dominio pubblico in tutto il paese, di fronte a lei non avremmo mai dovuto affrontare le questioni familiari. In poche parole, seguimmo il famoso detto popolare: 'I panni sporchi si lavano in casa propria!'.

Quando, al mio ritorno in cucina, lei mi chiese, con un fare pieno di falsa apprensione: "Che cosa c'è, Giancarlo?"

Io risposi prontamente: "Niente, niente... La mamma sarà qui di ritorno fra qualche minuto. I genitori di Antonio, il compagno di lavoro di Giacomo, hanno portato da Riccione un piccolo regalo da parte di Giacomo e il suo ultimo assegno."

Lei mi guardò con fare sospettoso.

"Ah, sì?!" commentò, ma in realtà avrebbe voluto dire: "ma a chi la vuoi dare a bere!".

"Vito, scusa, ti devo parlare un attimo", dissi io.

Una volta in corridoio, lo pregai – seguendo la volontà della mamma, che mi aveva raccomandato di non fargliela trovare al suo ritorno – di cercare una scusa per riportare la suocera a casa. Lui magari poteva anche ritornare più tardi, altrimenti lo avrei chiamato io al telefono per fargli sapere i risvolti della serata. Vito mi chiese se avessi intuito il motivo della telefonata dei genitori di Antonio, ma gli risposi che avrebbe dovuto saperne più lui di me, dal momento che io, vivendo in California da anni, non ero più al corrente della vita degli altri fratelli.

"L'unica cosa che posso dirti, Vito, è che durante quei sette giorni che io e Linda eravamo a Riccione, Giacomo non era lo stesso... Eccetto la grande prova di affetto dimostratami il giorno del nostro arrivo... come ti ho già detto, si è messo a piangere e mi ha abbracciato per almeno dieci minuti senza lasciarmi andare e senza mostrarmi il volto pieno di lacrime, come se lo volesse nascondere, come se volesse che io lo perdonassi di qualcosa di male che stava facendo in quel momento della sua vita... credimi, è stato molto freddo nei nostri riguardi, cosa che né io né Linda riuscivamo a spiegarci. Ci sembrava molto evasivo, come se qualcosa lo tormentasse. Ogni sera veniva con noi, stava un'oretta e poi trovava sempre una scusa per sparire. Di solito, diceva che era stanco e che voleva andare a riposarsi, perché il giorno dopo la clientela sarebbe aumentata notevolmente e avrebbe dovuto alzarsi più presto del solito. Poi, una mattina, il titolare dell'albergo dove Giacomo lavora, e dove anche noi abbiamo alloggiato, mentre parlavamo del più e del meno, mi ha fatto capire che di lavoratori in gamba come nostro fratello ne aveva avuti pochi: sempre in orario, mai nessuna lamentela da parte dei clienti; anzi, non facevano altro che complimentarsi del suo ottimo servizio; tutti gli volevano bene, tutti lo volevano al proprio tavolo. L'unica mancanza di Giacomo, a suo parere, era il fatto che ritornava tardissimo ogni sera, verso le quattro o le cinque, e qualche notte l'aveva passata fuori e si era presentato solamente al mattino per preparare la sala per le colazioni... Ero sbalordito nel sentire quelle cose. Per un po' ho smesso di ascoltarlo. Vagavo con la mente, ripensando alle parole di quel mascalzone, che ogni sera ci aveva mentito dicendoci che si ritirava presto per essere più riposato il giorno dopo. Bugiardo... E sai un'altra cosa? Il padrone dell'albergo mi ha detto che Giacomo è stato visto più di una volta con quel delinquente e poco di buono del Testaccio. Sì, proprio così ha detto: delinquente e poco di buono."

"Figurati", mi interruppe Vito, "quello è controllato dalla polizia e uno di questi giorni lo arresteranno di sicuro. Stai a vedere che..."

"Non lo so, spero di no... Comunque, adesso, porta tua suocera a casa prima che ritorni la mamma e la riveda, altrimenti si fa cattivo sangue, lo sai no com'è fatta? E stai tranquillo, ti telefono io dopo per farti sapere tutto.

"Senti, Giancarlo", ribadì lui, "di qualunque cosa si tratti, domani vorrei continuare a parlarti di Giacomo e di come si è comportato in questi due anni che tu sei stato assente. Sai, quello è la rovina della famiglia Buriana. Tu ormai sei lontano, negli Stati Uniti..."

Vito fu interrotto dalla moglie che lo chiamava per andarsene.

Ritornammo in cucina, dove trovammo papà mezzo assonnato, con la testa che gli andava su e giù, Corradino che dormiva chinato sul tavolo e la signora Mafalda, con lo sguardo pieno di curiosità, che insisteva nel tentativo di carpire qualche notizia.

"Ma Vito, che cosa è successo, si può sapere?"

"Niente, niente, signora Mafalda."

"Ma come niente!"

"Ho detto niente. Non lo capisce l'italiano! Muoviamoci che è tardi. Isabella, per favore, metti in moto la macchina, che ti raggiungo. Aiuto Giancarlo a portare Corradino a letto e vengo."

La vecchia pettegola, al contrario, non ne voleva sapere di andarsene, se ne stava ancora seduta e cercava di prendere tempo, nella speranza che arrivassero mamma e Carlotta con notizie fresche da spargere in giro il giorno dopo.

Vito arrivò dal corridoio e sollevò di peso la suocera per un braccio e la trascinò fuori dalla cucina.

"Ahi! Vito ti sei impazzito!" gridò lei. "Fammi almeno salutare tuo padre."

"Ho detto andiamo! Papà dorme. Lo saluterà domani. Adesso andiamo."

La macchina partì e dopo neanche cinque minuti sentii un rumore di chiavi alla porta d'ingresso. Erano loro. Mamma pareva disperata.

"Figlio mio, se ne è andata quella malvagia?"

"Sì, finalmente."

"Tuo padre dov'è?"

"Se ne è andato a letto, era stanco... ma che cosa è successo?"

"Figghiu miu! Figghiu miu!" esclamò mamma nel suo dialetto brindisino, come faceva sempre quando si emozionava eccessivamente. "Figghiu miu! Quella lorda! Brutta zoccola! Ma gliela faccio pagare io, sai! Lu sangu de lu figghiu miu! Zoccola! Che ci doveva capitare!"

"Parla, cos'è successo?" domandai confuso.

"Parla tu, Carlotta, che io non ci riesco."

"Giacomo si è preso una sbandata...", cominciò mia sorella, "... per una signora che era ospite alla pensione dove lui lavora".

"E beh! Tutta questa tragedia per una sbandata!? Quante ne ho prese io di sbandate alla sua età!"

"Sì, ma questa è sposata e ha una figlia di diciassette anni, la stessa età di Giacomo! Dopodomani se ne ritorna a Bologna e il nostro fratellino ha deciso di seguirla per andarci a vivere insieme... Dice che non può più vivere senza di lei... e dicono che anche lei sia innamoratissima di lui... insomma, Giacomo non capisce più niente!"

"Figghiu miu!" ripeteva mamma, stringendosi il volto tra le mani. "Zoccola! Lorda! Ecco perché non voleva venire quando l'abbiamo invitato l'altro giorno per stare tutti insieme prima della tua partenza... Puttana! Lorda! Adesso capisco perché non mi ha ancora spedito i soldi della paga dell'ultimo mese! L'ha stregato quella masciara!"

Vidi mia madre in preda a un delirio isterico. Cominciò a tirarsi i capelli e a camminare nervosamente intorno al tavolo.

"Vuoi stare calma, mamma! Quando hai detto che partono per Bologna? Dopodomani? Bene, domani, io e Linda ci mettiamo in macchina, andiamo a Riccione e te lo riportiamo. Altro che Bologna con quella puttana! Vedrai che si risolverà tutto. Calmati, altrimenti ti prende un infarto."

"Giancarlo, guarda che i genitori di Antonio hanno detto che anche loro hanno provato a convincerlo, ma Giacomo non ne vuole sapere. Non vuole parlare con nessuno. Ha mandato tutti a fanculo! Antonio ha provato di tutto per fargli aprire gli occhi, ma non c'è stato verso! Giacomo dice che sono innamorati e che nessuno dei due vuole separarsi dall'altro. Da quando poi la relazione è diventata di dominio pubblico facendo scandalo tra i villeggianti, il padrone della pensione si trova costretto a licenziarlo... e guarda che gli è tanto affezionato. Se fosse stato un altro lo avrebbe già sbattuto fuori da un pezzo."

"Mamma, tu va' a letto adesso" le dissi io, cercando di apparire calmo. "Entro domani sera il problema sarà risolto. Io avevo pensato di peggio, non sai le cose che mi erano balenate per la mente. Quello che è successo è grave, ma risolvibile. Adesso telefono all'albergo, parlo con il padrone e lo avverto che domani vado a prendere Giacomo. Non dire niente a papà! Inventagli una scusa qualsiasi."

"Ma cce scherzi! Mai sia! Nun so' mica paccia... Povero illuso, marituma! Avogghia a scrivere su le pareti che anche l'uomo ha il suo onore! Povero a lui!"

Stavo per aprire la porta della mia camera, quando mi ricordai di Vito: gli avevo promesso che lo avrei chiamato.

Rispose la strega, che volle subito sapere che cosa fosse successo.

"Vorrei parlare con Vito", dissi bruscamente, senza lasciarla finire di parlare.

Io e Linda arrivammo a Riccione nel primo pomeriggio e andammo subito al piccolo albergo dove avevamo passato delle belle giornate rilassanti qualche settimana prima e dove Giacomo lavorava come cameriere. Mangiammo un boccone e poi ci mettemmo alla sua ricerca. Il titolare ci disse che erano partiti proprio quella mattina per trasferirsi in un altro albergo, un tre stelle non molto lontano dal suo. L'hotel si chiamava London. Ci avvertì che Giacomo non era disposto ad ascoltare nessuno. Lui stesso gli aveva parlato da padre, cercando di fargli capire che stava sbagliando. Aveva provato da uomo a uomo ad aprirgli la mente, ma senza successo. Gli dispiaceva vederlo in quelle condizioni, in balìa di un amore che non aveva alcun futuro. Gli dispiaceva anche perdere un impiegato al quale voleva bene e che era benvoluto da tutti i clienti. In albergo c'era chi lo vituperava per il suo stile di vita, ma anche chi si levava tanto di cappello per la sua propensione al lavoro e lo ammirava di cuore. L'albergatore mi disse anche che Giacomo gli parlava spesso di noi, di me e di Linda, di tutto il bene che ci voleva e che sognava di scappare dall'Italia – che cominciava a stargli un po' troppo stretta – e di raggiungerci un giorno negli Stati Uniti. Concluse dicendo: "Caro Giancarlo, se non ci riuscirete voi, a convincerlo e a portarlo via da qui e da quella strega, non ci riuscirà nessuno. Il bello è che anche lei ha perso la testa e non vuole sentire storie... La figlia Luisella, di diciassette anni come Giacomo, le ha parlato, sta provando a farla rinsavire, ma lei niente, non vede altro che un futuro con tuo fratello... Che Dio ve la mandi buona! In bocca al lupo!"

"Se non fosse per il fatto che mamma Violetta sta male e che se non glielo riporto le prenderà un attacco di cuore, io li lascerei anche perdere, perché so per esperienza personale che finirà, e finirà anche presto. Il problema è che mia madre lo vuole a casa, non domani, né dopodomani, ma questa sera stessa! Ragion per cui, a costo di metterlo in macchina con la forza, me lo devo portare a casa immediatamente. Gliel'ho promesso... anche perché noi dopodomani partiamo un'altra volta per la California!"

"Ah, beati voi che siete in quella parte del mondo! Io qui in Italia non ce la faccio proprio più! Quanto partirei volentieri con voi... Andate, non voglio farvi perdere tempo... e fatemi sapere come vanno a finire le cose... Qui nel mio albergo, per Giacomo ci sarà sempre posto. Diteglielo. È un gran lavoratore e poi ci tiene sempre tutti in allegria!"

All'hotel London ci dissero che i due erano appena rientrati ed erano in camera.

Feci squillare il telefono della stanza e rispose lui.

"Giacomo, sono io, Giancarlo, ti chiamo dalla reception. Scendi, che io e Linda vogliamo parlarti."

"Cosa ci fate voi due qui?! Io non scendo! Non provare a convincermi di tornare a casa, perché non lo farò mai!"

"Giacomo, tu fa' quello che ti pare, ma almeno scendi e vieni a salutarci... fra due giorni ritorniamo a San Francisco."

"Andatevene! Non voglio sentire e non voglio vedere nessuno!"

"Giacomo, per il bene che dici di volerci, scendi!"

Riattaccò la cornetta.

Salii al terzo piano, bussai alla porta... niente. Bussai e ribussai, lo chiamai molte volte... niente.

"Giacomo, nostra mamma sta male, molto male. Vuole vederti! Esci e discutiamo la cosa da uomini, non fare il bambino! Ti aspetto di sotto. Linda muore dalla voglia di vederti e abbracciarti. Fallo almeno per lei!"

Uscii sul piazzale antistante l'albergo, dove mi aspettava Linda, che nel vedermi arrivare da solo mostrò la sua grande delusione.

"Non ne vuole sapere. Si è barricato in camera e non è disposto neppure a parlare", le spiegai.

Mentre dicevo queste parole sentimmo aprirsi la serranda di una stanza al terzo piano. Poi si spalancò la porta che dava sul balcone e, finalmente, vedemmo apparire, mano nella mano, Giacomo e la sua signora.

Non credevo ai miei occhi e capii immediatamente la ragione per cui mio fratello aveva perso la testa per quella donna. Era bellissima, pareva un angelo in terra. Anche Linda la guardò e intuì facilmente quello che mi passava per la mente.

"Wow!" esclamò, come faceva ogni volta che si emozionava. "No wonder he's lost his head for her! She is a beauty!"

Dopo un primo momento di smarrimento dovuto alla sua bellezza − guardandola in volto dimostrava meno dei suoi 37 anni −, tentai nuovamente di farlo ragionare.

"Ma non me la vuoi nemmeno presentare? Scendi, così andiamo a fare due passi... ci prendiamo un caffè insieme!"

Giacomo rimase in silenzio per qualche minuto. Ci guardò, poi guardò lei, l'abbracciò con forza e gridò: "Ma *fateci vivere questo amore in santa pace!*"

Linda, a quelle dolci parole, si mise a piangere dalla commozione.

Io rimasi immobile. Non avevo niente da dire. Mi limitai ad osservarli. Insieme trasmettevano un'immagine potente e romantica dell'amore, nella quale io stesso avevo sempre creduto. Per un po' quelle sue parole continuarono a rimbombarmi nella mente: *Fateci vivere questo amore in santa pace!*

Poi, ripensando che avevo promesso a mia madre di riportarlo a casa, mi feci coraggio per parlargli.

"Giacomo, noi ti faremo vivere questo amore in santa pace e non siamo qui per distruggere niente di così speciale. Tu mi conosci bene, anzi, ci conosci bene e sai esattamente cosa pensiamo di te e quanto ti stimiamo, ma nostra mamma non sta bene e vuole vederti."

Rimanemmo tutti e quattro zitti per qualche minuto, poi lui le dette un bacio e rientrarono nella stanza. Cinque o sei minuti dopo lo vedemmo apparire nel piazzale. Corse verso di noi in lacrime – come lo era anche Linda – e ci abbracciò con forza come era solito fare. L'abbraccio sembrò interminabile. Non voleva lasciarci andare.

Dopo un po' apparve anche lei, si avvicinò e ci abbracciò forte come se ci conoscesse da lungo tempo e fossimo già parte della sua nuova famiglia.

Nessuno osò dire niente. Che cosa si poteva dire se non vivere quel momento grandioso.

Quelle parole non volevano lasciarmi: *Fateci vivere questo amore in pace!* Come fare a negarglielo. Come fare a strappare l'uno dall'altra senza soffrirne anche noi. Io non me la sentivo di essere l'esecutore. Linda poi, figuriamoci! Continuava a piangere e a dire non so che in inglese: "Let them be! Let them live this great love in peace!"

"Che ne dite di andare a San Marino?" proposi. "Non ci sono mai andato e, visto che siamo così vicino, mi voglio levare questa soddisfazione prima di ritornare negli States. Vi va?"

E così partimmo.

Erano le 11 di sera quando arrivammo a Foligno. Giacomo si era fatto convincere di ritornare a casa, per il bene della famiglia e della mamma, all'unica condizione che dopo qualche giorno si sarebbe di nuovo messo in treno per raggiungere Franca, la *famme fatale* che lo aveva stregato. In realtà, se eravamo riusciti a trascinarlo fino a casa, era soprattutto merito di Linda; c'era qualcosa di speciale che li legava e lui si era affidato ai suoi consigli.

Arrivati a casa, tutti lo salutarono come se niente fosse successo.

Il sorriso riapparve sul volto di mamma Violetta.

Giacomo si rinchiuse in camera sua, accese il giradischi con il 33 giri che lei gli aveva regalato, e per tutta la notte dovemmo ascoltare la solita canzone, la loro canzone: *Un'estate con te!*

Il giorno dopo lo aspettammo a pranzo, ma Giacomo non voleva uscire

dalla sua camera e il giradischi continuava a ripetere "Un'estate con te!".

Mamma si era rattristita di nuovo, continuava a mordersi la mano e a gridare: "Zoccola! Lu sangu de lu figghiu miu! Lo ha stregato! Gli ha fatto una fattura!"

Mio padre, che faceva finta di niente, serafico come soltanto lui riusciva ad essere, si limitò a dire: "Lasciatelo perdere, vedrete che quando avrà fame uscirà!"

"Giancarlo, figghiu miu, convincilo tu! Linda fa' qualcosa tu, che a te ti ascolta!" continuava mamma in preda alla disperazione.

"Mamma Violetta, he is hurting! Don't they get it! Lui soffre, lasciatelo stare! Il suo cuore soffre!"

Arrivato al suo secondo giorno di isolamento, Giacomo mi diede il permesso di entrare nella sua camera e parlammo per ore. Gli raccontai la storia di una mia scappatella adolescenziale. Lui mi ascoltò per tutto il tempo scuotendo la testa dal disappunto, poi quando terminai si coprì gli occhi per nascondere le lacrime. Rialzò la testa come svegliatosi da un incubo, mi guardò fisso con quei due suoi occhioni neri – che lavati dalle lacrime apparivano più belli di come non erano mai stati – e balbettò: "Sì, capisco cosa intendi, Giancarlo, ma per me la situazione è diversa: non posso lasciarla! Io la amo... e lei mi ama come nessuna donna mi ha mai amato. Tu sai cosa voglio dire, vero? Mi si è data anima e cuore! Lo vuoi capire, sì o no?"

"E tu pensi, cretino, di essere stato il primo con cui lei ha tradito quel gran cornuto del marito?!" ripresi io, spietatamente crudele, alzando il tono della voce. "Ma non capisci che quello che ha fatto con te lo avrebbe fatto con chiunque altro? Tu le sei solo capitato fra le mani per primo. La tua fortuna è la tua sfortuna! Questi sono amori estivi, amori passeggeri che devono durare un'estate e poi concludersi. Se è vero quello che mi hai detto, il fatto stesso che il marito sappia di questa relazione e non faccia niente, ma l'accetti come una cosa normale, dovrebbe farti pensare e farti aprire gli occhi. Quello là è talmente abituato all'idea di portare le corna che ormai non ci fa nemmeno più caso! Anzi, sono convinto che da buoni emiliani si fanno le corna a vicenda, entrambi al corrente di ciò che accade all'altro. Se stanno ancora insieme è soltanto per la figlia, come fanno molte coppie di oggi, caro fratellino mio!"

"Queste sono solamente cazzate!" reagì lui, che non credeva alle mie parole.

"Bene, visto che non capisci come va la vita, voglio che tu mi ascolti bene. Ti racconterò un fatto che è successo proprio a me, sì bello mio, al tuo fratello che tanto ammiri e a cui dici di volere tanto bene. Nessuno sa niente, e mi raccomando, nessuno dovrà sapere niente! Se te lo racconto, è per farti capire una cosa sola: che questo tipo di storie non durano, non possono durare; e c'è di più: devi stare attento, fratellino mio, perché potresti trovarti anche nei guai, guai grossi!"

Giacomo, all'improvviso, si riprese da quel torpore che sembrava mantenerlo in uno stato d'incoscienza e cominciò a prestarmi attenzione.

"Ti ricordi quando abitavamo a Ponte? Io avrò avuto sì e no la tua età, 17 anni. Tu eri piccolo, otto o nove anni o giù di lì. Facevo il classico a Lucca, e sai cosa facevo per arrivare in città senza spendere i soldi del treno?"

"Sì, facevi l'autostop tutti i giorni", rispose lui, curioso di capire dove volessi arrivare.

"Facevo l'autostop tutti i giorni, proprio così, con la pioggia e con la neve, con il sole o con il vento, il mio dito sempre in azione... Un giorno, al ritorno da Lucca, si fermò una Fiat 1100, proprio come quella che avevamo anche noi, la nostra prima macchina che poi tu hai distrutto qualche anno più tardi... Non voglio neanche ricordarti il come e il quando, perché di casini ne hai fatti più di uno" dissi ironico, con un sorriso al quale lui rispose con un'espressione infastidita.

"Insomma, si ferma questa Fiat 1100 bianca, e chi c'è al volante?"

"Una bella fica", rispose subito lui.

"Proprio così, una bella signora sulla quarantina, ma portati bene. Era elegante, simpatica, bona insomma... Durante il tragitto mi fa un mucchio di domande: chi sei, che cosa fai e finisce col dirmi che lei è vedova da ben tre anni... Anche se eri piccolo, se ci pensi bene te la puoi ricordare. Abitava di fronte alla cartiera Baroni, aveva una gran bella villa, con due statue di leoni bianchi sul cancello."

"Ma di chi parli, della signora Cerioni? Quella era una gran puttana! C'è andato anche il Pecchia!"

"Sì, esattamente. La bella signora Luisa cominciò a parlarmi di sé, poi, una volta arrivati in piazza, si fermò e, prima che io scendessi, mi disse: – Ma lo sai che sei un angelo! Spero di rivederti presto.

Il giorno dopo non feci in tempo ad arrivare fuori Porta Giannotti, dove mi piazzavo ogni giorno, fra le una e le due, per fare l'autostop, che ti rivedo spuntare la 1100 bianca.

Questa qua cerca rogne! pensai.

Si fermò e, dopo qualche preambolo, mi chiese cosa avrei fatto nel pomeriggio, perché voleva mostrarmi una collezione di vecchi libri di latino e greco del povero marito, che le aveva lasciato una biblioteca fornitissima, insieme ad una montagna di soldi.

Io, che già mi immaginavo di che libri si trattasse, accettai, e così, quel pomeriggio stesso, mi lessi il *De Otio* e il *De vita beata* di Seneca sul letto della bella Luisa, dopo che lei mi ebbe spolpato ben bene succhiandomi dalle vene ogni goccia di sangue. Me la feci sotto e sopra, su e giù, caro mio, dalle quattro alle otto, sopra uno splendido lettone a tre piazze, senza che lei mi desse tregua.

Volle insegnarmi ogni trucco del mestiere. Mi disse subito che non sapevo baciare e me lo insegnò... e toccami qui, in questo modo, baciami il sedere, leccami il clitoride, insomma una scopatrice indefessa.

Quella sera, quando tornai a casa, fortunatamente papà era uscito per un incidente stradale. Trovai solo la mamma, che mi guardò insospettita e disse: – Ma guarda con che faccia se ne ritorna! Dove sei stato fino a quest'ora? Chi era la zoccola di oggi?

Io non esitai a ribattere: – Ma finiscila, mamma, ma che zoccola! Ho studiato tutto il pomeriggio a casa del Forti. C'è una versione di greco domani!

Mamma fece finta di crederci.

Andai a lavarmi le mani e mangiai come se non ci fosse un domani.

Per fartela breve, questa storia continuò per parecchi mesi. Non ci vedevamo tutti i giorni, ma le facevo visita almeno due volte alla settimana. Lei si era invaghita ed era gentile con me: mi dava del denaro anche se non glielo chiedevo. Io la trattavo solo come un corpo da sventrare e con cui divertirmi, niente più, ma lei ne era consapevole e lo accettava.

Con il passare dei mesi, però, mi resi conto che era diventata gelosa di me: mi domandava chi era questa o quella ragazza con cui mi aveva visto parlare; veniva addirittura in macchina davanti alla scuola; spesso si nascondeva per non farsi vedere. La cosa mi cominciò a puzzare, ma, lo sai, a diciassette anni non pensi mai al peggio. In fondo, mi divertiva pure l'idea che la donna si fosse presa una cotta per me e che mi trattasse da amante gelosa. Talvolta, mi facevo vedere abbracciato a qualche bella ragazza della mia scuola soltanto per vedere la sua reazione, tanto poi sapevo che sarei finito in quel bel lettone, fra le sue braccia e le sue cosce piene di passione.

Continuò così fino al giorno che andai a Porcari, alla festa organizzata da Giulietta, una mia compagna di classe, figlia del medico condotto del paese.

Quella sera vidi per la prima volta Giovanna. Non so se te la ricordi: sedici anni, capelli neri, occhi verdi, piuttosto alta, bella come un fiore appena sbocciato. Ne rimasi abbagliato. Io mi innamorai di lei e lei pazzamente di me. Giovanna mi stava davvero a cuore, fu il mio primo amore.

Naturalmente, cominciai a trascurare la signora, pur sapendo che con Giovanna, almeno per i primi mesi, non ci sarebbe scappato nemmeno un bacio. Invece di andare a fare l'autostop, decisi di prendere l'autobus, così potevo fare il viaggio insieme a lei, che scendeva a San Pietro a Vico, un paese prima di Ponte a Moriano. Pensavo solamente a lei, vivevo per lei. Non dormivo più a causa sua e scrivevo poesie da dedicarle. L'idea stessa di passare un solo minuto con la vecchia mi faceva ribrezzo.

La Luisa non la vedevo più da parecchio tempo e pensai che anche lei si fosse messa l'anima in pace, ma un giorno riapparve. Mi seguì e mi vide con Giovanna, quindi mi aspettò davanti al portone della scuola e, prendendomi per un braccio, mi disse che voleva parlarmi. Io, piuttosto turbato, le risposi che non avrebbe dovuto farsi vedere da quelle parti, perché così avremmo rischiato che mio padre venisse a saperlo, allora sì che sarebbero stati guai seri. Lei insistette che andassi a casa con lei, ma, quando mi resi conto che erano le 12,30 e che Giovanna sarebbe uscita da scuola, le disse che non potevo, perché dovevo andare a casa di un compagno di scuola a prendere degli appunti importanti.

– Dai, dai, non sono mica scema! – replicò lei. – Dimmi come si chiama – mi chiese, con tono inquisitorio.

– Come si chiama chi? – le risposi sorpreso.

– La moretta con cui ti ho visto. Mica male! Anzi, piuttosto carina! – riprese lei, con un sorriso sardonico.

– Vuoi dire Giovanna – balbettai io. – Giovanna è la compagna di classe di mio fratello Mario, fa le magistrali. L'ho conosciuta a una festa e adesso l'aiuto in latino, perché lei in latino va molto male e, come sai, quello è il mio forte.

– Latino, eh! Io dico che lei ti piace e tu non lo vuoi ammettere.

– Guarda che ti sbagli! Non c'è niente fra di noi.

– Senti, Giancarlo, con me devi essere onesto, devi dirmi tutto.

Le dissi tutto e questo fu il mio più grande errore. Mi feci anche coraggio e le spiegai che per il momento non la volevo più vedere, ma le avrei telefonato di tanto in tanto. La guardai in volto e, con sollievo, notai che non appariva affatto turbata o arrabbiata. Se ne andò senza dire una sola parola. Si era fatto tardi, così corsi alle Magistrali, dove mi aspettava la fanciulla per cui solo batteva il mio cuore.

Quando ero ormai felice con Giovanna, che avevo da poco cominciato a baciare sulla bocca – anche se, a dire il vero, era un tale disastro a pomiciare che spesso pensavo con nostalgia ai baci passionali di Luisa – ecco che un venerdì, dopo circa un mese dall'addio, me la vidi spuntare di nuovo davanti alla scuola, tutta bella, più attraente ed eccitante che mai, elegantissima. Mi prese da parte e si offrì di accompagnarmi a casa. Io accettai volentieri, perché Giovanna non era venuta a scuola quel giorno: era malata credo.

La signora Luisa mi chiese di passare il pomeriggio con lei come in passato.

– Giancarlo, non me lo negare! Solo un'ultima volta e poi non ti rompo più le scatole. Non chiedo poi molto! – mi supplicò disperata.

In un primo momento ebbi la tentazione di rispondere con un no secco, ma poi ci ripensai. Dal momento che una bella trombata non me la facevo dall'ultima volta che ero stato a casa sua, e anche per fare un torto a quell'altra, che la sera prima non aveva voluto neppure baciarmi dicendomi che volevo troppo da lei, le risposi che ne ero più che felice. Fissammo alle tre a casa sua e ci salutammo.

Mi presentai all'appuntamento con una voglia che mi scoppiava dentro. Lei era più bella che mai. Aprì subito una bottiglia di champagne, uno dei migliori, uno di quelli a cui mi aveva ormai abituato... Indossava una sottoveste trasparente che avrebbe reso un diavolo il più santo dei santi... Non vedevo l'ora di gettarmi sul suo letto e sbranarla.

Lei, però, stranamente, temporeggiava, come per farsi desiderare ancora di più. Pareva che facesse tutto seguendo un rito speciale. Mi accarezzò, mi baciò sulla fronte, mi chiese dell'altra. Io le feci capire che preferivo non toccare quell'argomento.

– Amore – mi sussurra nell'orecchio, – tu sei innamorato di lei e io di te, follemente! Sai che io sono ricca, anzi ricchissima!

Io non capivo il perché di questa sua ammissione.

Dopo un'ora di chiacchiere e preliminari cominciò a spogliarmi. Mi prese per la mano e mi accompagnò verso il suo letto. *Finalmente ci siamo*, pensai. Ma, improvvisamente, proprio quando ero all'apice dell'erezione, si fermò. Mi lasciò lì con un pene dritto, credimi, ma con un pene che avrebbe potuto schiacciare noci da quanto si era fatto duro.

Mi disse che voleva andare un attimo al bagno. Attesi un minuto, due, poi altri interminabili minuti.

Io, spinto da non so cosa, forse la grazia divina, o la semplice curiosità, o chiamala come ti pare, aprii il cassetto del comodino di destra e dentro vedi luccicare una pistola. *O mio Dio!* gridai spaventato dentro di me. *Ma questa è armata! E che ci vuole fare con questa pistola?!*

Sotto la pistola, vidi un foglio bianco. Lo presi e cominciai a leggerlo: *Giancarlo, perdonami se faccio questo a te, la persona che io amo più della mia stessa vita, ma voglio essere la prima e l'unica, come tu mi hai detto, ad averlo avuto e anche l'ultima. Io morirò felice sapendo che l'uomo che ho davvero amato è stato e sarà solo mio!*

Nel frattempo mi ero alzato dal letto, riposi la lettera nel cassetto, mi vestii tremando e andai a spiare alla porta del bagno. Vidi che lei che stava affilando un rasoio, uno di quelli che papà usava una volta per farsi la barba. Capito l'andazzo, non aspettai un solo secondo, aprii la porta e scappai via.

Quella balorda voleva tagliarmi il pene e poi spararsi, capisci? Dopo quel giorno io non l'ho più vista. Papà fu trasferito, noi partimmo e più tardi seppi che anche lei si era trasferita altrove."

Giacomo ascoltava con gli occhi sgranati dal terrore. Il racconto sembrava avere avuto effetto.

"Morale della favola, caro Giacomino, devi stare attento. Una donna innamorata di te, come lo è Franca, può anche essere una donna pericolosa."

"Adesso per te è facile farmi la morale! Guarda che se sono cascato in questo casino è anche colpa tua!" si difese Giacomo.

"E perché mai?" replicai meravigliato.

"Non ti ricordi più cosa mi dicesti prima che partissi per andare a Riccione a fare il cameriere?"

"No, che cosa ti ho detto?"

"Lascia perdere le ragazzine, quelle non possono far altro che crearti grane! Buttati sulle signore sposate, quelle sì che sanno dare… e non ti chiedono niente in cambio! Tu me lo hai detto! Bell'insegnamento che mi hai dato! Come vedi, da buon allievo, ho seguito il tuo saggio consiglio! Adesso però, ti prego, lasciami solo, vorrei stare solo."

Io non ebbi il coraggio di replicare alle sue accuse e me ne andai con tutto il mio senso di colpa sulle spalle.

Lo stesso giorno arrivò da Modena nostro fratello Alessandro. Indossava ancora la sua divisa da cadetto, con tanto di spada. Aveva deciso di prendersi un paio di giorni di congedo per poter passare del tempo con me e con Linda prima della nostra partenza, che a causa dell'imprevisto familiare avevamo rimandato di tre giorni. Non me l'ero sentita di lasciare mamma in quelle condizioni e speravo di partire una volta risolta la questione di famiglia.

Alessandro aveva tante storie da raccontare della sua esperienza all'Accademia militare di Modena, dove la vita non era certamente facile. I sacrifici erano tanti ed i momenti in cui avrebbe voluto mollare tutto e tornare ad una vita normale si erano ripetuti piuttosto frequentemente negli ultimi mesi. Tutto questo ce lo disse in assenza di papà, che non l'avrebbe presa troppo bene. Parlò di allievi che non ce l'avevano fatta a sopportare la disciplina e che avevano abbandonato. Uno, addirittura, a causa dello stress causato dalla vita militare, non avendo avuto il coraggio di comunicare ai genitori la volontà di lasciare l'accademia, si era buttato dal quinto piano del dormitorio.

Quando gli raccontammo quello che era accaduto a Giacomino, Alessandro non rimase scosso più di tanto. Si limitò a dire che le donne emiliane erano straordinariamente belle, ma anche molto aperte a nuove avventure e con poche inibizioni. Mi confessò che lui stesso aveva avuto delle avventure con ragazze più grandi di lui; storie che però aveva interrotto quando aveva visto che potevano degenerare.

Al quarto giorno, Giacomo si presentò a tavola all'ora di pranzo, e tutti noi lo guardammo come un essere speciale.

Mamma si era finalmente calmata e il sorriso era riapparso sul suo volto. L'arrivo del 'generale', come lei chiamava Alessandro, le aveva restituito il buonumore.

Papà ci guardava con l'espressione soddisfatta di chi voleva dire: ve lo avevo detto io che sarebbe venuto a tavola quando aveva fame!

Giacomo mangiò con grande appetito. Poi, terminato il pranzo, disse di voler fare due passi da solo per prendere un po' d'aria fresca. Uscì e non ritornò più.

Quando ormai eravamo in pensiero per lui e già cominciavamo a pensare al peggio, squillò il telefono di casa.

Era lui e chiese di me.

Era andato alla stazione di Foligno ed aveva preso il primo treno per Ancona, da lì per Bologna, dove lei era andata a prenderlo per portarselo a casa.

A questo punto, papà, che fino ad allora non aveva ancora preso una posizione riguardo la questione, decise che era arrivato il momento di intervenire personalmente. Mi chiamò insieme ad Alessandro nella sua camera e ci parlò chiaro.

"Alessandro, adesso tocca a te. Giancarlo il suo dovere lo ha fatto. Adesso sei tu che devi dimostrare tutto il tuo valore. Parti domani stesso. Vai direttamente a Bologna, lo trovi e lo riporti a casa. Va' in divisa e mettili tutti sull'attenti. Fino adesso abbiamo scherzato anche troppo. Se non vuole venire me lo porti con la forza. Se vado io gli do tante di quelle cinghiate che gli faccio rimpiangere di essere venuto al mondo! Hai capito? Me lo devi portare a casa! Con le buone o con le cattive! Dopodomani Giancarlo deve partire per l'America e deve partire in grazia di Dio, non con questa preoccupazione in cuore!"

Io e Vito accompagnammo Alessandro alla stazione. Papà venne con noi, per dargli gli ultimi suggerimenti.

"Digli che, se mi costringe ad andarlo a prendere, se ne pentirà amaramente. Me lo porto a casa in manette, per quanto è vero Iddio!"

"Sì, signore! Sì, papà!" rispose perentorio Alessandro, mettendosi istintivamente sull'attenti.

Al ritorno a casa, trovammo mamma in lacrime. Non solo Giacomo era sparito un'altra volta, ma, adesso, anche il suo 'generale' era stato costretto a partire anzitempo, senza che lei avesse potuto goderselo pienamente.

La serata passò tranquilla. Ci aspettavamo che da un momento all'altro il telefono squillasse e che Alessandro ci desse la bella notizia che lui e Giacomo erano di ritorno a Foligno, ma non ricevemmo alcuna novità.

Il giorno dopo, mamma non aveva neanche voluto alzarsi dal letto da quanto era distrutta. Linda si era improvvisata cuoca: penne al pomodoro, per papà che senza pasta non poteva sopravvivere, un'insalata e delle verdure alla griglia. Tutti apprezzammo lo sforzo e tralasciammo qualsiasi commento negativo. Per tutto il pranzo, rimanemmo seduti in silenzio e mangiavamo senza appetito.

Improvvisamente, squillò il telefono ed io sobbalzai. Andai in corridoio per rispondere.

Era Alessandro. Mi tenne al telefono per quindici interminabili minuti. Non potevo credere a ciò che stavo ascoltando. Provai a rimanere serio, ma non ci riuscii.

"Alessandro, ma questo è assurdo! Ma che cosa gli racconto adesso ai nostri genitori?!"

"Raccontagli quello che ti pare, ma noi a casa non ci ritorniamo. Credimi, Giancarlo, ci saresti caduto anche tu. Conoscendoti bene, avresti fatto la stessa cosa."

"Sì, va bene, capisco, ma dimmi che cosa devo raccontare a nostra madre."

"Dille la verità. A me non importa niente!"

"Dovresti vederla, Giancarlo! Io, in vita mia, ne ho viste di donne belle, ma questa le supera tutte. E devi vedere come mi tratta: come un gingillo! Io di qui mi muovo solamente per andare in Accademia a Modena. Lei mi ha già detto che mi raggiungerà durante il fine settimana... Giancarlo, è meravigliosa, un angelo in terra. Quarant'anni, ma ne dimostra ventotto."

"Ma come si chiama?"

"Rossella, e davvero è una rosa!"

"Giancarlo, si può sapere chi è al telefono?" gridavano dalla cucina.

"Arrivo, arrivo. Vengo subito!"

Riattaccai, scuotendo la testa incredulo e ridendo tra me. *This is crazy!*

Absolutely bizarre! God give me the strength! mi dissi, mentre andavo in cucina. Il pensiero formulato in inglese celava la mia paura di raccontare tutto ai miei genitori. Avrei preferito farlo in una lingua che i miei non potessero comprendere.

Nel frattempo, dopo aver sentito squillare il telefono, mamma si era alzata dal letto e aveva raggiunto gli altri in cucina.

Mi sentivo divorare dall'ansia. Entrai asciugandomi la fronte imperlata dal sudore. Lei mi guardò speranzosa. Attendeva che le dessi la buona notizia. Io abbassai lo sguardo dispiaciuto e respirai profondo.

"Era Alessandro. Adesso sono due i fratelli che mancano all'appello!"

"Come!?" replicarono all'unisono mamma e papà.

"Curioso, vero? Ebbene, miei cari genitori, per quanto mi resti difficile dirvelo, il nostro caro generale, appena giunto a casa della dolce signora bolognese si è trovato dinanzi un'altra dolce signora, ancora più bella della prima, e pare che anche lui abbia perso la testa!"

"Ma cce dici!" esclamò mamma, che stava già per crollare.

"Sì, è così. Dice che si chiama Rossella ed è la sorella maggiore di Franca. Alessandro ha perso la testa e non ne vuole sapere di tornare a casa, anzi, andrà direttamente a Modena da Bologna, e la dolce signora quarantenne lo raggiungerà durante il fine settimana!"

Alle mie parole rimasero tutti sconvolti.

Papà si alzò appoggiando le mani al tavolo e in modo tempestoso gridò: "Adesso basta! Adesso me li vado a prendere io, quei due puttanieri!"

Mamma lo guardò torva, si alzò e gridò più forte di lui: "Ma cce stai dicendo!? Sei uscito paccio!? Neache per sogno! *TU DI QUI NON TI MUOVI!*"

15. You Are Not Going Anywhere!

Dad had just finished asking Carlotta to read aloud a thought of his written that very day. He had first tried with Corradino, the youngest, but to no avail. Corradino, half-asleep, rubbing his eyes, had replied abruptly, "I don't feel like it, Dad—please, not now!"

"You watch it, you!" my father had reacted. "I am going to make you pay. You are so lazy! You never feel like doing anything and then you come home with a report card full of Cs and Ds. Carlotta," he said, turning to his daughter, "why don't you read it? You read so well."

My sister, unwillingly, putting down the dishtowel she was holding in her right hand with which she was drying plates, forks, and knives my mother was handing to her, started reading.

"The virtue of man…" but she was interrupted by the phone ringing.

Mother sprang up all excited and let a dish fall in the sink still full of soap bubbles. She dried her hands in a hurry with her apron and, with a big smile, started running toward the hall.

"I am going to answer," she shouted, "let me answer, this is for sure our son the general calling from Modena to let us know he arrived safe and sound. My son!"

Carlotta in the meantime finished reading whatever Dad had written about the virtue of man and he, as he always did, asked each of us our opinion on what was just read.

Naturally, none of us dared tell him how we truly felt. We all made it clear that we had understood the concept he had expressed, and we agreed with him. We never said we thought exactly the opposite, especially at the table, so as to avoid useless shouting. By now, we had learned he was always right, any way.

But in the end, he is a good man, I thought to myself. I couldn't wait for the fruit and the dessert to be served, so that I could get up from the table and take a nice walk with Linda, my wife. Because of the language barrier and because she considered his ideas completely wrong, she sat there with her head down, bored. Caressing my hand, pulling my nails, kicking my shin, she seemed to prod me to say: *Why don't you speak up? Why don't you tell him exactly how you feel? Before we arrived in Italy you promised me you would get everything out of your system. You promised me you wouldn't play the part of the victim anymore, the way you've done for so long—before I came into your life and got you out of this daily nightmare, this absurd prison. Come on, speak out!*

Yet I said nothing. Even if I tried, I would do it only to change the subject, something maybe less philosophical. Dad had his own ideas and, certainly, he would not keep them inside as we children did, probably because we did not have the courage to disclose them to him.

He would put his ideas, no matter how bizarre they might be, in the open, and not only verbally. The entire house was full of his ideas written everywhere. Even the bathroom showed tangible signs of my dad's ideas. There was no wall in the house that wasn't covered with about ten manuscripts, various papers, with on them his mottos, his teachings.

That was the first thing our guests would notice as they entered the house. My dad's passion for smearing the walls of our house (and not only the walls) with his thoughts, and his elucubrations had become a subject for conversation. Most of them were written in Italian, in a handwriting often illegible, but there were also some in Latin and a few in Greek. He used those ancient languages to express those thoughts he did not want to share with the rest of the family. He forgot, however, that I had studied them and therefore I understood them.

Upon the request of visitors, we would take a little tour of the house, starting from the bedroom, where not even the nightstand or the lamp or the clothes-stand had been spared his writing mania.

If he woke up very late at night with something on his mind and he did not have any paper handy, he would write it wherever he could—even on white wall. Therefore, our mama constantly had to have the walls of the bedroom painted white to eliminate the signs of a night of great inspiration. One thing he would never forget—and that I always admired him for—was the time, the day, the month of his writing. Everything had to have a chronological order.

"Giancarlo, did you read what I wrote today on the door of the bathroom? Go and read it then tell me what you think! Anna, go to your bedroom and see what I wrote over your bed. And that one there is for you, Violetta!"

"You are a Saint, my love, you are a wonderful woman!" my mother would exclaim, laughing while reading the yellow paper hanging from the kitchen fireplace. "Would you all look at him," she would continue, still laughing, "this old man, at his age…"

"Violetta, I adore you!" he would exclaim, becoming red in his face because of the embarrassment, like a 10-year-old boy who has been caught doing something wrong.

My mother would get close to him and hug him.

"Let me have a puff of your cigarette," she would say.

"Come on, now," my dad would reply. "Your son brought you three cartons of Marlboro from America. Where did they all end up? Smoke yours."

At that point, someone would give her a Marlboro, which she would light and start smoking, just for show, because she really did not how to smoke. She would not inhale the smoke. She would keep it in her mouth for a few seconds, then let it out like a chimney. When Violetta smoked, it was a good sign. It meant she was happy.

A few minutes went by since the moment she had gone to answer the phone. She returned to the kitchen showing a face that meant something was wrong.

"Who was on the phone, Violetta?" Dad asked. Since he had turned away to put out his cigarette, he had not noticed my mom's face.

"No one," she replied. Then she added, "Carlotta, come into the other room for a second, I need to show you something."

We all understood that something was really wrong and waited for them to return, curious to find out what had happened. They both showed up at the kitchen door with coats on.

"Where are you two going, Mom?" I asked.

"Violetta, where are you going at this hour of the night? It's ten o'clock! It is late," dad added firmly.

"It was Antonio's mom. Antonio is Giacomo's friend who works with him in Riccione as a waiter. His mom says she and her husband have just come back from visiting their son. They also saw Giacomo who gave them something for us."

"So, what? Just go there tomorrow. Why right this moment? It is also very cold outside."

She did not reply, but she bit her hand in a sign of desperation, looking at me. I understood she wanted to talk to me. I got up and went with them to the house main door.

"Can you tell me what's going on, Mom?"

"Son, the thing is serious, very serious. Your brother Giacomo…"

"What kind of trouble did he get himself into now?"

Mom started crying, but she stopped to make sure dad would not overhear anything. She especially did not want my older brother's mother-in-law, who was present, to catch wind of a story. She was considered the town's gazette, gossipy and malicious, and certainly had to be kept in the dark of everything that was going on.

"Mom, what happened? Tell me."

"Antonio's parents," my sister cut in, "want to talk to Mom. They say it is something quite urgent, but they prefer to say it in person. Giacomo is in some kind of trouble."

"What kind of trouble? Did they give you any hint?" I asked, my heart beginning to race. "That stupid ass has stolen something and got caught?"

"I really don't know, but I don't think so…They let on that it would be best for us to go to Riccione, and take him home, the sooner the better… Let's go now, Carlotta!"

"But, Mom, you look as pale as a wax candle," I said. "You don't feel well. Let me go, with Carlotta and Linda. You stay home. Stay calm and you'll see it is nothing that bad."

"No, I must go because Antonio's mother told me she wants to talk to me. It's a matter of women!"

"He probably got someone pregnant!" I exclaimed, hoping that was the problem, which, after all, was not the end of the world and it could be somehow solved.

"If it were so, he will get married and that's it!" reacted nervously my mother.

"Look, it is useless to stay here making conjectures and being delirious", Carlotta intervened decisively.

"You're right, it is better for us to go," Mama said. "They are waiting for us. We'll be back soon. Make sure, Giancarlo, make sure Dad does not know anything. That poor saint of a man…he can continue writing on his walls, poor deluded man!"

Mom and Carlotta slammed the door and left, simulating a smile that hid their growing agitation.

In the meantime, Dad, who had not noticed anything, or made believe he did not know what was going on, was conversing with Mrs. Mafalda, Vito's mother in law, since he was the only one in the family who could actually bear with her and with whom he actually got along. No one else in our family could stand her. We considered her fake and a liar. To your face she would be all politeness and then the next day she would talk trash about you and your family. In our case, she targeted my poor dad, whom she considered a dumb and doddering old man. In the past, she and my mom had quarreled more than once, but, for the love for my older brother who was married to her daughter, my mother had always been accepted her back in the house a few days after each incident, and each woman always acted as if nothing had happened. No one paid any kind of attention to her, with the exception of my father, who did not believe human wickedness existed. He did not believe the lady was as bad as we judged her. Even though the evidence against her was overwhelming, he was always willing to forgive anyone for any reason. Because of this, we as a family decided that whenever Mrs. Mafalda was around, we would never discuss anything important unless we wanted that information to become public domain.

In a few words, we were following the famous and popular proverb: "Do not wash your dirty laundry in public."

That is why, when I returned to the kitchen and she asked me in a way full of false apprehension, "What is going on, Giancarlo?", I promptly replied: "Nothing, it is nothing… Mom will be back in couple of minutes. Antonio's parents, you know, the young man who works with Giacomo, have just come back from Riccione and they brought a little gift from Giacomo and his last check."

She gave me a suspicious look.

"Oh, really!?" she commented, but in reality, she would have wanted to say: What do you think I am, stupid!

"Vito, excuse me, I need to talk to you for a second," I said, turning away from her.

Out of sight in the hallway of the house, I begged him to find any kind of excuse to take his mother-in-law home. He could maybe come back later or I would call him to let him know what was going on.

Worried, Vito asked me if I had any idea why Antonio's parents had called. I replied to him, that he should know more than I, considering the fact that I, having lived in California for many years, was not up-to-date about the lives of my other brothers.

"The only thing I can tell you, Vito," I started saying, "is that during the seven days that Linda and I spent in Riccione, Giacomo was not the same… Except the great show of affection he demonstrated the day of our arrival. He started crying and hugged me for at least ten minutes without letting me go, without showing me his face full of tears, as though he wanted to hide it from me, as though he wanted me to forgive him for something evil he was doing… After that show of great affection, he acted very coldly toward us, something that neither I nor Linda could understand. He seemed to us quite evasive, as though there were something torturing him. He would come with us every evening and stay for about an hour or so. Then he would always find an excuse to disappear. He would usually say he was tired and wanted to go and rest because he would have a lot more clients the next day and needed to get up earlier than usual. Then one morning, while speaking with the owner of the hotel where we were staying and where Giacomo worked, the owner made it clear to us that workers like Giacomo are rare: always on time, never eliciting complaints from customers. Actually, they were constantly paying him compliments for his work and always wanted him as a waiter at their tables. The only fault, in the owner's opinion, was the fact Giacomo came home very late every night, around four or even five, and some nights he had even spent it somewhere else, only showing up in the morning to prepare the dining room to serve breakfast… I was totally astonished hearing these things. For a moment, I even stopped listening to him…I let my mind wander, thinking back on Giacomo's words, that every night he had lied to us telling us that he retired early to be more rested the next morning. Liar… And you know another thing? The hotel's owner told me that Giacomo has been seen more than once with that wretch and good-for-nothing Testaccio. Yes, these were his exact words: "Delinquent and good-for-nothing."

"Wouldn't you know," Vito interrupted me, "that guy is under police surveillance and one of these days he will for sure be arrested. I bet that…"

"I don't know," I said. "I hope not. Anyway, make sure you take your mother-in-law home, before they come back, otherwise Mom, if she sees her still here, will get worked up about it, you know what I mean. Don't worry about anything, I will call you and keep you posted about what is going on."

"Listen, Giancarlo," he replied, "whatever it is, I would like to talk to you more about Giacomo tomorrow. I want you to know how he has been behaving in the last two years you have not been here with us. You know what, he is the ruin of the Buriana family. You are far away now, in the States…"

Vito was interrupted by his wife, who was calling him: "Vito, don't you see how late it is, let's go home!"

We returned to the kitchen, where we found Dad half-asleep in his chair, his head bobbing up and down. Corradino was already asleep with his head on the table and Mrs. Mafalda giving us a glance full of curiosity, insisting on gathering some information.

"Vito, what happened, what's going on, can you tell us!"

"Nothing, really nothing, Mafalda."

"What do you mean nothing!"

"I said nothing," my brother replied angrily. "Don't you understand Italian? Let's get out of here. It is late. Isabella, please, start the car, I'll be out in a moment. I'll help Giancarlo carry Corradino to bed and I'll come out."

The old blabbermouth, on the contrary, did not want to have anything to do with leaving. She remained seated, trying to buy time, hoping Carlotta and Mom would arrive with fresh news so that she could spread it in town the next morning.

Vito arrived from the corridor of the house and lifted his mother in law by her arm and dragged her out of the kitchen.

"Hey, Vito, are you going crazy?" she reacted angrily. "Let me at least say good bye to your dad!"

"I said let's go! My dad is asleep. You'll talk to him tomorrow. Let's go now!"

Their car left and not even five minutes later I heard the jangle of keys at the main door. They were back. Mom looked desperate.

"My son, did that wicked woman leave?"

"Yes, finally," I reassured her.

"Where is Dad?"

"He went to bed. He was really tired. But what happened?"

"My poor son! My poor son!" she exclaimed in her Southern Italian accent, as she always did when she was extremely excited.

"My poor son! That bitch, that ugly bitch! But she will have to pay for this! The blood of my poor son! Lousy whore! Look what had to happen to him!"

"Tell me, what happened?" I asked, a little confused.

"You talk, Carlotta, I can't do it."

"Giacomo has a crush," my sister Carlotta began, "on a lady who was a guest at the hotel where he works."

"So, what! All this tragedy because he has a crush on someone. God only knows how many times that happened to me at his age!"

"The problem is that she is married and has a daughter who is 17 years old—Giacomo's age! She is returning home to Bologna tomorrow and our little brother has decided to follow her and to go and live with her... He says he can't live without her... and they say she is also very much in love with him... In other words, Giacomo has lost his head completely!"

187

"Oh, my poor son!" my mother kept repeating, holding her face into her hands. "Lousy whore! Bitch! Now we understand why he did not want to come home when we invited him the other day to stay all together here before your departure for the States…Whore! Ugly bitch! Now I know why he has not even sent me the money from his last month's salary. She bewitched him…that lousy witch!"

I saw Mom going completely berserk. She started pulling her hair and walking nervously around the table.

"Mom, Mom, calm down," I interrupted. "When did you say they are leaving for Bologna? The day after tomorrow? Well, tomorrow, Linda and I will get in the car and go to Riccione and we'll bring him home. Forget about Bologna with that bitch! You'll see that everything will be settled for the best. Just stay calm; otherwise you're going to have a heart attack."

"Giancarlo," my sister interrupted, "you need to know that Antonio's parents said they tried to convince him too, but he does not want to hear anything. He does not want to talk to anybody. He told everyone to fuck off! Even that poor Antonio, who loves him to death, has tried everything to make Giacomo open his eyes…nothing!

Giacomo keeps saying he and this woman are in love with each other and they don't want to live apart.

The hotel's owner doesn't want him there anymore. Their affair has become public knowledge and it is kind of scandalous and he is forced to fire him, although he doesn't want to. Believe me, he likes him so much! If it had been someone else, he would have already slammed the door in his face long time ago!

"Mom, you go to bed now" I said, trying to appear calm. "By tomorrow night the problem will be resolved. I really thought something worse, but even though this is serious, it has an easy solution. I will call the hotel now, talk to the owner, and warn him that I am going to get Giacomo tomorrow. Do not say anything to Dad. Make up some kind of excuse."

"Are you crazy?" Mom cried. "Never! I am not in the least crazy! Poor deluded husband of mine! Go ahead and write on the walls that "even a man has to act honorably! Poor man!"

I was about to open the door of my bedroom when I remembered Vito: I had promised I would call him.

The old witch answered, and she immediately asked what had happened.

"I would like to speak to Vito," I said briskly without even giving her a chance to finish her sentence.

The next day, Linda and I arrived in Riccione in the early afternoon and went directly to the little hotel where we had spent some beautiful and relaxing days some weeks before and where Giacomo worked as a waiter. We grabbed something to eat and we immediately started looking for him. The owner told us they had left that very morning and had gone to another hotel, a three-star not far from his: Hotel London. He made sure to warn us Giacomo was not willing to speak to anyone. He himself had attempted to talk to him as a father to a son, trying to make him understand he was doing the wrong thing, with no success. It bothered him so much to see him in that condition, completely under the spell of a love that had no future. He also hated to lose an employee to whom he was so attached and who was liked by all his clients. In the hotel, there were those who vituperated him for his lifestyle but also those who would take their hats off for being such a great worker, and for that reason they admired him heartily. The hotel owner added that Giacomo had often spoken to him about Linda and me, of all the love he felt for us and that he dreamed of joining us in the States one day, to escape from this country that he really could not stand anymore. He concluded, "Dear Giancarlo, if you two will not succeed in convincing him and take him away from here and from that witch, no one else will. The crazy thing is that she also has lost her head and she does not want to listen to anybody either…Her daughter Luisella, who is 17 just like Giacomo, talked to her, trying to make her understand she's doing something wrong, to no avail. She only sees a future with Giacomo in her life. God bless you both, my friends! Good luck!"

"If it were not for the fact that Mama Violetta is not well, and that if I don't bring him home she will end up having a heart attack, I would leave them alone, because I know for personal experience that it will end, even quite soon. The problem is Mom wants him home, not tomorrow, not the day after tomorrow, but this very night. Then, even if I have to put him in the car by force, I need to take him home immediately. That is what I promised her…especially because we need to leave for California the day after tomorrow."

"Ah! You are so lucky, living on that side of the world! I can't stand it anymore here in Italy! Man, would I gladly leave with you guys… Go now, I don't want you to waste any time… Keep me posted on how it all ends… Tell Giacomo that here, in my hotel, there will always be a position open for him. Make sure he knows that! He is such a great worker and besides all that, he always keeps everyone happy!"

When we got to Hotel London, we were told they had just returned and they were in their room.

I called the room, and after a few rings he picked up.

"Giacomo, it's me, your brother Giancarlo. I am calling you from the hall. Come down, Linda and I need to talk to you."

"What are you two doing here?" he shouted. "I am not coming down! Don't even try to convince me to come home because I will never do that!"

"Giacomo," I said, attempting to make him calm down, "you can do whatever you want, but at least come down a second to say hi to us... Two more days and we are leaving for San Francisco."

"Go away!" he yelled at me, "I don't want to listen to anybody. I don't want to see anyone!"

"Giacomo," I pleaded," for the love you tell everyone you feel for us, come down!"

But he hung up on me.

I went up to the third floor and knocked at his door... Nothing. I knocked and knocked again and again, I called his name many times... Nothing.

"Giacomo, our mom is feeling sick, very sick. She wants to see you. Come out and let's talk about this man to man. Don't act like a child! I'll wait for you downstairs. Linda is dying to see you and hug you. Do it for her if no one else!"

I went down, came out into the courtyard in front of the hotel, where Linda was waiting for me. Seeing me arriving all alone, she looked crestfallen.

"He does not want to have anything to do with us," I explained to her sadly. "He barricaded himself in his room and is not even willing to discuss the situation."

I had barely finished saying these words when we heard the noise of the shutter from a room on the third floor, being rolled open. Then a door going into the balcony opened and there they appeared, Giacomo and his lady, holding hands.

I could not believe my eyes and immediately understood the reason why my little brother had lost his head over this woman. She was astonishingly beautiful. She looked like an angel on earth. Even Linda gave her one look and easily read my mind.

"Wow!" she cried, as she did every time she got exited, "No wonder he's lost his head over her. She's a beauty."

After a moment of bewilderment over how her lovely face showed less than her 37 years of age, I said, trying again to make him reason.

"Eh, little brother, don't you at least want to introduce her to me? Come down and we'll go for a walk…Let's have an espresso together."

Giacomo kept quiet for a few minutes. He looked at us, then he looked at her, hugged her with force and shouted: "*Why don't you let us live our love in peace!*"

Linda, hearing those sweet words, became very emotional and began to cry.

I could not move. I could not say a word. I limited myself to observe them. Together those two embodied a powerful and romantic image of love, in which I myself had always believed. Those words kept echoing in my head: "Let us live our love in peace!"

Then, remembering I had promised Mom I'd bring him home, I found the courage to speak to him.

"Giacomo, we will allow you to live this love of yours in peace and we are not here to destroy something special. You know me well, actually, you know us well and know exactly how we feel about you and how much we admire you, but our mother is not well and wishes to see you."

No one spoke for a few minutes, then he gave her a kiss, they turned, went back into the room. Five or six minutes later, Giacomo appeared in the courtyard in front of the hotel. He ran toward us in tears, as Linda was in tears, and hugged us with force as was his way. The hug seemed interminable. He would not let go of us.

After a short while, she showed up at the door of the hotel too, walked toward us, and also hugged us with force as though she already knew us and we were already part of her new family.

No one dared say a thing. What could be said or done but simply enjoy that grandiose moment.

Those words could not leave my head: "Let us live this love in peace!" How could we deny them it? How could we snatch one from the other without us suffering too? I could not find the will to be the executioner, let alone Linda. She kept crying and saying I don't know what in English: "Let them be. Let them live this great love in peace!"

"What about going to San Marino?" I proposed, breaking the ice. "I have never been there and, since we are so close to it, I want to take advantage and see it before returning to the States. How do you feel about that?"

It was 11 at night when we arrived in Foligno. We were able to convince Giacomo to come home, for the well-being of the family and our mother, but only on one condition: that after a few days he would be allowed to get on a train to join Franca again, the *femme fatale* who had put a spell on him. In reality, if we had succeeded in dragging Giacomo all the way home, it was all Linda's merit; there was a special feeling between the two of them and he had agreed to follow her advice.

When we arrived home, he said hi to everyone and they all greeted him as though nothing had happened.

The smile suddenly appeared again on mama Violetta's face.

Giacomo locked himself in his bedroom, turned on the record player Franca had given him as a gift, put on the record she had also given him and we had to listen for the entire night the same song, their song: *A Summer with You!*

The next day we waited for him at the table for lunch, but Giacomo would not leave his room and the record player kept playing "A Summer with You!"

Mom had become sad again, kept biting her right hand and shouting: "That lousy whore! The blood of my son! She bewitched him! She put a spell on him!"

My father, who acted as though nothing had happened, as seraphic as only he could be, simply restrained himself to say: "Let him be, you'll see that when he gets really hungry, he will come out of there."

"Giancarlo, you convince him…. Linda, please, do something! He listens to you!", my mother kept begging quite desperately.

"Mom Violetta, let him be for now! He is hurting! Don't they get it? He is suffering. His heart is suffering.

On his second day of isolation, however, Giacomo gave me permission to go in and we talked for hours. I told him the story of one of my youth escapades. He listened to me the whole time, shaking his head for a while, then, when I finished, he covered his eyes to hide the tears. Then, as though waking up from a nightmare, he raised his head, looked straight into my eyes, with those big black eyes of his- that washed by tears appeared even more beautiful than they had ever been, and stammered out these words: "Yes, Giancarlo, I understand what you mean, but for me the situation is different: I cannot leave her! I love her…and she loves me as no one has ever loved me. You know exactly what I mean, don't you? She has given me her heart and soul. Don't you get it?"

"And you, imbecile," I expostulated, "You really think you were the first one with whom she cheated on her cuckold of a husband?" and I raised the tone of my voice lightly, almost appearing somehow cruel. "Don't you understand that what she did with you, she would do with anyone else? You just happened to be there before that someone else. Your luck and your misfortune! These are summer affairs! Affairs that come and go and that last only a summer and then finish. The very fact that her husband knows about his wife's affairs—if what you've told me is true—and he does not intervene, but actually accepts it as if it were nothing, should make you think and should open your eyes. He is so accustomed to the idea that she cheats on him, that it does not even bother him anymore! Actually, I am quite convinced that, since they are Emilians, they cheat on each other and they both know exactly what is going on. If they are still together it is only because of their daughter, as many married couples do now days, my dear little brother!"

"What you're saying is just a bunch of bullshit!" he retorted, hardly believing a single word I said.

"Well, since you don't understand how life goes, I want you to listen well to what I have to say… I will tell you something that happened to me, yes, my dear and handsome brother, to the very brother you admire so much and that you say you love so much… No one knows anything, and I beg you, no one should ever know anything about this! If I tell you this story, it is to make you understand one thing and only one thing: affairs like yours do not last, they cannot last; and there is more: you must be very careful, my dear little brother, because you could get in trouble, and I mean, real trouble!"

Suddenly Giacomo woke up from the torpor that had gripped him until this point and began to pay attention to me.

"Do you remember when we lived in Ponte?" I continued. "I must have been about your age, 17 years old. You were a kid, maybe seven or eight—you were little. I attended high school in Lucca, and do you know what I used to do every day, so as not to spend the money I was given for the train?"

"You would hitchhike every day," he replied, curious now to see where I wanted to get with my story.

"I would hitchhike every day, you are right, with rain or snow, with sun or wind, my finger was always in action…One day, as I was trying to return home from Lucca, a white 1100 Fiat, one just like the one we also had, our first family car, the same car that you destroyed a few years later…I don't want to remind you how and when you did it, because you have gotten yourself in more than one mess…" I said ironically, with a smile on my face to which he now responded with an annoyed expression. "This white 1100 Fiat stopped and who was driving it?"

"A beautiful piece of ass," he replied immediately.

"You are right, a gorgeous lady about 40 years old, but in great shape. She was elegant, charming, good-looking to say the least. During the ride home, she asked me many questions: who are you, what do you do and she finally tells me she has been a widow for three years… If you think about it, although you were little, you should remember her. She lived in front of the Baroni paper mill, she owned a great and beautiful home, with two statues of white lions at the gate."

"Are you talking about Mrs. Cerioni? She was a big whore! Even Pecchia told me he went with her!"

"Yes, exactly. The beautiful lady Luisa, started talking to me about herself, and at the end of the ride, as we arrived at the square, she stopped the car and before I got out, she said to me: you know, you are an angel! I hope I will see you again soon. The next day, I had barely made it on foot to Porta Giannotti, where I would place myself every day between one and two, to put my finger in action, and I saw the white 1100 Fiat appear. The lady is looking for trouble! I thought. She stopped and after a few words she asked me what I was doing in the afternoon, because she wanted to show me a collection of old Latin and Greek books of her deceased husband who had left her an incredible library, and a mountain of money—as I found out later on. I, guessing exactly what 'books' she meant, accepted her invitation, and so, that very afternoon, I got a chance to enjoy reading the *'De otio et de vita beata'* by Seneca, on top of the bed of beautiful Luisa—but only after she had stripped the flesh of me and sucked off my veins every drop of blood that ran through them…I fucked her, up and under, my dear brother, from four to eight on top of that splendid king size bed, without her ever giving me a break. She insisted on teaching me every trick she knew. She told me immediately I was the worst kisser and taught me how to do it… and please touch me here, do it this way, kiss my ass, swallow my clitoris, in a few words, an indefatigable fucker…

That very evening, when I made it back home, luckily Dad had left the house because there had been an accident and he had to intervene; Mom looked at me and suspiciously said to me: Look at you, look at your face! Where were you until now? Who was she today? I answered back: What are you talking about? Stop that, Mom! There was no girl! I was at the Forti's house and we studied all afternoon. We have a big exam in Greek tomorrow! Mom pretended to believe me... I went to wash my hands and I ate as though there were no tomorrow...To make a long story short, our affair continued for several months. We did not see each other every day, but at least twice a week I would pay her a visit. She had taken a fancy to me and she was good to me: she gave me money even though I never asked for it. I treated her just as a body to screw and with which to enjoy myself, nothing more than that, but she was aware of that and accepted it. As a few months went by, however, I realized she had become jealous of me: she would ask me who this girl or that girl was whom she had seen me talking to; she actually started coming in front of the school; she would often try to hide not to be seen. The thing started to smell badly, but, as you know, when you are 17, you never think about the worst. Deep inside, I was amused by the idea that the lady had a crush on me and treated me as a jealous lover. There were times when, deliberately, I would let her catch me hugging some beautiful girl at my school, just to see her reaction. Anyway, I knew that at the end of it all I would end up on top of that big bed of hers, between her arms and thighs full of passion... This went on until the day I went to Porcari, invited to a party given by Giulietta, a schoolmate of mine, daughter of the doctor in our town. It was the night I saw Giovanna for the first time. I don't know if you remember her: sixteen years old, black hair, green eyes, as beautiful as a flower that has just bloomed. I was dazzled by her beauty. I fell in love with her and she also crazily with me. I really loved her, she was my true first love...Naturally I started neglecting the older lady, although I perfectly knew that with a type of girl like Giovanna, for the first few months, I was not even going to get a kiss. Instead of hitchhiking, I preferred taking the bus now, so that I could make the trip home with her, since she was getting off in San Pietro a Vico, the little town before mine. I could only think about her, I lived for her. I could not sleep at night anymore because of her and wrote and wrote poems dedicated to her. The very idea of spending just one minute with signora Luisa, I found disgusting.

I had not seen her for a while and I thought she had also put her soul at peace, but one day, she reappeared. She followed me, saw me with Giovanna, and understood everything; therefore, she waited for me in front of the school holding me by my arm, told me she needed to talk to me. I, rather perturbed by her urgent behavior, told her she should not show her face there. By doing that there was the risk my father would find out about our relationship. That would cause a lot of problems. She insisted that I go with her, but I realized it was 12:30 and I had to go and pick Giovanna up at her school. I told her I could not, that I had to go to a schoolmate's house to get some important notes. Come on, what do you think, I am dumb! she replied. Tell me her name, she asked me with an inquisitorial tone. Whose name? I replied, quite surprised. The brunette with whom I saw you yesterday. Not too shabby! Actually, rather cute! She continued with a sardonic smile.

Are you talking about Giovanna? Giovanna is my brother's Mario classmate. She is studying to become an elementary school teacher. I met her at a party and I am helping her with her Latin now, because she is doing very poorly in Latin, and as you know, that is my forte. Latin eh! I would say that you like her and you just will not admit it. Look, you are completely wrong. There is nothing going on between us.

Listen, Giancarlo, you have to be honest with me. You must tell me everything. I told her everything and that was my biggest mistake. I even had the courage to tell her that for the moment I did not want to see her, but I would call her from time to time.

I looked at her and with a sigh of relief I noticed she did not look perturbed or mad at me. She left without saying another word... It was late and I ran to Giovanna's high school where the only girl for whom my heart was pulsating was waiting for me.

I was so happy with her, and I had even started to kiss her in the mouth (a true disaster, because she did not even know why she had a tongue in her mouth and did not know how to use it, to a point where I often thought with a certain nostalgia about the passionate kisses Luisa gave me). I thought I had completely gotten rid of the older woman, until one Friday, about maybe one month after our last farewell, I see her appearing again in front of the school, totally gorgeous, more attractive and exciting than ever, and very elegant.

She took me aside and offered me a ride home.

I accepted gladly because that very day Giovanna had not come to school, since she was sick, I believe... Luisa asked me to spend the afternoon with her as I did in the past. Giancarlo, please, do not deny it to me! Only one last time, and then I will not bother you again. I am not asking for too much, am I? she begged me desperately. At first, I was tempted to answer with a forceful no, but I thought about it again. Considering the fact that I hadn't had sex since the last time I had been at her house, and also to get back a little at the other who the night before had not even allowed me to kiss her, saying that now I was asking too much from her, I replied that I was more than happy to go with her.

I'll see you at three at your house, I said and we said goodbye in the square. I showed up at 3 with desire exploding inside of me. She was more beautiful than ever. She immediately opened a bottle of Champagne, one of the best, one of those that she had gotten me used to… She was wearing a transparent slip that would have turned the holiest of the saints into a devil… I could not wait to jump on that bed and devour her. But she, that day, quite strangely, seemed as though she wanted to take her time, as if she was trying to make me desire her even more. It seemed as though everything she did, was part of some kind of special ritual…She talked to me, she caressed me, she kissed my forehead, she asked me about the other girl. I made her understand I did not want to touch that subject.

My love, she whispered into my ear, you are in love with her and I with you…foolishly! Did you know I was rich! Actually, very rich! she added, and I could not understand why she was telling me these things now… After an hour of foreplay and her talking, she began to undress me. She took me by my hand and led me to her bed where she started caressing me and kissing me all over. Finally, here we go, I thought to myself. But, suddenly, when I was at the apex of my erection, she stopped. She left me there with my erect penis, which, believe me, was so hard I could have cracked walnuts with it. She told me she needed to go to the bathroom for a second. One minute went by, two minutes, then other interminable minutes…

I, pressured by who knows what, perhaps divine grace or simple curiosity, or call it whatever you like, opened the drawer of the nightstand to my right and inside I saw the glimmer of a gun. Oh my God! I shouted to myself, frightened. The lady is armed! And what does she want to do with this gun?

Under the gun I saw a note. I took it and started reading: *Giancarlo, forgive me if I do this to you, the person I love more than my very life, but I want to be the first and the only one, as you told me, to have had IT and even the last. I will die happy only knowing that the man I truly loved was and will only be mine!*

In the meantime, I got up, placed the letter back into the drawer and dressed hurriedly, shaking. I went to peep through the bathroom keyhole. I saw her sharpening a razor, one of those old-fashioned razors our dad used to use to shave. I understood what she wanted to do with that, and I did not wait one more second. I opened the main door and ran away as fast as I could… That crazy woman wanted to cut my penis, then kill herself, do you understand?

After that day I

"The moral of the story, dear Giacomino, you have to be careful. A woman as in love with you as

Franca is, can also become a dangerous woman," I added.

"It's easy for you now to lecture me! Look, Giancarlo, if I fell into all this mess, it is also your fault!" said Giacomo as though trying to find an excuse for his actions.

"What do you mean?!" I asked, quite amazed.

"Don't you remember what you told me before I left home to go and work in Riccione as a waiter?"

"No, I don't remember! What did I tell you?"

"Leave the little girls alone, those can only cause you all kinds of problems. Throw yourself on married women, those know how to really give! and they don't ask for much in return! It's exactly what you told me! Great lesson you taught me! As you see, as a good pupil, I followed your wise advice! Now, however, I beg you to leave me alone…I would like to be alone."

I did not have the courage to reply to his just accusations and left, feeling the guilt heavy on my shoulders.

That same day our brother Alessandro arrived from Modena. He came wearing his gorgeous cadet uniform, with his beautiful sword. He had decided to take a leave of a few days to spend some time with Linda and me, before our departure, which, in the meantime, because of that unforeseen family problem we had been able to postpone for three days. I had not had the courage to leave Mom in that condition.

Alessandro had so many stories to tell us about his experience at the military academy of Modena, where life was not certainly easy. Many were the sacrifices he had to endure and many were the moments when he had wanted to let it all go and come back home to a normal life. These moments had been happening rather frequently lately. He told us all this while Dad was not around, because he would not have taken it too well He spoke of young cadets, colleagues of his, who had not been able to bear the arduous discipline that they had to endure day after day, and had consequently quit. One cadet in particular, because of the stress caused by such hard life, hadn't had the courage to reveal his intentions to quit the Academy to his parents, and had jumped from the fifth floor of a building.

When we brought him up to date on what had happened to Giacomino, Alessandro was not at all shocked. All he said was that Emilian women were extraordinarily beautiful, but also very open to new adventures and with few inhibitions. He later privately confessed to me that he himself had had a few adventures with women older than he. Stories that he had deemed appropriate to end once he saw they could degenerate into something too big.

On the fourth day, Giacomo showed up at the table at lunchtime, and we all looked at him as if he were an alien come out of nowhere.

Mom had finally calmed down and a smile had appeared again on her face. The arrival of the *General*, as she used to call Alessandro, had made the miracle happen.

Dad looked at us with a satisfied expression to say: I told you he would come to the table when he was hungry!

Giacomo ate with a great appetite. Then at the end of lunch, he asked to take a short walk, by himself. He wanted to get some fresh air. He left the house but never came back.

When we were worrying about him and starting to think the worst, the house phone rang. It was Giacomo, and asked for me.

He had gone to the Foligno train station and had taken the first train for Ancona. From there, the next train to Bologna, where she picked him up and took him to her house.

At this exact moment, Dad, who until now had kept himself out of it, decided the moment had come for him to personally intervene. He called me and Alessandro to his room and spoke to us clearly.

"Alessandro, now it is up to you! Giancarlo has done his duty. Now it is up to you to show us all your value. Leave tomorrow morning! Go directly to Bologna. You go and get him and take him home! Go wearing your uniform, show them who you are!

We have joked around too much until now. If he does not want to come home, take him home by force. If he forces me to go, I will use my belt strap on him so hard that he will regret coming into this world! Do you understand? You bring him home! By hook or by crook! The day after tomorrow Giancarlo needs to leave for America and he needs to leave in the grace of God, not with this worry in his heart!"

The following morning, we all accompanied Alessandro to the station. Dad came too to give Alessandro his last words of advice.

"Tell him that if he forces me to go and get him, he will regret it bitterly. I'll bring him home in handcuffs, I swear to God. Tell him the joking around is over!" were his final words.

"You bet, My Dad!" Alessandro replied peremptorily, standing instinctively at attention.

When we returned home we found Mom in tears again. Not only had Giacomo disappeared again, but now even her beloved Alessandro had been forced to leave earlier than he was supposed to, without her being able to really enjoy his visit fully.

The evening went by tranquilly. No news. We were waiting for the phone to ring anytime, hoping that Alessandro would give us the beautiful news that he and Giancarlo were coming back to Foligno, but nothing.

The next morning, Mom did not even want to get out of bed, she felt so destroyed inside. Linda was the cook that day: penne with tomato sauce, since my dad could not survive without pasta, a nice green salad, and some grilled vegetables. We all appreciated her efforts. We sat silently at the dining table and ate with no appetite.

Suddenly the phone rang and I jumped. I went to the hall to answer it.

It was Alessandro. He kept me on the phone for about 15 interminable minutes. I could not believe what I was hearing. I tried to remain serious but I was not able to.

"Alessandro, this is all absurd!" was my first reaction. "What do I tell our parents now?"

"You tell them what you wish, but we are not coming back home! Believe me, Giancarlo, you would fall for her too. Knowing you well, you would do exactly the same thing."

"Yes, I understand, but tell me what I should tell our mother now?"

"Tell her the truth! I couldn't care less! If you could only see her, Giancarlo! In my life, I have seen many beautiful women, but this one surpasses them all. And you've got to see the way she treats me: like a jewel! I will move from here only to go to the Academy in Modena. She has already told me she will join me during the weekends…Giancarlo, she is marvelous, an angel on earth. Forty years old, but she looks like she is 28."

"What's her name?" I asked.

"Rossella," he replied, "and she is a true rose!"

"Giancarlo, would you tell us who is on the phone?" they were yelling from the kitchen.

"I'm coming, I'm coming. I'll be right there!"

I hung up the phone, shaking my head incredulous and kind of laughing to myself. *This is crazy. Absolutely bizarre! God give me the strength!* I told myself, while walking into the kitchen.

While I'd been on the phone with Alessandro, Mom had gotten out of bed and come to the kitchen too, having heard the phone ring.

I entered the room drying my forehead glistening with sweat. She looked at me full of hope. She was waiting for me to give her the good news. I lowered my glance, feeling sorry for her, and took a deep breath.

"That was Alessandro. And now there are two brothers missing in action."

"What?!" Mom and Dad asked in unison.

"Funny, right? Well, my dear parents, as difficult as it is for me to tell you all this, our dear general, as Mom calls him, the moment he entered the house of the sweet Bolognese lady, found himself in front of another sweet lady, even more beautiful than the first, and it seems as though he himself has lost his head over her!"

"What are you saying!" exclaimed Mom in her Pugliese dialect. She was already about to collapse. Her name is Rossella and she is Franca's older sister.

"Yes, that's how it is. Alessandro has lost his head and has no intention of coming back home, actually will go directly to Modena from Bologna and the sweet 40-year-old lady will join him there during the weekends."

At these words, everyone became incredulous, distraught.

Dad immediately got up, putting his hands on the table and in a tempestuous way, shouted, "Enough is enough! Now I will go and get those two Latin lovers and drag them home."

At this point, Mom gave him a surly look, got up and screamed even louder than him: "In your dreams! No way! Forget it! Have you gone mad!? *YOU ARE NOT GOING ANYWHERE!*"

16. La Scuola della Strada, la Scuola della Vita

Mattia, della scuola, non ne aveva mai voluto sapere. Senza alcun dubbio, era il più intelligente della famiglia, sveglio, astuto, pronto alla battuta facile, sempre al centro dell'attenzione con il suo fare allegro e gioviale, ma bastava parlargli dello studio per farlo innervosire. Marinava almeno un giorno alla settimana e quando ci andava era sempre impreparato, perché i libri non li apriva mai.

Alle scuole elementari era stato sempre promosso. Dio solo sa come, eppure ce l'aveva sempre fatta, anche se i voti sfioravano a malapena la sufficienza. I maestri e le maestre lo avevano sempre aiutato, sia perché conoscevano bene il padre, l'autorità del paese, sia perché, comportamento a parte, il ragazzo era chiaramente intelligente. Mattia era svogliato, estremamente svogliato, ma riusciva a farsi volere bene da tutti, perché riusciva a tenere tutti allegri, compagni e insegnanti, con il suo bel sorriso ammaliatore e con le sue storielle buffe e i suoi travestimenti da comico provetto; insomma non se l'erano mai sentita di fargli perdere un anno.

"Il ragazzo prima o poi maturerà e mostrerà il suo vero valore", dicevano durante il collegio docenti. "Il ragazzo di potenziale ne ha da vendere. Prima o poi lo svelerà. È in gamba, sveglio, fin troppo sveglio. Ha dei difetti, è vero, ma ha anche tanti pregi." Bisognava crederci ed avere un po' di pazienza. Poi, certo, se andando avanti non si fosse impegnato di più, ci avrebbero pensato i professori delle scuole medie a bocciarlo; quelli non si sarebbero fatti scrupoli.

Arrivato alle scuole medie, infatti, come prevedibile, le cose cambiarono. Al primo anno lo bocciarono in tutte le materie. L'unica sufficienza che ricevette fu in religione, perché Don Basilio, il parroco del paese, lo aveva convinto a fare il chierichetto, cosa che Mattia faceva con piacere ed onore. Per il resto un vero disastro.

Il padre ci aveva provato a metterlo in riga, ma senza alcun esito positivo. "Piuttosto trovatemi un lavoro", diceva, "a scuola non ci voglio andare".

Purtroppo c'era l'obbligo di frequenza fino ai quindici anni, quindi non c'era scappatoia; a scuola doveva andarci per forza, anche se solo per riscaldare il banco.

"Ma cosa fai tutto il pomeriggio? Ma un po' di orgoglio non ce l'hai?!" gli chiedevano i parenti più stretti e gli adulti del paese che ne conoscevano la fama.

"Gioco a calcio," rispondeva lui, che amava quello sport. "Un giorno diventerò un grande calciatore, vedrete tutti quello che riuscirò a fare!"

In seconda media lo promossero come ripetente, perché se lo avessero bocciato una seconda volta avrebbe dovuto lasciare per sempre la scuola. Questa era la regola dell'epoca. Probabilmente, gli argomenti visti una seconda volta gli erano parsi leggermente più facili rispetto al primo anno. Fu comunque rimandato in matematica e in latino e dovette passare tutta l'estate a studiare e ad andare a ripetizione per poi ripresentarsi a settembre. Con un risicato sei riuscì a superare l'esame di riparazione.

Mattia era il primo e l'unico della famiglia ad essere stato bocciato alle scuole medie. In un modo o nell'altro tutti gli altri fratelli erano riusciti a farcela, anche se poi erano crollati rovinosamente, e per più di una volta, alle superiori. L'unica eccellenza di casa era sua sorella, la secchiona della famiglia, l'unica a non inciampare mai, sempre promossa con il massimo dei voti.

La seconda media cominciò sotto i migliori auspici. Evidentemente, l'estate rovinata dagli esami di riparazione gli aveva lasciato un brutto ricordo e pur di non rivivere quell'incubo aveva preso l'impegno scolastico più seriamente. Studiava un po' di più, si applicava con più solerzia, e il papà gli stava un po' più dietro, con la speranza che, finalmente, il figlio avesse imboccato la strada giusta. Smise anche di marinare la scuola, e questo era indubbiamente un passo avanti, anche se ogni tanto sentiva il bisogno di farlo, forse perché nel frattempo era caduto in una brutta compagnia. Alcuni dei suoi nuovi compagni erano dei mascalzoni, ancora più svogliati di lui ma non dotati del suo acume. Il papà insisteva che lui leggesse di più, ricordandogli che chi non legge non sa scrivere, così aveva cominciato a farlo con più interesse.

Un giorno era rientrato a casa e al ritorno del padre dal suo ufficio gli aveva chiesto di aiutarlo in italiano. Doveva scrivere un tema assegnatogli per il giorno dopo. Il padre, sorpreso ma felice, si era messo a sua disposizione. Lui era un asso in italiano; aveva studiato greco e latino ed aveva fatto il liceo classico dando gli esami da privatista. Era stato un vero autodidatta. Essendo il primo figlio maschio aveva dovuto aiutare il padre in campagna nella sua azienda agricola e non aveva mai potuto frequentare la scuola come gli altri suoi coetanei.

Con l'attenzione del saggio educatore qual era, il padre aveva dato a Mattia delle buone idee che poi lui aveva saputo sviluppare con originalità.

Il giorno dopo consegnò il tema con grande orgoglio al professore di italiano, un saccente arrogante e cornuto − era risaputo che la moglie lo tradiva già da anni con il professore di matematica, che al contrario di lui era giovane, bello e simpatico. Era magro come un'acciuga, brutto e acido, e portava un paio di occhiali sopra un naso dantesco. Si chiamava… Si dice il peccato ma non il peccatore! Basta aggiungere che era un grandissimo stronzo e un comunista sfegatato.

Dopo qualche giorno, 'la iena', come alcuni studenti lo avevano giustamente soprannominato, aveva riportato i temi e li stava consegnando agli studenti, chiamandoli uno alla volta alla cattedra per fare i propri commenti, positivi o negativi.

"Mattia, vieni a prendere il tuo tema!"

Lui si avvicinò al professore.

"Hai fatto un buon lavoro. Decisamente superiore all'altro, non c'è dubbio, ma non è farina del tuo sacco!" 'la iena' gli disse con un mezzo sorriso sarcastico.

"A dire il vero, professore", aveva risposto lui in tutta onestà, "ho chiesto consiglio a mio padre. Lui mi ha dato solo delle idee, poi però le ho sviluppate io."

"Tuo padre!", aveva replicato lui sorpreso, scuotendo il capo. "Tuo padre? No, non ci credo, semmai il suo capitano", aveva aggiunto sarcasticamente.

Mattia, sentendosi umiliato, volle vendicare l'offesa rivolta a sé e al padre.

"No, caro signore, mi ha aiutato mio padre, che è autodidatta. Ha imparato il latino e il greco da solo e conosce l'italiano meglio di Lei… e questa è per Lei!"

Avvicinatosi alla cattedra, gli aveva dato una sberla con tutta la rabbia che gli pulsava dal cuore, facendogli saltare in aria gli occhiali e buttandolo giù dalla sedia. Lui aveva cominciato a piangere e a urlare, fra gli sguardi sorpresi degli altri alunni, che non sapevano bene come reagire. Dal fondo della classe si alzò qualche "Bravo! Hai fatto bene a dargli una lezione a quel coglione!"

Mattia fu portato immediatamente in presidenza dal bidello e il professore al pronto soccorso a farsi medicare.

Morale della favola, dopo quel gesto istintivo ma senz'altro violento, Mattia non poté più mettere piede in nessuna scuola d'Italia. In compenso, il grande stronzo finì in un ospedale psichiatrico a causa di una grave crisi di nervi. Prima o poi, il brutto cornuto avrebbe dovuto ricevere una lezione ed era toccato a lui dargliela.

Da allora Mattia andò alla scuola della strada, dove imparò certamente più di quanto avrebbe imparato se fosse restato a riscaldare i banchi. Il suo successo nella vita come ristoratore ne fu la prova lampante.

A chi si rivolgeva, il grande Mark Twain, se non a lui, quando coniò la frase: 'Don't let school get in the way of your education'? (Fa' in modo che la scuola non sia un impedimento alla tua istruzione).

15. The School of the Street, the School of Life

Mattia had never wanted to have anything to do with school.

He was, without a doubt, the most intelligent in the family, alert, sharp, good-natured. He was always at the center of attention for his happy and jovial nature, but you'd better not speak of school around him. That would make him nervous. He played hooky at least once a week, and even when he was there, he was unprepared since he never opened his books.

In the elementary School, he was always promoted to the next grade. God knows how, but he'd always managed to pull it off, even if with the lowest, but still passing, grades. His teachers had always helped him, both because they knew his father well, an authority in town, and because, behavior aside, the boy was clearly intelligent. Mattia was lazy, extremely lazy, but everyone loved him, because he kept everyone happy, classmates and teachers, with his nice friendly smile and his funny stories and comedic impressions; in short, no one felt right making him miss a year of school.

"The boy will eventually mature and show his true value," all the teachers would say, during their year-end meetings. "The boy has plenty of potential. Sooner or later he will reveal it. He's outstanding, sharp, even too sharp. Yes, he has defects, it's true, but he also has many qualities." It took some believing in him and a little patience. For certain, if he did not commit himself more, the middle school teachers would definitely fail him. They wouldn't think twice.

Once he got to middle school, however, as expected, things changed.

In the first year, he failed every subject. The only subject he passed was religion because Don Basilio, the parish priest, had convinced him to be an altar boy, which he did with pleasure and honor. For the rest, it was a true disaster.

His father tried to put him in line, but without any positive results. Mattia didn't want to have anything to do with school.

"Just find me a job," he said. "I don't want to go to school."

Unfortunately, there was the requirement to be enrolled until the age of fifteen, so there was no way out; he had to go to school, even if only to warm the bench.

"But what do you do all afternoon? Do you have no sense of pride?" asked his closest relatives and adults in town who knew of his reputation.

"I play soccer," he replied. He loved that sport. "One day I will become a great soccer player, and you will all see how successful I will be!"

They promoted him to the seventh grade, because if they had rejected
him a second time he'd have to leave the school for good. That was the
rule of the time. Probably the same subjects seen the second time around
seemed somehow easier than the first year. He was, however, held back in
mathematics and Latin and had to spend the entire summer studying and
taking private lessons to take a make-up exam in September. With a meager
6, he managed to pass the make-up exam.

Mattia was the first and only one in his family to be rejected in middle
school. In one way or another all the other brothers had managed to get
by in middle school before failing more than once in high school. The only
exception in his family was his sister, the nerd of the family, the only one to
never stumbled, always promoted with the highest grades.

Mattia began the seventh grade under the best auspices. Evidently, his
summer being ruined preparing for the make-up exams had left a bad memory and to make sure he did not have to relive the same nightmare, he was
taking school more seriously. He was studying a bit more, applied himself
with more diligence, and his dad helped him a little more hoping his son
had finally taken the right path. He also stopped skipping school, and this
was undoubtedly a step forward, even if sometimes he felt the need to do so,
perhaps because he had fallen into bad company. Some of his new companions were scoundrels, even lazier than him but not gifted with his acumen.
His father insisted he read more, reminding him that those who do not read,
can't write, so he started doing it with more interest.

One day he returned home and upon his father's arrival from his office, asked him to help him in Italian. He had to write an essay assigned by
his Italian teacher due the next day. The father, surprised but happy, put
himself at his disposal. He was an ace in Italian. He had studied Latin and
Greek and done the classical high school privately. He was a real self-taught
man. He had never been able to attend regular schools because, being the
eldest son, he had to help his father in the country with his large farm.

With the attention of the wise educator that he was, his father gave Mattia some good ideas, which he then developed well on his own.

The following day, he handed in his essay with great pride to his Italian
teacher, an arrogant jerk and cornuto, since we all knew that his wife had
been cheating on him for years with the math teacher, who unlike him, was
young, handsome and a nice guy. He was as thin as an anchovy, ugly and
bitter, and wore a pair of glasses on his large and ugly nose. His name was…
We can tell the sin, but not the sinner. It's enough to add that he was a real

jerk, and moreover a diehard Communist.

After a few days, 'the hyena', as some students had aptly nicknamed him, had graded the essays and was handing them out to the students calling them one at a time to his desk to make his own comments, positive or negative.

"Mattia, come and get your paper!"

He walked to his teacher's desk.

"You did a fine job. Far better than the previous ones, no doubt, but there's no way 'it is flour from your sac'- it's your own work!"- 'the hyena' proclaimed with a half sarcastic smile.

"Actually, sir," Mattia answered honestly, "I asked my father for advice. He gave me only some ideas, then I developed them".

"Your father?" he reiterated, shaking his head. "Your father? I don't believe it, if anything his captain," he added sarcastically.

At this point, Mattia, feeling his pride hurt, wanted to avenge the offense made to him and his father.

"No sir, my father, who is a self-taught man, helped me. He learned Latin and Greek all on his own and knows Italian better than you... and this is for you!"

Having pronounced those words, Mattia got closer to him and slapped him in the face with all the anger in his heart, making his glasses fly into the air and knocking him to the ground. He immediately began to cry and shout among the surprised looks of the other students, who were unsure how to react. From the back of the classroom someone shouted, "Bravo! You were right to give that jerk a lesson!"

Mattia was brought immediately to the principal's office by the janitor, and the teacher was sent to the emergency room to be cared for.

Moral of the story, after that instinctive, but certainly violent, gesture, Mattia was expelled from all the schools of Italy, while the big jerk ended up in a psychiatric ward with a severe nervous breakdown. Sooner or later, the ugly cornuto had to receive a lesson. It was upon Mattia to give it to him.

Since that day, Mattia went to the school of the street, where he certainly learned more than he would have learned had he gone to a regular school, to warm up some seats. His success in life as a restaurateur was the clearest proof.

For whom other than him did Mark Twain coin the phrase: "Don't let school get in the way of your education?"

17. La Grande Delusione

Di due persone non mancavo mai di parlare durante le mie lezioni e lo facevo fin dal primo giorno di scuola: Luciano Pavarotti, il massimo tenore, e Letizia Metropoli, la magnifica mezzo-soprano. Di lei, anzi, mostravo molto orgogliosamente la foto che ci ritraeva ad una festa data in suo onore presso la residenza della nobile famiglia Scopeti a San Francisco, dopo il suo recital avvenuto a Oakland, mentre lei mi dava un bacio sulla guancia. Ne ero talmente fiero che la portavo sempre nel portafoglio insieme alle foto più belle di mia figlia. La voce di Letizia era agli inizi della sua carriera, forse una delle voci femminili più dolci e più melodiche mai sentite in vita mia. Ben poche mezzo-soprano prima di lei erano riuscite ad elettrizzarmi come lo faceva lei e a dire il vero, a modo mio, ne ero anche innamorato.

I miei studenti non sapevano forse coniugare bene i verbi irregolari, ma sapevano tutto di Letizia Metropoli, avendo visto dei video in classe che la raccontavano sotto varie sfaccettature. Sia durante un concerto al teatro La Fenice di Venezia − nelle interpetazioni più notevoli di Mozart e di Rossini − sia al Metropolitani di New York − dove il pubblico era letteralmente impazzito per lei − sia mentre cucinava fiori di zucca fritti e preparava *orecchiette* al pomodoro e basilico, perché Letizia, oltre a cantare divinamente, amava anche la buona cucina e dedicava molto tempo a questa sua seconda passione. In più di una intervista, infatti, aveva affermato che non si allontanava mai dall'Italia senza portare con sé in valigia un bel pezzo di formaggio parmigiano, il vero segreto della sua splendida voce. Era il parmigiano che le donava l'energia necessaria per affrontare tournée spesso estenuanti in giro per il mondo.

I suoi capelli ed occhi neri e il suo volto dolce di bambina avevano conquistato il mondo intero ed avevano certamente fatto breccia nel mio cuore. In automobile ascoltavo sempre e solamente lei, così come a casa mia, sia che fossi solo o che ci fosse una festa o un'occasione speciale. Compravo tutti i suoi cd e ne regalavo parecchi a tutti i miei amici, per compleanni o per le feste di Natale.

L'avevo vista per la prima volta nel 1990 a Oakland, in una sala mezza vuota con forse 400 spettatori. Eravamo usciti tutti entusiasti, sicuri di aver visto qualcosa di straordinario, una stella nascente. L'anno dopo, infatti, fece il tutto esaurito al teatro Mecenati, che poteva accogliere 2000 persone.

Non so come feci, ma in occasione di quella sua prima esibizione, riuscii a presentarmi con mia figlia nel suo camerino, alla fine dello spettacolo, a parlarle, sedermi con lei per una decina di minuti e a strapparle pure delle fotografie. La mia dolce Daniela, che allora aveva più o meno dieci anni, era imbarazzatissima come lo era pure la mia compagna di allora. Lei aveva accettato malvolentieri di accompagnarmi, ma poi alla fine dello spettacolo, a parte l'imbarazzo di seguirmi nel camerino, era rimasta entusiasta della voce di Letizia e del suo immenso carisma.

Nel 2002, Letizia ritornò a Oakland, ma ormai era una superstar, famosissima nel mondo operistico, un nome che tutti riconoscevano. La mia carissima amica Susanna, sapendo quanto io amassi la mezzo-soprano e visto che al suo compagno non interessava l'opera, mi invitò ad accompagnarla allo spettacolo.

Finito il concerto, che fu un successo strepitoso, con applausi a scena aperta che durarono per molti minuti, mi disse di guidare a San Francisco perché c'era una sorpresa. Arrivati davanti una villa in una delle zone più ricche e lussuose della città, lasciai la mia automobile a un giovane in eleganti abiti neri, che si occupò di parcheggiarla, ed entrammo in una sala fastosa con quadri bellissimi su ogni parete, dove notai subito molte persone dell'alta società di San Francisco che attendevano in piedi, con un cocktail in mano, l'arrivo di una persona molto importante. Chiesi confuso a Susanna di spiegarmi dove fossimo e cosa facessimo insieme a tutta quella gente facoltosa. Lei finalmente mi svelò la sorpresa.

Eravamo nella famosa casa della famiglia Scopeti di San Francisco, dove ci sarebbe stata una cena in onore di nientedimeno che Letizia Metropoli. Susanna aveva pagato 500 dollari a persona per poter partecipare all'evento. Mostrai immediata gioia, ma non riuscii a nascondere un certo nervosismo. Mi sentivo a disagio in mezzo a quel mondo di artisti, mecenati e ricchi snob. La mia cara amica si accorse del mio imbarazzo e cercò di tranquillizzarmi.

"Che te ne importa di quelli!", mi disse. "Non devi mica chiudere un affare con loro! E poi abbiamo pagato, quindi dobbiamo divertirci!"

Le parole di Susanna mi sollevarono. Pensai che avrei trascorso la serata nella stessa sala da pranzo dove avrebbe cenato Letizia, la mia Letizia! Non potevo che essere felice e godermi quel momento irripetibile. *Ormai siamo in ballo e balliamo, Giovanni!* mi dissi.

La serata fu il massimo, forse uno dei momenti più emozionanti della mia vita.

Susanna ed io eravamo seduti allo stesso tavolo in cui era seduta la mamma di Letizia, "la mia futura suocera", diceva scherzando Susanna, e infatti, visto che la signora non parlava inglese e io ero l'unico che parlasse italiano al tavolo, le facevo un po' da interprete.

Nel corso della cena, ebbi anche modo di trascorrere qualche minuto con Letizia, che mi ringraziò per l'aiuto dato alla mamma e mi concesse gentilmente di fare delle foto insieme a lei. Le manifestai tutta la mia ammirazione e le dissi che la seguivo fin da quando aveva fatto il suo esordio a Oakland. Le spiegai che tutti i miei studenti erano diventati, volenti o nolenti, suoi fans. La invitai a visitare la mia Università. Lei ne parve entusiasta e promise che, se avesse trovato il tempo, mi avrebbe contattato sicuramente.

"Lei è spesso nei miei pensieri, mia cara Letizia", furono le ultime parole che ebbi il coraggio di rivolgerle.

Mi diede un indirizzo del suo manager a New York e mi disse che le avrebbe fatto piacere ricevere mie notizie.

Entusiasta per come era andata la serata, le scrissi spesso dopo quell'incontro, ma non ricevetti mai una risposta. Un amore a senso unico. Ma io non mi davo per vinto e continuavo a scriverle. *Gutta cavet,* mi dicevo, *prima o poi mi manderà un piccolo segnale.*

Qualche tempo dopo, nel 2005, venni a sapere che Letizia avrebbe fatto il suo debutto in un'opera a Kansas City. Si trattava di *Così fan tutte* di Mozart. Cominciai ad organizzarmi, volevo essere presente a quel grande momento. Non mi fu difficile trovare un ottimo biglietto.

Qualche giorno prima dello spettacolo, purtroppo, mi ammalai con una brutta influenza e dovetti cancellare il viaggio.

Decisi comunque di scriverle una bellissima lettera e di inviarla al teatro dell'opera dove sarebbe andata in scena, per rinnovarle il rispetto e l'affetto che serbavo per lei e per augurarle un ottimo spettacolo: *"In bocca al lupo, Letizia!".*

Ma la lettera non mi sembrava sufficiente.

Mi misi in macchina e, benché febbricitante, andai a South San Francisco presso la ditta di biscotti *La Tempesta.* Riempii uno scatolone di sacchetti di almeno dieci tipi differenti di biscotti: cioccolotti, nocciolotti, biscotti semplici e tutti gli altri.

Andai alle poste e spedii il pacco con la lettera indirizzata alla mezzo-soprano, Letizia Metropoli presso il teatro dell'opera di Kansas City.

Non ricevetti alcuna risposta, nessun ringraziamento.

Gli anni passavano ed io continuavo a nutrire il mio bel sentimento verso lei, ma da lei mai un segnale.

Nel novembre del 2011, alla fine di una mia lezione per il corso di cultura italiana dedicata all'opera lirica mi ero dilungato a parlare delle origini dell'opera, del melodramma nato a Firenze come un dramma accompagnato dalla musica, per poi passare ai grandi nomi come Giuseppe Verdi, Giacomo Puccini, Pietro Mascagni e Ruggero Leoncavallo. Avevo terminato la lezione mostrando prima un video di Luciano Pavarotti, che cantava la mia aria preferita *Nessun Dorma*, dell'opera *Turandot* di Puccini, e poi, dulcis in fundo, avevo terminato in bellezza con alcune canzoni cantate da lei, proprio lei, la donna del mio amore non corrisposto: Letizia Metropoli.

Finito il video, avevo aperto il mio portafoglio, estratto la foto che ci ritraeva insieme e l'avevo passata agli studenti, che sorrisero entusiasti alla vista del bacio fatidico.

Terminata la lezione, una studentessa – il cui nome non posso scrivere per giuste ragioni – si avvicinò alla scrivania.

"Professor Tempesta, io conosco Letizia Metropoli. Sono pienamente d'accordo con lei, la sua voce è magica, magnifica. Capisco bene perché lei ne sia così innamorato. Tutti i membri della mia famiglia provano lo stesso sentimento verso la signorina Metropoli, specialmente mio papà. Io sono di Kansas City, professore. Cinque o sei anni fa, Letizia ha cantato a Kansas City, ha fatto il suo esordio nell'opera *Così fan tutte* di Mozart. Era ospite della mia famiglia. Mio padre è il direttore del teatro dell'opera di Kansas City. Ha dormito a casa nostra per varie settimane. Io, all'epoca, ero ancora studentessa liceale. Nonostante la differenza di età, siamo comunque diventate buone amiche. Giovedì le porterò molte foto di lei con la mia famiglia. Questa è una coincidenza incredibile! Caspita! Miss Metropoli è così simpatica, così amichevole, è davvero splendida!"

Mentre la ragazza parlava, mi pareva di sognare. *Come può essere vero?! La mia studentessa ha trascorso più di due settimane sotto lo stesso tetto con Letizia, la mia Letizia!* pensai.

"Come sei fortunata" mi scappò detto. "Quanto ti invidio! Ti prego, dimmi, come è lei? Hai conosciuto anche la mamma? Perché anch'io l'ho conosciuta, a casa della famiglia Scopeti."

"Certo, la famiglia Scopeti era a Kansas City la sera della sua premiere. È stato un successo strepitoso. Letizia è meravigliosa. Lei ci scrive spesso e ci ha promesso che ritornerà a farci visita… Ah, devo dirle che alla fine dell'ultimo spettacolo, quando era in partenza per l'Italia, per ringraziare la mia famiglia della nostra ospitalità, si è presentata a casa nostra con uno scatolone dentro cui c'erano sacchetti di biscotti italiani di ogni tipo. Erano buonissimi, anche se adesso non ricordo il nome della ditta."

A questo punto impallidii. Feci del mio meglio per non palesare l'improvvisa delusione e l'immensa frustrazione per quella rivelazione. Dissi che dovevo scappare in ufficio dove mi attendevano alcuni studenti.

Da quel giorno non volli più sentire menzionare quel nome! Che smacco incredibile! Tutto mi sarei aspettato, eccetto che si fosse servita dei miei biscotti per ringraziare la famiglia che l'aveva ospitata, senza mai ringraziare la persona che glieli aveva mandati. Una vera vergogna!

Agli inizi di dicembre del 2012 ebbi la mia piccola soddisfazione. Mentre leggevo il *Corriere della Sera*, i miei occhi si accesero su un articolo:

"Teatro San Carlo: il ritorno di Letizia Metropoli diventa un caso"
FISCHI A LETIZIA METROPOLI

Bravi Napoletani, pensai, se fossi stato presente, anch'io le avrei lanciato i miei fischi! Fischi per la sua mancanza totale di classe e di riconoscenza.

17. The Great Disappointment

There were two people I never neglected to talk about in my classes, from the first day of school: Luciano Pavarotti, the greatest tenor and Letizia Metropoli, the magnificent mezzo-soprano.

I always very proudly showed my students a photo of Letizia and me at a party given in her honor at the Scopeti family residence in San Francisco right after her recital taken place in Oakland. In it, she was giving me a kiss on the cheek. I was so proud of it I always carried it with me, along with my most beautiful photos of my daughter.

At the beginning of her career, Letizia had one of the sweetest, most feminine and melodic voices I'd ever heard in my life. Few mezzo-sopranos before her were able to electrify me like she did, and to tell the truth, I fell in love with her in my own way.

Perhaps my students didn't know how to conjugate irregular verbs well, but they knew everything about Letizia Metropoli. They'd seen many videos of her in class, at the Teatro La Fenice in Venice singing her most remarkable Mozart and Rossini pieces, or at the Metropolitan in New York where the public went literally crazy for her, or in her kitchen cooking fried zucchini flowers and *orecchiette* with tomato and basil because she also loved cooking and dedicated much of her time to this second passion.

In more than one interview in fact, she claimed she never leaves Italy without bringing a nice piece of Parmigiano cheese with her in her luggage, the true secret to her splendid voice. It's the Parmigiano that gives her the energy necessary to tackle her exhausting tours around the world.

Her black hair and eyes and her sweet child's voice had conquered the entire world. It certainly left a mark in my heart. I listened always and only to her in the car. Pieces by Mozart and Rossini regularly drifted through my house, whether I was alone or hosting a party. I bought all her CDs and gifted several of them to my friends for birthdays or Christmas parties.

I'd seen her for the first time in Oakland in a half-empty room with maybe 400 spectators. It was 1990. We all left excited, confident we'd seen something extraordinary, a rising star. In fact, the next year, she sold out the Teatro Mecenati, which could seat 2,000 people.

I don't know how I did it, but on the occasion of her first visit to Oakland, I managed to introduce myself to her with my daughter in her dressing room at the end of the show, to talk to her, to sit with her for about ten minutes and even take some photos. My daughter, who was about ten years old at the time, was very embarrassed, as was my partner. She had agreed reluctantly to accompany me, but at the end of the show, aside from the embarrassment of having to follow me into the dressing room, she too was enthusiastic about Letizia's voice and immense charisma. .

In 2002, Letizia returned to Oakland, but by then, she had become a superstar, famous in the opera world, a name everyone recognized. My dear friend Susanna, who knew how much I idolized Letizia invited me to accompany her to the show since her boyfriend was not interested in opera.

After the play, which was a resounding success, the applause lasting for several minutes, she told me to drive to San Francisco because there was a surprise for me. We arrived in front of a house in one of the richest and most luxurious quarters of the city, I left my car to a young, elegant valet dressed in black, and we entered a sumptuous room with beautiful paintings on every wall. I immediately noticed many elegant high-society San Franciscans there, waiting with cocktails in hand for some very important person to arrive. Confused, I asked Susanna to explain where we were and what we were doing with all these people. She finally unveiled the surprise.

We were in the famous home of the San Francisco Scopeti family where there would be a dinner in honor of none other than Letizia Metropoli. Susanna had paid $500 a person for the event.

I immediately felt joy, but I could not hide some nervousness. I felt ill at ease among all those artists, major donors and snobbish rich people. My dear friend realized how embarrassed I was and tried to calm me down

"Don't let them bother you!", she said to me. "It's not that you have to close a business deal with them! And after all, we paid, therefore we are here to have a good time!"

Susanna's words put me at ease. I thought that I was going to spend the evening in the same dining room where Letizia dined, my Letizia. I could not be but happy to enjoy that unrepeatable moment. "We're at the ball now, and we'll dance, Giovanni!" I told myself.

That evening was the best, perhaps one of the highlights of my life.

Susanna and I sat at the same table where the mother of Letizia sat, "my future mother-in-law" Susanna joked, and in fact, since she spoke no English and I was the only other who spoke Italian at the table, I acted as her interpreter.

During the dinner, I even had a chance to spend a few minutes with Letizia, who thanked me for the help I gave her mother and naturally let me take some pictures with her. I expressed to her all my admiration, told her I'd followed her ever since she made her debut in Oakland. I explained that all my students had become, willingly or not, her fans. I invited her to visit my University, and she was enthusiastic about it, promising that if she found the time to head to campus she would definitely contact me.

"You're often in my thoughts, my dear Letizia," were the last words I had the courage to reveal to her. She gave me an address of her manager in New York and told me she'd be glad to hear from me.

Excited about what had happened that evening, I wrote her often after that encounter but never received a response. Unrequited love. But I did not give up and continued to write to her. "Gutta cavet," I told myself. Sooner or later she'll give me a small sign.

Sometime later, in 2005, I learned that Letizia would make her debut in an opera, in Kansas City. The opera was Mozart's *Così fan tutte*. I began searching for tickets, I wanted to witness that great moment and I was able to find a first-row ticket.

A few days before the show, unfortunately, I fell ill with a bad flu and had to cancel the trip.

I decided, however, to write her a beautiful letter and send it to the opera house in Kansas City to relay her my respect and affection and wish her a good show, "In bocca al lupo, Letizia!"

But the letter did not seem sufficient to me.

I got in my car, and although feverish, I drove myself to South San Francisco to La Tempesta biscotti factory. I filled up a box with bags of at least ten different kinds of biscotti--plain, chocolate, hazelnut, everything else.

I went to the post office and sent the package with a letter addressed to Letizia Metropoli at the opera house in Kansas City.

I never heard back, not even a thank you note of some kind.

The years passed, and I continued to nourish my good feelings towards her, but from her there came no sign.

It was November 2011, and at the end of one of my lectures dedicated to opera, in my Italian culture course, I dwelled upon its origins. I talked about the melodrama born in Florence as a drama accompanied by music, then moved onto big names like Giuseppe Verdi, Giacomo Puccini, Pietro Mascagni and Ruggero Leoncavallo. I finished the lesson first showing a video of Luciano Pavarotti singing my favorite aria "Nessun Dorma," then Puccini's "Turandot," then, dulcis in fundo, I had ended the lecture playing some arias sung by HER, exactly HER, the woman of unrequited love herself: Letizia Metropoli.

After the video, I opened my wallet, extracted the photo that depicted us together and passed it to the students who smiled excitedly: the fateful kiss.

After the lecture, a student- whose name I cannot write for right reasons-, came up to my desk.

"Professor Tempesta, I know Letizia Metropoli. I fully agree with you, her voice is magical, magnificent. I understand why you are so in love with her. All members of my family feel the same way about Miss Metropoli, especially my dad. I'm from Kansas City, professor. Five or six years ago, Letizia sang there, made her debut in the opera Cosi Fan Tutte by Mozart. She was a guest of my family. My father is the director of the opera house in Kansas City. She stayed at my home for several weeks. I, in those days, was only a high school student. Despite the age difference, we became good friends. This Thursday, I'll bring a bunch of photos of her with my family. Isn't this an incredible coincidence? Wow! Miss Metropoli is so nice, so friendly, truly splendid."

She spoke to me, and it all felt like a dream. How could it be true? My student had spent more than two weeks under the same roof with Letizia, my Letizia!

"How lucky you are," I blurted out. "How I envy you! Tell me what she's like, please. Did you get to know her mother? I had also the pleasure to meet her at the Scopeti family home."

"The whole Scopeti family was in Kansas City the night of her première, which was a resounding success. Letizia is wonderful. She often writes to us and promised us she will return to visit. I have to tell you, at the end of her last performance, when she was leaving for Italy, to thank my family for our hospitality, she presented us with a box full of Italian biscotti of all kinds. They were delicious, but I can't remember the name of the factory..."

I turned pale. I tried my best not to reveal my immense frustration and unexpected disappointment on hearing those words. I told her I had to run to my office where other students were waiting for me.

Since that day I didn't want to hear anybody mention that name! An incredible letdown! I would never expect that from Letizia. She had used my gift, my biscotti, to thank the family that had hosted her, without ever thanking the person who had sent them to her. A real shame!

In early December of 2012, I got my little piece of revenge. As I was reading the *Corriere della Sera*, my eyes fell upon an article:

"*San Carlo Opera House: the return of Letizia Metropoli becomes a case:*
"*BOOS AT LETIZIA METROPOLI.*"

Bravi Napoletani! If I had been there I would have hurled my boos at her as well! My boos for her total lack of class! And gratitude!

18. La Voce

Lo stupore è indescrivibile, la penna mi trema dall'emozione, dall'incredulità. È vero? Ma come è possibile che io in effetti mi sia accinto a scrivere dopo secoli di letargo!

Comunque, lasciatemi premettere, in modo che anche voi non vi lasciate prendere un po' troppo dall'emozione, che ciò che ho da dire non basterà neppure a stancarmi la mano.

Ebbene, ecco, da dove posso cominciare?

Il fatto è che... insomma, voglio narrare niente poco di meno che un sogno! Sì, signori, proprio Ipparco che narra un sogno!

E beh! – direte voi – che c'è d'eccezionale in tutto questo, a parte il fatto che avrai avuto l'organo eretto per un po' di tempo. In fondo si sa che l'organo si erige ogni volta che si sogna.

E invece no, cari miei, per me tutto questo ha del fantastico, perché io, con la mia insonnia cronica che, a dire il vero, nessuna cura e nessun dottore son riusciti a debellare, a placare o almeno a migliorare, era una vita che di sogni non ne facevo!

Sogna chi non dorme? No, e allora... Vedete, il fatto stesso di aver sognato, significa che ho anche dormito, per quanto breve tale periodo sia stato.

Pare che io abbia pure scoperto la parola magica, anzi la frase magica per addormentarmi. Anche se per poco tempo, per uno come me che passa notti e notti senza chiudere occhio è tanto e spesso quel poco vale un'eternità.

Un'ora di sonno mi dà la carica per giorni e giorni... il peso che sento immancabilmente sulle guance, sì proprio qui sulle gote, quasi miracolosamente scompare come scompare il velo che mi copre gli occhi, ed io mi trovo in uno stato di completa pace con gli elementi.

Qual è la frase magica? Ve la dico, a rischio che vi mettiate tutti a ridere. "Altri cinque minuti e poi mi alzo, prometto." Non ho fatto in tempo a pronunciarla che il sogno in questione ha preso il suo avvio.

Ma perché mai decidermi a trascriverlo? Questo in vero non riesco a spiegarmelo neanch'io.

Sarà che la persona che mi è apparsa nel sogno, insieme a tante figure meno importanti, ultimamente m'ha occupato la mente in maniera che, definirei, piacevole. Niente di cui allarmarsi, ehi! Potrebbe essere mia figlia!

Infatti, se me lo chiedeste avrei difficoltà a descrivervela. Il suo viso (l'hò vista un paio di volte in città insieme ad altri amici) non è poi così chiaro nella mia memoria.

Ciò che mi si è scolpito nella mente, che mi ha impressionato in modo quasi fatale e che mi accingo a descrivere è la sua voce. Una voce di una sensualità irresistibile. Una voce che ti assorbe, ti prende, ti incatena. Rimango senza parole nell'udirla, l'orecchio s'accartoccia, cede, si presta, si lascia inondare da questa alluvione, si lascia trasportare.

Potere magico? Direi proprio di sì.

Una voce che, miracolosamente, mi spalanca ancora porte che, ormai, parevano chiuse per sempre. Rievoca i momenti più ilari e spensierati dei miei venti anni. Riappaiono cieli che si erano oscurati anch'essi per sempre.

Ma ecco che mi sono dilungato incorreggibilmente nella descrizione della voce, quando invece lo scopo precipuo era di narrare i fatti, il sogno insomma, anche se... se proprio ve lo devo dire con franchezza, in questo momento, pagherei qualsiasi cosa, venderei volentieri l'anima al diavolo, per un attimo di quella meravigliosa alluvione.

Ma che aspetti allora, prendi il telefono e chiamala, pezzo d'imbecille che non sei altro! – interverrete voi.

E invece no, non sta bene... desisto, perché, ripeto, il mio è un pensiero, una fantasia, che è d'uopo ed al più presto levarmi dalla capoccia bacata.

"Altri cinque minuti e poi mi alzo, prometto", e mi sono trovato in una grande casa, precisamente la villetta della mia amica Norma, la quale anche questa volta, come altre, mi aveva invitato ad andarc a trascorrere qualche ora in piscina, durante la sua assenza per uno dei suoi tanti viaggi.

Ero là e mi stupivo del fatto che avessi invitato tanta gente alla bolla villa mia, e c'era un fracasso infernale. C'erano anche bambini che non ricordavo di avere invitato. L'unica cosa che volevo fare era della ginnastica e cercavo da ore la sala dove ero convinto che avrei trovato la cyclette.

Per ragioni che non capivo, m'ero perso in un labirinto di stanze e più porte aprivo più mi allontanavo dalla stanzina in cui mi sentivo sicuro... "Dà sulla piscina" mi ripetevo, sperando di trovarla, porta dopo porta. La mia frustrazione aumentava di momento in momento.

All'improvviso, in mezzo a tante voci sento una voce, la voce, e la seguo di stanza in stanza, poi fuori dall'ingresso principale, fuori dal cancello, ma ecco che, con immenso stupore misto a delusione, il verde dei boschi che circondano la casa sparisce ed appare dinanzi ai miei occhi confusi un marciapiede al centro d'una cittadina deserta.

Faceva un caldo atroce. Mi siedo come in attesa. La voce pian piano si personifica. È lei, proprio lei che avanza lenta verso me e mi guarda fissa come a scrutare i miei pensieri. Mi scruta e mi scruta… Mi prende poi per mano, mi tira su quasi a farmi alzare, poi invece cambia idea e mi si siede sulle gambe, cominciando ad accarezzarmi.

Le sue parole, adesso, non sono più chiare.

Io sono in estasi.

Non è il significato che mi interessa, ma è la sua voce, la musicalità di quelle parole che risvegliano in me i sentimenti più ascosi.

Poi, inaspettatamente, ma certo appagando un mio più intimo desiderio, comincia a baciarmi con passione. Ed è proprio in questo momento preciso che il suo volto cambia ai miei occhi.

Già, infatti, non è più lei, la cui lingua sto assorbendo nella mia bocca, ma con mia grande delusione adesso è Melissa, che, con la ragazza del sogno, in comune ha soltanto la giovane età e nient'altro. Un abisso fra le due. Non c'è paragone che regga.

Lei sente il mio disgusto, si alza e, mentre sta per allontanarsi, mi sussurra (ed è la sua voce che odo): "Per essere il primo giorno, credo che basti, ma non ti fare illusioni, ciao!".

Levo gli occhi confuso ed accanto a lei compare una giovinetta che mi pare di riconoscere. Entrambe si voltano e noto, corrucciato, una smorfia sul loro viso, il cui significato mi sforzo di interpretare; ma ecco che, inaspettatamente, mi sento colpire da una pioggia, ma non di acqua, bensì di qualcos'altro che ha già ricoperto completamente la strada e tutti i tetti delle case. Mi tocco le spalle, ne riempio la mano, la porto al naso, alla bocca, è inodore, senza sapore. Pare sabbia, è giallognola ma non è molto fina.

Mentre osservo le orme lasciate dalle due ragazze, i corpi sono divenuti solo due puntini, mi desto… ed è tutto qui.

Chi ci capisce qualcosa è bravo.

Resta il fatto che, prima di tutto, ho sognato, grande rarità, e che stamattina io sento questo bisogno imperioso di gettare del nero sul bianco. Sarà che sono talmente incredulo che descrivendolo non faccio altro che darmene la prova più lampante che in effetti il sogno c'è stato ed è stato molto vivido, al punto da poterne ricordare i minimi dettagli.

Di tutto ciò, cosa resta tuttora in me? Esito ad ammetterlo. Resta una voglia di tuffarmi a capofitto in quella voce e lasciarmi travolgere dalla sua pienezza, la sua voracità. Un capriccio, un uzzolo, uno sfizio, chiamatelo pure come meglio vi va, ma è vero. Assurdo.

"ALLA VOCE"

Invano vo agognando la fatidica voce
Or ch'il plumbeo silenzio mi travaglia, m'è atroce.
Dolce m'era un fremito, m'era dolce un sussurro,
Un suo strepito ahimè! M'inondava d'azzurro...

It was horribly hot. I sat down, waiting. Very slowly the voice became a person. It was she, precisely she who came slowly toward me and looked straight at me as though reading my thoughts. She seemed to read me like an open book... She took me by the hand and pulled me up. Then she changed her mind and sat on my lap, beginning to caress me.

Her words no longer seemed clear to me.

I was in ecstasy.

It is not the meaning of what she said that interested me, but her voice, the music of those words, that reawakened the most profound feelings in me.

Then unexpectedly, but certainly responding to my deepest desire, she began to kiss me passionately. And it was at that very moment that her face changed before my eyes.

In fact, it was not her tongue that filled my mouth, but to my great disappointment, it was Melissa's - Melissa who had only her youth in common with the girl of my dream, nothing else. There was an absolute abyss between the two. It would have been impossible to compare them.

She sensed my disgust, got up and, as she was leaving, whispered to me (and it was her voice that I heard): " I think that's enough for the first date, but don't get any ideas; bye !"

I averted my eyes, confused, and next to her appeared a young girl that I seemed to recognize. They turned and I noticed, enraged, a grimace on their faces, the significance of which I tried to interpret. Unexpectedly, I felt struck by rain, but not really rain; it was something else that had already completely covered the street and all the roofs of the houses.

I brushed off my shoulders and filled my hands with it, brought it to my nose, to my mouth; it was odorless, without flavor. It looked like sand, but wasn't very fine. It was yellowish.

While I was looking at the foot prints left by the two girls, their bodies became just two little dots. I woke up...and that was it.

He who can interpret this dream is a genius!

It remains, first of all, that I dreamed, a great rarity, and this morning I feel a great urge to put this down in black and white. It might be that I am so incredulous that, perhaps, by describing the dream, I give myself the clearest evidence that, in fact, there was a dream, one so vivid that I can recall its most minute detail.

Of all this, what remains with me now? I am reluctant to admit it.

What is left is a wish to dive into that voice and let myself be overtaken by its fullness, its voracity. A caprice, a whim, a fancy, call it whatever you like, but it was real to me. Absurd.

"ALLA VOCE" (*"To the Voice"*)

In vain I yearn for the fateful voice;
Now that the leaden silence torments me, atrociously.
Sweet was the thrill to me, sweet was the whisper,
A clamor of her would flood me with azure.